FRIEDERIKE SCHMÖE

Ein Toter, der nicht sterben darf

WAS IST DAS ICH? Alexa leidet an einer seltenen Herzkrankheit. Die Transplantation eines Spenderherzens bringt Heilung, doch plötzlich geschehen seltsame Dinge. Sie sehnt sich danach, um die Welt zu jetten und verspürt ständigen Heißhunger nach Oliven. Alexa forscht mit Ghostwriterin Kea Laverde nach dem Spender: Rui Peres Oliveiro, Portugiese, Programmierer bei einer Münchner Firma, verunglückte am Morgen der Transplantation tödlich. Alexa ist überzeugt: Rui lebt in ihr weiter; ein Teil von ihr ist zu Rui geworden. Zusammen mit Kea reist sie nach Lissabon, wo sie mit Ruis Vorleben konfrontiert wird. Eine seelische Belastung, der sie kaum standhalten kann, zumal die Münchner Kripo Kea bald darüber informiert, dass Ruis Unfall kein Unfall war. Und weder seine Eltern noch seine Verlobte scheinen zu ahnen, dass Rui in Deutschland längst neue Pläne geschmiedet hat …

Ein nachdenklicher, psychologisch ausgeklügelter Krimi über die Suche nach dem Ich und die Frage, ob man ein anderer werden kann.

Geboren und aufgewachsen in Coburg, wurde Friederike Schmöe früh zur Büchernärrin - eine Leidenschaft, der die Universitätsdozentin heute beruflich frönt. In ihrer Schreibwerkstatt in der Weltkulturerbestadt Bamberg verfasst sie seit 2000 Kriminalromane und Kurzgeschichten; sie gibt Kreativitätskurse für Kinder und Erwachsene und veranstaltet Literaturevents, auf denen sie in Begleitung von Musikern aus ihren Werken liest. Ihr literarisches Universum umfasst u.a. die Krimireihe um die Bamberger Privatdetektivin Katinka Palfy und eine Krimiserie mit der Münchner Ghostwriterin Kea Laverde als Hauptfigur.

www.friederikeschmoee.de

Bisherige Veröffentlichungen im Gmeiner-Verlag:

Schaurige Weihnacht überall (2013)
Du bist fort und ich lebe (2013)
Still und starr ruht der Tod (2012)
Rosenfolter (2012)
Wasdunkelbleibt (2011)
Lasst uns froh und grausig sein (2011)
Wernievergibt (2011)
Wieweitdugehst (2010)
Süßer der Punsch nie tötet (2010)
Bisduvergisst (2010)
Fliehganzleis (2009)
Schweigfeinstill (2009)
Spinnefeind (2008)
Pfeilgift (2008)
Januskopf (2007)
Schockstarre (2007)
Käfersterben (2006)
Fratzenmond (2006)
Kirchweihmord (2005)
Maskenspiel (2005)

FRIEDERIKE SCHMÖE

Ein Toter, der nicht sterben darf

Ein neuer Fall für Kea Laverde

GMEINER *Original*

Personen und Handlung sind frei erfunden.
Ähnlichkeiten mit lebenden oder toten Personen
sind rein zufällig und nicht beabsichtigt.

Besuchen Sie uns im Internet:
www.gmeiner-verlag.de

Im Ehnried 5, 88605 Meßkirch
Telefon 07575/2095-0
info@gmeiner-verlag.de

1. Auflage 2014

Lektorat: Claudia Senghaas, Kirchardt
Herstellung: Mirjam Hecht
Umschlaggestaltung: U.O.R.G. Lutz Eberle, Stuttgart
unter Verwendung eines Fotos von: © Bob Senesac / shutterstock.com
Druck: GGP Media GmbH, Pößneck
Printed in Germany
ISBN 978-3-8392-1612-5

Mehr als alles hüte dein Herz, denn von ihm geht das Leben aus.

Sprüche 4, 23

PROLOG

Sie fühlte Erleichterung. Trauer. Einsamkeit. Frustration. Aber vor allem Erleichterung. Die Erleichterung dämpfte den Horror. Im Augenblick zumindest.

Adela hatte alles veranlasst. Sie hatte sich um die Formalitäten gekümmert, die Telefonate mit dem Bestattungsinstitut geführt und die Papiere unterzeichnet, die für die Überführung benötigt wurden. Nach ihrer Rückkehr war sie direkt vom Flughafen zu Ana und Cesário gefahren. Sie wollte es hinter sich bringen.

Ana und Cesário hörten einfach zu. Sie fragten wenig, nickten jedoch zustimmend, als es um die Entscheidung ging, die Adela in weniger als 20 Minuten getroffen hatte. Weil es so schnell gehen musste. Weil sie mit Begriffen wie Hirntod und Intensivbehandlung umgehen musste, die sie in ihrer Muttersprache kaum verstand, geschweige denn auf Englisch. Sie hatte »ja« gesagt, weil sie alles wollte, nur nicht noch mehr Tod, und weil die Argumente der Ärzte stichhaltig klangen. Das erklärte sie Ana und Cesário. Die nickten beide, und Ana sagte: »Dann ist jetzt alles gut.«

Nichts war gut. Adela hatte später im Internet recherchiert. Es war unglaublich, was sie da las, und wenn allein die Hälfte davon zutraf, bereute sie doch zutiefst, ihr Einverständnis gegeben zu haben. Sie hatte es ja nicht für sich gegeben. Sie hatte gesagt, was sie meinte, das Rui gewollt hätte. Doch während sie noch überlegte, während sie in dem Kokon aus Stille und Ungläubigkeit, in dem sie seit der Nachricht über Ruis Tod eingeschlossen war, versuchte, einen klaren, rationalen Gedanken zu produzieren, liefen im Hintergrund bereits die Vorbereitungen. Ein ganzer Apparat wurde in Betrieb gesetzt. Das hatte sie nicht gewusst. Sie hatte es nicht wissen können und durfte sich daher keinen Vorwurf machen. Ganz allein hatte sie in einem absoluten Ausnahmezustand eine Entscheidung treffen müssen. Ohne in der Lage zu sein, die richtigen Fragen zu stellen. Natürlich hatte sie sich gewundert, warum pausenlos das Telefon klingelte, aber die Gespräche hatte sie nicht verstanden, und so blieb ihr nichts, als dem zu vertrauen, was man ihr sagte.

Es war nicht die Wahrheit. Auch keine Lüge, aber eben nicht ganz die Wahrheit.

Mit Ana und Cesário war sie zur Friedhofsverwaltung gefahren. Sie hatte eine ordentliche Summe zugeschossen, die sie niemals wiederbekommen würde, nicht, wie die Dinge momentan standen, mit der Krise und allem. Bei fast 40 Grad Hitze waren sie zu der Grabstätte gegangen, die sie sich würden leisten können. Sie – die Eltern. Sie hatten zu dritt beraten, ob die von der Friedhofsverwaltung vorgeschlagene Grabstätte in Ordnung war. Sie hatten so getan, als hätten sie eine Wahl.

Sie hatten sie nicht. Cesários Unterschrift auf dem Papier war krakelig, die Buchstaben stiegen steil nach rechts oben an, als wollten sie den endlosen Dokumenten ein für alle Mal entfliehen: Cesário Peres Oliveira.

Und heute die Beerdigung. Endlich, schoss es Adela durch den Kopf. Die Erschöpfung der vergangenen Tage wollte sie allmählich aufzehren, zusammen mit der Hitze, den wirren Nachtträumen, die am Morgen unsägliche Bilder in ihrem Kopf hinterließen. Bilder von spritzendem Blut und Ruis ausgeweidetem Körper, seinem aschgrauen Gesicht, den mit Mullbinden abgeklebten Augenhöhlen. Bilder von Formblättern, von zerquetschtem Blech und einem kahlköpfigen Mann, der etwas unterzeichnete, Bilder von einem gläsernen Besprechungsraum, in dem man ihr sagte: »Sie wollen doch sicher auch, dass …«, Bilder von einer Holzkiste, die in ein Flugzeug verladen wurde.

Vom Fluss wehte Wind herbei, schlängelte sich den Hang hinauf, so aufgeheizt, dass Adela meinte, in diesem Lufthauch Kastanien rösten zu können. Der Katafalk mit dem schwarzen Sarg wurde von vier Männern gezogen, bergab. Erreichte die Grabstätte. Die Männer nahmen die Mützen ab, und der Priester ging ein paar Schritte auf den Sarg zu. Adela blinzelte. Sie trug eine Sonnenbrille, die beinahe ihr ganzes Gesicht verdeckte. Gestern noch hatte sie geglaubt, die Tränen würden wie ein Sturzbach aus ihr herausschießen, aber da kam nichts. Keine Träne, nicht einmal ein trockener Schluchzer. Sie fühlte sich leer. Vollkommen leer. Dieses Vakuum tief in ihr schützte sie. Vor sich selbst. Vor dem Entsetzen über die Entscheidung, die sie getroffen hatte. Und vor dem, was zuvor geschehen war und worüber sie mit Rui nicht mehr hatte sprechen können.

Die Familienangehörigen nahmen Abschied, ruhig, mit blassen Gesichtern. Der Tod ist schlimm, doch schlimmer ist der Tod in der Fremde, dort, wohin das eigene Auge nicht reicht, dachte Adela. Dort, wo man eine andere Sprache spricht, dort, wo man ein Fremder sein wird für immer.

»Er ist nicht freiwillig weggezogen«, hörte sie eine Frau flüstern. »Er musste.«

So viele mussten. Adelas beste Freundin lebte nun in Brasilien. Ein anderer Freund in England. Wieder einer in Russland. Sie zogen um den Globus, eine neue Generation Weltentdecker, denen keine andere Lösung blieb, wollten sie nicht von morgens bis abends im Café sitzen, bei einem Garoto, und mit trägem Wippen des Fußes die Tauben vertreiben, von denen es in Lissabon genug gab. Mehr als genug.

Adela musterte die beiden Alten, die schmale, blasse Ana mit dem eng geknüpften Schleier, der sich vor ihrem Gesicht bauschte. Cesário, wurmstichig, gebeugt, der silberne Bart tadellos gestutzt. Sie hielten einander an den Händen, mit ratlosen Gesichtern. Beide hatten sich Hoffnungen gemacht. Auf Ansehen, darauf, stolz zu sein auf den Sohn, den einzigen, der es so weit weg, im Ausland, zu etwas gebracht hatte. Sie waren beide auf ihre Weise kosmopolitisch. Ana als Englischlehrerin. Cesário, der Ingenieur, der in Brasilien und in den Vereinigten Arabischen Emiraten, in Libyen und Marokko Brücken gebaut hatte. Sie wollten so gerne Enkelkinder. »Rui wäre der ideale Vater«, hatte Ana Adela vor ein paar Wochen anvertraut, »ein durch und durch guter Junge.«

Die Sonne brannte, weit unter ihnen glitzerte der Tejo im gleißenden Licht. Ein Schiff – ein einziges, die Krise! – schob sich nach Norden. Adela rückte an ihrem Hut. Sie verglühte beinahe in den schwarzen Sachen, doch das war nichts Besonderes, das kannte sie seit ihrer Kindheit. Sie hatte sich stets gefragt, wie Rui ohne diese gleißende, helle Sonne klarkam. Dort oben im Norden. Dabei hatte er ihr in seinen seltenen Mails immer geschrieben, wie sehr er das Spiel des Lichtes mochte. Dort, wo er zuletzt lebte.

Dort, wo er gestorben war.

Der Priester sagte seine Sätze auf, die Wörter schmolzen, bevor sie über seine Lippen kamen, und Cesário weinte. »Weiß Gott, ich bin alt, ich darf weinen«, hatte er gestern gesagt. »Ich bin ein alter Mann, und meine Trauer bringt mich um.«

Instinktiv spürte Adela, dass sie sich um Cesário keine Sorgen zu machen brauchte. Nicht mehr als üblich, wenn alte Eltern am Grab des einzigen Kindes standen. Bei Ana war sie nicht sicher; im Augenblick lebte sie ohnehin nur von einem Tag auf den anderen. Sie durften niemals erfahren, was sich wirklich abgespielt hatte. Dass es nicht um Moral gegangen war, sondern um ein Geschäft. Um Renommee, um Statistiken. Sie musste die Gefühle der Eltern schützen; aus dem, was entschieden war und sich nicht mehr ändern ließ, einen Trost machen.

Adelas eigene Gefühle hatten an einem Tag wie heute keine Rolle zu spielen. Sie tat, was von ihr gefordert wurde, und viel mehr als das. Ihre Hoffnungen versanken ebenfalls, sie vertraute sie dem Sarg an, denn an Rui mochte sie nicht denken. Nicht an die Reste von Rui, die in dieser Kiste lagen. Die in einer Flugkiste mit Zinkeinlage hergeflogen worden waren. Luftdicht, mit verlötetem Metalleinsatz. Lieber erinnerte sie sich im heißen Flimmern des Lichts an den lebendigen Rui. An seinen Heißhunger auf Pastéis de Nata, die sahnigen Törtchen, die in der berühmten Konditorei in Belém gemacht wurden. Eine Konditorei, die man im Sommer wegen der sich darin drängenden Touristen kaum mehr betreten konnte. Deswegen, hatte Rui oft behauptet, sei Lissabon eine Stadt für den Winter.

Sie wartete darauf, ihre Rose auf den Sarg legen zu dürfen, damit sie endlich gehen konnte, raus aus der Hitze. Vor ihren Augen malte die Sonne scharfkantige Spiegelungen zwischen die Grabstätten.

Als sie, ein Ave Maria murmelnd, sich umdrehte, nahm Cesário sie am Arm.

»Wir sehen uns gleich noch.« Sein Blick war eine inständige Bitte.

»Natürlich«, erwiderte Adela. »Natürlich.«

Aus dieser Verantwortung gab es kein Entrinnen.

17.6.2013

KAPITEL 1

»Sie wollen das alles hier aufgeben?«

»Und wenn?«

»Ein perfekter Ort.« Der Makler grinste mich an. Ein falsches Grinsen.

»Ein perfekter Ort bei gutem Wetter. Letzteres ist in Deutschland leider nicht häufig. Sie haben alles, was Sie brauchen?«

»Sie hören von mir!« Er stieg in sein Auto. »Sofern Sie Ihre Meinung noch ändern, genügt ein Anruf.«

Ich zuckte die Achseln.

Ja, ich wollte mein Haus im Fünfseenland verkaufen. Es hatte seine Pflicht und Schuldigkeit getan.

Vor einigen Jahren war ich bei einem Terroranschlag schwer verletzt worden. Ein Mann hatte mich verlassen. Ich hatte einen Neuanfang gewagt, mich in einem interessanten neuen Betätigungsfeld verankert und die Liebe neu gefunden. Mit Hindernissen zwar, aber das war letztlich ein Qualitätsbeweis. Was heilen konnte, war geheilt, und dazu hatte ich diesen Ort gebraucht. Nun war es an der Zeit, weiterzuziehen.

Ich starrte den Hang zum Wald hinauf. Wolken klammerten sich an den Bäumen fest. Der Wind spielte mit dem Laub, zu kalt für Frühsommer. Bayern versank gerade in den Fluten seiner Flüsse, wie meist hatte es Passau böse erwischt. Ich sah mir die Bilder täglich im Internet an, weil meine beste Freundin Juliane – junge 80 Jahr alt – just in Passau weilte, als die Flut kam. Sie steckte dort fest, zusammen mit einer Yogalehrerin und ein paar anderen alten Damen, die sich mit Yoga und diversen heißen Diskussionen eine laue Woche hatten machen wollen. Um Juliane allerdings musste man sich keine Sorgen machen. Sie war auf Überleben eingestellt. Sie trotzte allem – und genoss, was sich ihr bot.

Ein Wagen jagte über die Straße, die durch Felder und Wiesen und auch an meinem Haus vorbeiführte. Man hatte sie im Herbst verbreitert. Einst ein Flurbereinigungsweg, jetzt eine Staatsstraße. Die Stadt rückte näher an meine Idylle. Immer mehr Leute kauften Baugrund in Ohlkirchen, dem nächsten Ort, ein Supermarkt würde in Kürze seine Pforten am Rand der Ortschaft öffnen. Einmal mehr ein Flachbau auf der grünen Wiese, mit viel Parkplatz und dem immer gleichen Warenangebot – eine Ausgeburt der Konsumödnis. Mein einst so lauschiges Ende der Welt war nur noch ein Vorzimmer der Metropole München. Die Zeit blieb eben nicht stehen.

Meine beiden Gänse waren im Frühling gestorben. Zuerst Waterloo, nach wenigen Wochen Austerlitz. Sie konnten beide nur miteinander. Einer ohne den anderen, das ging nicht. Die Natur behalf sich selbst.

Mich hielt hier also praktisch nichts mehr.

Und nun sind Sie eingeweiht. Sie wollten das alles gern wissen, oder? Zugegeben, wahrscheinlich waren Sie scharf auf die ausführliche Version, doch die gibt es nicht öffentlich, jedenfalls nicht von mir, fragen Sie Juliane.

Ach, Ihnen geht es um Nero!

Okay. Vor anderthalb Jahren hatte Nero, Hauptkommissar am LKA in München und mein Geliebter, einen Herzinfarkt. Obwohl er jobmäßig schon abgespeckt hatte, saugte der Stress ihn von innen her aus. Um einen auf Privatier zu machen, hält er sich für zu jung. Aber er ist Beamter und hat eine lange Liste beruflicher Pluspunkte gesammelt. Erst Ermittler, später Dozent für Netzwerktechnik und anderen Computerklimbim für die bayerische Polizei. Jetzt Berater für Burnout-Patienten unter den Kollegen.

Wir hatten ernsthaft vor, in naher Zukunft zusammenzuleben. Wenngleich nicht in seiner Wohnung in Schwabing und nicht hier im Fünfseenland. Ich musste einfach weiter. Ich habe Nomadengene, Sesshaftigkeit ist nichts für mich. Mich fesselt es nicht an meine Scholle – eher an die Webseite einer weltweit operierenden Airline. Der Plan war, eine Bodenstation in München aufrecht zu halten, damit Nero seine Beratungen und Kurse anbieten konnte. Zeitweise. Gleichzeitig wollten wir andernorts die Zelte aufschlagen, um Neuland zu betreten. Meinen Beruf kann ich schließlich überall ausüben. Ich bin Ghostwriterin.

Besonders konkret waren unsere Pläne allerdings noch nicht. Ich ging davon aus, dass ich in einem halben Jahr ausziehen würde. Weg aus dem Fünfseenland und wahrscheinlich weg aus Deutschland. Ich hatte genug von grauen Wolken und Dauerregen. Von Polarnacht und gefrierender Nässe. Ich dachte, ehrlich gesagt, an Bali. Woran Nero dachte – daran verschwendete ich bislang kein Gehirnschmalz. Denken Sie, was Sie wollen: Natürlich machte ich mir was vor. Manche Vorhaben sollte man besser unter der Rubrik »Traum« verbuchen.

Ich schnappte mir meine Arbeitsunterlagen und stieg in den Spider. Geschäftstermine.

KAPITEL 2

»Danke für Ihre Aufmerksamkeit.«

Dagmar Umbach packte ihre Unterlagen zusammen und verließ das Sitzungszimmer. Sie hatte ihre Präsentation durchgehalten wie geplant und schützte nun ein wichtiges Kundengespräch vor, um schnell wegzukommen. Die Arbeitsgruppe würde auch ohne sie weitermachen, so wichtig war sie nicht. Sie hastete den Flur entlang, fuhr mit dem Lift in den 10. Stock und nickte ihrer Sekretärin kurz zu.

»Anrufe?«

»Zwei. Firma Stern in Rottweil. Und der Pressesprecher des Bürgermeisters.« Sie verdrehte die Augen.

Sie war klein, mollig, trug das Haar wie Prinz Eisenherz und war die tüchtigste Sekretärin, mit der Dagmar Umbach es je zu tun gehabt hatte.

»In Ordnung, Frau Gary.« Eigentlich Susanna Müller-Gary. Mit Betonung auf »y«. Aber sie war mit Gary zufrieden.

Dagmar spazierte in ihr Büro und schloss die Tür. Tief unter ihr lag der Olympiapark von München, diese in die Jahre gekommene spinnennetzartige Konstruktion, die ihr schon als Kind gefallen hatte. Die grünen Hügel des Geländes wirkten im Dauerregen eher mürrisch; Dagmar mochte den Blick dennoch, die beiden Türme der Frauenkirche, die sich hinter dem Fernsehturm hochreckten. Manchmal, zu selten, sah sie die Alpenkette. Ihr Anblick gab Dagmar ein Gefühl von Erhabenheit; als ob sich ihr Job allein deshalb lohnte, weil XComMunich seinen Firmensitz im 8., 9. und 10. Stockwerk dieses prachtvollen Glasbaus besaß, und sie selbst so ein traumhaft gelegenes Büro.

Sie musste in Ruis Büro. Unbedingt. Obwohl sie den Gedanken hasste, in den Sachen eines Toten zu wühlen. Aber sie wollte mit Sicherheit wissen, dass wirklich nichts Kompromittierendes über sie zu finden war. Bei Rui wusste sie nie. Hatte sie nie gewusst. Er war ein Spaßvogel. Gut möglich, dass Fotos von ihr auf seinem Rechner waren.

Sie griff nach dem Telefonhörer.

»Frau Gary, haben Sie Antwort vom Rechenzentrum?«

»Ist bereits an Ihre Mailadresse weitergeleitet.«

Okay. Dagmar begann zu schwitzen, trotz des miesen Wetters – Juni, von wegen, der Mittsommer war so verregnet wie seit Jahren nicht mehr –, trotz der Klimaanlage. Sie öffnete ihre Inbox.

Das Rechenzentrum hatte ihre Anfrage mit Priorität beantwortet. Ihre Position war der von Rui übergeordnet. Wenn jemand an die Daten seines Rechners herankommen musste, dann sie. Ein Mitarbeiter der Computerloge, wie firmenintern über das Rechenzentrum gespottet wurde, gutmütig natürlich, hatte Ruis Passwort online zurückgesetzt und ein temporäres Passwort eingerichtet. Dazu war Papierkram nötig gewesen. XComMunich legte Wert darauf, den Mitarbeitern Privatsphäre und Diskretion zuzugestehen. Kreative Leistungen entstehen nicht unter Observation, sagte der Vorstand. Dagmar schnaubte.

Sie schrieb das Passwort auf einen Zettel. Sah auf die Uhr und griff nach ihrer Handtasche.

»Ich bin in der Kantine, Frau Gary.«

»Guten Appetit, Frau Umbach.«

15.7.2013

KAPITEL 3

Juli. Endlich. Eine Ahnung von Sommer. Das Wasser aus den Hochwassergebieten war abgeflossen, doch manche Ortschaften an der Donau und in anderen Überschwemmungsgebieten hatten alle Hände voll damit zu tun, sich selbst und ihre Habe trockenzulegen. Juliane war wieder in Ohlkirchen, ziemlich aufgekratzt wegen ihres Abenteuers, mehrere Tage mitten in Passau ohne Strom und fließendes Wasser festgesessen zu sein.

»Du spinnst, Juliane«, sagte ich. Sie saß bei mir in der Küche. Einer richtigen Wohnküche mit allem, was man zum Kochen, Essen und Wohnen braucht.

»Doch, wirklich. Zurückgeworfen sein auf das Wesentliche. Sich keine Gedanken um Telefonanrufe, Handys oder Fernsehprogramme machen. Herrlich!«

»Als ob du dir je Gedanken über das Fernsehprogramm machen würdest.« Ich goss uns frischen Kaffee ein.

»Oh, aber ja!« Sie lachte mich an. Eine schmale Person, der man die 80 Jahre nicht abkaufen wollte, mit raspelkurzem Silberhaar und Kreolohrringen, die so lang waren, dass sie ihre Schultern streiften. Sie trug ein Shirt mit der Aufschrift »I'm in a blue mood«.

»Hast du wirklich den Blues?«

»Nicht die Bohne. Du?«

»Bei dem Wetter?«

»Macht es dir nichts aus? Das Abschiednehmen?«

»Du meinst: vom Haus?« Ich seufzte. Bislang war nichts entschieden. »Eigentlich nicht. Uneigentlich auch nicht, falls du fragen willst. Ich muss endlich mal was Neues machen, zu anderen Ufern aufbrechen.«

Wie von selbst legte sich meine Hand auf meine Seite. Dort, wo ich verletzt worden war. In Scharm El Scheich. Damals. Im Hardrock Café. Weil irgendwelche Spinner ihre Religionsneurosen nicht anders ausleben konnten. Neue Hüfte, eine Menge Narben. Ein fettes Trauma.

Sie musterte mich nachdenklich. Sie kannte mich gut genug.

»Ich könnte dein Haus kaufen.«

»Du?« Ich lachte. »Im Ernst, Juliane. Was willst du mit einem Haus?«

»Du meinst: In meinem Alter, da kommt man ohne Haus aus.«

»Quark. Ich meine, dass du immer wieder betonst, dir nichts ans Bein binden zu wollen, was dich behindert, wenn du einmal gehen willst.«

»Ich will aber noch nicht gehen.«

Sie war so vital. So energiegeladen. Anders als ich. Ich fühlte mich oft müde, fast lethargisch. Schob es auf die viele Arbeit, die ich in den vergangenen Monaten bewältigt hatte. So viele Memoiren, Pseudo-Biografien und anderen Selbstbeweihräucherungsquatsch hatte ich noch nie in einem halben Jahr geschrieben. Allein von der Menge der produzierten Seiten her war das Pensum hochgradig rekordverdächtig. Okay, es war mein Job. Eine Ghostwriterin fragt weder nach der Wahrheit noch nach der Motivation. Sie schreibt, gießt die Geschichte eines anderen Menschen in Form. Ich konnte etwas für die Qualität von Plot und Stil tun. Aber nichts für den Inhalt.

»Juliane, ich verkaufe nicht an dich.« Es wäre, als verkaufte ich mein Haus meiner eigenen Mutter. Was nicht geschehen würde. Frau Laverde war ganz bestimmt nicht interessiert an einem Haus in der Pampa. Wobei die Pampa allmählich zwangszivilisiert wurde. Doch meine Mutter lebte bei ihrem momentanen Lover in Bremen. Sie hielt den Mindestabstand ein. Das konnte mir nur guttun.

»Überleg's dir. Die Hütte ist altengerecht. Kaum Treppen, ein großes Bad, sollte ich jemals auf einen Rollator angewiesen sein, komme ich in meiner Wohnung sowieso nicht mehr durch die Türen. Geschweige denn über die Schwellen.«

»Und wie kommst du an was zu essen? Hier draußen am Hang?«

»Mit einem Kurier? Glaubst du, in Ohlkirchen krabble ich auf allen Vieren durchs Treppenhaus, um dann über die Straße zum Bäcker zu kriechen?«

»Im Ernst: Denkst du an so was?«

»An Verfall? Krank werden? Sterben? Klar.«

Ich nickte.

Sie legte eine Hand auf mein Knie. »Glaub nicht, ich will dir ein schlechtes Gewissen machen. Du wirst nicht zuständig sein, mich zu pflegen oder so.«

»Himmel, Juliane …«

»Jedenfalls … ab und zu mit mir in den Biergarten, das ließe sich einrichten? Selbst wenn du mich im Rolli schieben musst?«

»Ließe sich sicher machen.« Ich schmunzelte.

»Womöglich besuche ich dich in Neuseeland oder wo immer du an Land gehst.«

»Ich fürchte, so weit werden wir nicht kommen. Der Plan sagt, dass Nero und ich gemeinsam gehen. Sollte er bereit sein, Bayern zu verlassen, wäre das ein Fortschritt. Aber dem Kontinent wird er bestimmt nicht den Rücken kehren.« Ich verschwieg lieber, dass das größte Hindernis zwischen mir und Neuseeland der beinahe 24-stündige Flug war. Das war die andere Seite. Die im Schatten. Die, über die ich nicht redete. Mit niemandem.

»Wenn es darum geht, dem Winter zu entkommen, wird ihm nichts anderes übrig bleiben.«

»Nero sieht es nicht so wie ich.«

»Hast du den Plan schon mit ihm durchgesprochen?«

»In Ansätzen.«

Sie beugte sich vor. »Kea, es geht um dein Leben. Nicht um Neros. Nero muss seine Sachen selber klarkriegen.«

Darüber hatten wir tausendmal gesprochen. Über meine Schuldgefühle wegen seines Herzinfarktes. Über die Panik, die mich in den Monaten danach wachgehalten hatte, dass ein zweiter, ein schlimmerer Infarkt ihn umbringen könnte. Dass ich der Auslöser war. Dass ich ihm den Kummer machte, der sein Herz in Scheiben schnitt. Juliane wollte mir begreiflich machen, dass Nero selbst die Verantwortung hatte, über seine Gesundheit zu wachen. Größtenteils war sein Stress beruflich bedingt, zum Glück hatte er hier abgespeckt. Aber ich kannte Nero gut genug: Er machte sich wegen allem einen Kopf, nahm sich die Dinge zu sehr zu Herzen. Auch mich und meine Launen. Was mich unter Druck setzte und widerspenstig werden ließ. Ich wollte mir selbst treu bleiben. Nicht eine von diesen Frauen werden, die alles für den geliebten Mann aufgeben, sogar ihre Träume. Ich wollte wachsen. Innerlich, spirituell. Dabei hing Nero manchmal wie ein Stein an mir. Ein wahrer Felsblock. Ich spürte, dass Nero mich mehr brauchte als ich ihn, und das war etwas, das ich schlecht ertrug.

»Ich weiß. Und das Schöne: Ich kann meinen Beruf überall ausüben.«

»Eben. Nutze es aus.«

»Dafür fallen die Sommerferien flach. Ich habe einen neuen Auftrag.«

»Oha!«

»Eine junge Frau, die nach einer Herztransplantation ihr Leben aufgeschrieben haben will.«

»Jung? Und ein ganzes Leben zum Aufschreiben?« Ich trank einen Schluck Kaffee. Schwarz. Wie immer. »Sei nicht so überheblich!«

Juliane kicherte. »Ich versuche es. Hat sie Angst vor dem Tod?«

»Kann sein. Ich weiß es nicht, habe bloß am Telefon mit ihr geredet. Sie sagt, seit der Transplantation lebt sie irgendwie anders. Sie will reinen Tisch machen mit dem, was vorher war.«

»Kluger Ansatz.«

»Dazu bin ich da. Der Geist, der alles niederschreibt und Klarschiff macht. Wenigstens gedanklich.«

»Wenigstens? Ich denke, Klarheit in den Gedanken ist der erste Schritt zur Besserung.«

Ich stimmte ihr zu. In meinen Gedanken herrschte ein unbeschreiblicher Verhau. Alles lag drunter und drüber. Ein Durcheinander wie bei den Aufräumarbeiten in den Hochwassergebieten. So kam es mir vor: Ich hatte das Bedürfnis, einfach alles rauszuschmeißen und mit ein paar Basics neu anzufangen. Nicht nur über den Neuanfang zu brüten, sondern ihn anzupacken. Die meisten Menschen dachten ziemlich viel über ihr Leben nach, doch grübeln allein schaffte keine Veränderung.

»Sie klang ziemlich cool. Die neue Klientin.« Ich sah auf die Uhr.

»Dann los! Ich will dich nicht aufhalten.«

»Ich setze dich zu Hause ab, Juliane.«

Sie hatte nichts dagegen. Als ich im Zentrum von Ohlkirchen hielt und Juliane ausstieg, drehte sie sich um, schickte mir ein Küsschen durch die Luft. »Bali soll sehr schön sein!«

KAPITEL 4

Denning. Eines von Münchens grünen Vierteln mit großen Gärten und Parks. »Senger« stand auf dem Messingschild an der Gartenpforte. Die Straße war eng. Eine Wohnstraße. Bis zur Leblosigkeit gepflegte Vorgärten, emaillierte Katzenschilder an den Zäunen. Irgendjemand hatte in Winkeln wie diesem immer Zeit, aus dem Fenster zu schauen, um zu kontrollieren, ob Leute etwas falsch machten. Passenderweise parkte mein Spider regelwidrig.

Ich klingelte. Eine Katze spazierte unter dem Gartentor durch und strich um meine Beine. Der Summer ging. Eine Dame erwartete mich an der Haustür. Sie war um die 60. Meine neue Klientin hatte ich mir anders vorgestellt.

»Womöglich habe ich mich in der Tür geirrt.«

»Nein, Sie sind richtig. Meine Tochter wartet schon auf Sie.« Sie trug das Haar kurz geschnitten, in so einer praktischen Art, die mich immer aufregte. Als fürchteten die Leute sich vor ihrem eigenen Haar. »Alexa!«, schrie sie ins Haus.

Ich hörte etwas rumpeln. Alexa Senger hatte mir am Telefon gesagt, dass ihr vor anderthalb Monaten ein Herz transplantiert worden war. Ich erinnerte mich an meine eigenen Operationen nach dem Terroranschlag. Damals hatte ich Monate gebraucht, um mich zu erholen. Sowohl von den Verletzungen als auch von der Behandlung. Alexa dagegen sprang vor mir die Treppen hinunter wie ein Rennpferd, das endlich zur Bahn geführt werden wollte.

»Hallo. Toll, dass Sie kommen konnten! Möchten Sie was trinken?«

»Ich habe hausgemachte Limonade«, schaltete ihre Mutter sich ein.

Es würde kein leichtes Gespräch werden. Überbehütende Mütter kamen in meinem beruflichen Erfahrungsschatz kaum vor. Denn üblicherweise meldeten sich Menschen bei mir, die sich längst von ihren Eltern abgenabelt hatten. Oder deren Eltern nicht mehr lebten.

Ich folgte Alexa in ein Wohnzimmer. Klavier, Katzenbaum, Sitzgruppe, moderne Kunst an den Wänden. Die Katze von vorhin sprang genau auf den Sessel, den Alexa mir anbot. Alexa schnappte das Tierchen und warf es auf den nächsten. »Seit ich im Krankenhaus war, hat sie sich miese Manieren angewöhnt.« Sie lachte. Ein fröhliches Lachen, breite Zähne. Ein wenig Lippenstift, Mascara, weiße Jeans. Sie trug das rote Haar zu einem kurzen Bob geschnitten, und das Tanktop, das Piercing in ihrer Nase und die um ihren Hals baumelnde winzige Taschenuhr signalisierten, dass ihre bevorzugte Stilrichtung der Steampunk sein musste. Die Mutter servierte Limonade, eine große Karaffe mit Eiswürfeln und Zitronenstücken.

»Stärken Sie sich. Dann entführe ich Sie. Einmal rund um den See? Gleich hier um die Ecke.«

»Alexa, ich weiß nicht, ob das eine gute Idee ist. Bei der Hitze …«, begann Frau Praktischer Haarschnitt.

Alexa achtete nicht auf den Einwurf. Sie schien innerlich zu brodeln, süchtig nach Bewegung zu sein. Fuhr sich durchs Haar, nahm das Glas in die Hand, musterte es, stellte es weg, schenkte ein, trank, fuhr sich durchs Haar. Sie hatte es eilig mit unserem Gespräch, und das war ein Phänomen, das ich allzu gut kannte. Manche Kunden kamen nicht in die Gänge, als hätten sie Angst vor dem Erzählen, sobald ich mit Diktafon und Block bei ihnen aufkreuzte. Sie hatten viel Zuwendung und Nachhelfen nötig, bevor sie den Mund aufmachten und loslegten. Im Extremfall besuchte ich einen Klienten mehrmals, bis er endlich einen Anfang fand. Andere hingegen verhaspelten sich ständig, weil die Schlingen der Erinnerung sich im Eiltempo entwirrten und ein Ereignis nach dem anderen in ihrem Innern losgetreten wurde. Alexa schien eindeutig zur zweiten Kategorie zu gehören. Solche Kunden sind mir persönlich die liebsten, obwohl in diesen Fällen das Erzählte oft ein großes Durcheinander ist und meine Hauptarbeit darin besteht, zu ordnen, was zusammenpasst. Oft gibt es Tränen. Bei Frauen habe ich damit kein Problem, bei Männern schon. Mitteleuropäische Sozialisierung.

Wir tranken unsere Gläser leer, dann sprang Alexa auf. »Los geht's.«

Ich folgte ihr, als sie, die Ratschläge ihrer Mutter ignorierend, in ein paar weiße Chucks schlüpfte und die Haustür aufstieß.

»Puh. Endlich. Ich bin vor Kurzem erst aus der Reha gekommen. Lief alles gut. Die haben mich richtig gescheucht! Ein Spaziergang macht Ihnen doch nichts aus?«

Sollte sie auf meine barocke Figur anspielen, würde ich ihr verzeihen. Die wenigsten glauben es mir, vor allem nicht die ausgehungerten, antilopenhaften: Dabei bewege ich mich viel und gern. Obwohl ich 80 Kilo wiege und rund bin und nicht aussehe, als würde ich mich vorwiegend von Salat ernähren.

»Nein.«

»Ich bin so glücklich. Wie neugeboren. Vor der OP habe ich mich gerade mal drei Schritte weit geschleppt und schon gekeucht wie eine Lok. Habe zusätzlich Wasser in der Lunge mit mir rumgetragen. Im vergangenen November wurde es richtig fies. Ich bin aufgewacht, habe keine Luft mehr gekriegt. Eines Morgens, einfach so. Alles war anders. Ich war nicht nur müde und k.o., ich war am Ende.«

»Hört sich nicht gut an.«

»Mein Herz war riesengroß, sagte der Arzt. Aufgebläht, entzündet, vernarbt. Er hat mir gleich reinen Wein eingeschenkt: Ich werde nur mit einem Spenderherzen überleben.«

Wir gingen einen schmalen Pfad entlang, an einem Wäldchen vorbei, und kamen zu einem See. Ein typischer Münchner Minisee. Ein Schwanenpaar mit Nachwuchs und Millionen von Erdlingen beim Sonnenbad. Beim Planschen im Wasser. Beim Eisessen, Ballspielen, Dem-Hund-ein-Stöckchen-Zuwerfen, Skaten, Radeln und was man sonst alles an einem heißen Sommertag in und an einem Loch voller Wasser machen kann.

»Bisschen viel los, aber man wird nicht belauscht.« Sie rollte mit den Augen. »Alles hat sich angefühlt wie ein Albtraum. Als ich hörte, ich muss das Herz eines anderen bekommen …«

»Das hat Sie erschüttert?«

»Ich habe gedacht, wem kann ich das denn zumuten, ihm sein Herz zu nehmen. Blöder Gedanke, oder?«

»Ein aufregender Gedanke!«

»Ich habe eigentlich, obwohl es mir bereits zwei Jahre schlecht ging, immer gedacht, dass es nicht so weit kommt. Dass ich schon wieder fit werde.«

»Waren Sie die ganze Zeit im Krankenhaus?«

»Seit November. Bis zur Transplantation Anfang Juni. Als nächstes Reha. Und jetzt kann ich keine Klinik mehr von innen sehen.«

Wir schlenderten durch die Grüppchen der Sommerfrischler. Mir war heiß. Meine Tasche baumelte schwer über meiner Schulter. »Ich würde das Gespräch gern auf Band aufnehmen.«

»Okay. Klar. Also, im Krankenhaus. Ich habe eigentlich nichts Richtiges da machen können. War zu allem zu schwach. Selbst zum Lesen konnte ich mich nicht aufraffen. Meistens habe ich Musik gehört. Und Hörbücher. Meine Freunde haben mir Mutmach-CDs mitgebracht. Am liebsten allerdings hörte ich Musik. Shakira und Ina Müller und Diana King. Frauen mit Kraft in der Stimme. Das hat mich aufgemöbelt.«

»Sie waren also im Krankenhaus, um auf ein Spenderherz zu warten?« Ich hatte das Aufnahmegerät aus der Tasche geholt und trug es nun locker in der Hand.

»Vor allem, um zu überleben. Ich war als High Urgent gelistet. Die haben händeringend einen Spender gesucht. Wobei das falsch ausgedrückt ist. Letztlich ist es ein Computer, der ein neues Organ durchcheckt und überprüft, ob es mit den Werten der Leute auf der Warteliste übereinstimmt. Du kannst ja nicht irgendein Herz kriegen. Da muss die Blutgruppe stimmen und allerhand anderes Zeug. Außerdem sollte das Herz zu deiner Körpergröße passen. Vielleicht ein bisschen größer sein als das Herz, das du hattest, bevor es sich aufgeplustert hat wie ein Pfau.«

»Wurden Sie im Krankenhaus behandelt?«

»Ich bekam ein Assist Device. Das ist eine Art Turbine, die in mein Herz gepflanzt wurde, um es bei der Arbeit zu unterstützen. Der Akku wog sieben Kilo. Soviel zum Thema Bewegungsfreiheit. Mit so einem Gerät besteht die latente Gefahr, dass sich Thromben bilden. Am Ende könnte man an einem Schlaganfall krepieren.« Sie lächelte. »Das ist jetzt alles vorbei. Meine Mutter hängt an mir wie eine Klette. Ihr ist meine neue Fitness nicht geheuer. Sie denkt, ich soll langsam machen. Ich bin 25. Ich muss doch mal selbst klarkommen, was?«

»Sollte man meinen.«

Sie stürzte auf eine freie Bank zu. »Setzen wir uns. Über das Geschäftliche haben wir ja schon gesprochen. Eine Sache noch: Mir geht es nicht ausschließlich um meine Lebensgeschichte. Oder die Geschichte meiner Krankheit. Sondern um die Geschichte des Spenders.«

»Des Spenders? Ich dachte, die bleiben anonym.«

»Schon. Aber ich habe durch Zufall etwas gefunden.« Sie angelte aus der Gesäßtasche ihrer Jeans einen Zeitungsartikel. »Hier. Ein Unfall auf dem Mittleren Ring. Am 4. Juni. Frühmorgens. Ist um kurz vor sechs passiert. Um kurz vor acht flitzte eine Krankenschwester in mein Zimmer. Sie sagte: ›Wir haben ein Herz für dich.‹ Das war ein Satz, den höre ich wahrscheinlich mein ganzes Leben lang. Ich habe gleich meine Mutter angerufen, und sie kam eine Stunde später, aber da haben sie mich längst für die OP vorbereitet. Ich hatte Höllenangst. Bei einer Herztransplantation sterben 17 Prozent der Patienten. Wieso sollte ausgerechnet ich zu den anderen 83 gehören?«

»Die Wahrscheinlichkeit sprach für Sie.«

»Ich glaube nicht an die Wahrscheinlichkeit. Im letzten halben Jahr hatte ich manchmal so tiefe Täler, da habe ich gedacht, ich gehöre der Katz'.«

»Hatten Sie Freunde, die Sie aufgemöbelt haben?«

»Meine Mutter nervt, andererseits hat sie sich unglaublich toll um mich gekümmert.«

»Ihre Mutter ist daran gewöhnt, sich um Sie zu sorgen?«

»Und mit dem Schlimmsten zu rechnen. Sie haben's ja mitgekriegt.« Sie blickte auf ihre Hände. Ein silberner Ring, zwei Schlangenköpfe, die sich umeinander wanden. Schön gearbeitet. Alexa drehte daran. »Wegen meiner Krankheit hatte ich bislang kein selbstständiges Leben. Erst Kind, dann krank. Der Morgen, an dem ich keine Luft mehr bekam, fiel nicht mir nichts, dir nichts vom Himmel. Ich war schon vorher oft schwach und kränklich. Niemand, der im Traum daran denken konnte, Sport zu machen. Aber wie alles zusammenpasst, das merkt man erst, wenn man die Diagnose bekommt. Dann sagt man: Klar, deswegen habe ich beim Treppensteigen gekeucht wie eine Lok und deswegen konnte ich kaum im Liegen schlafen, nur in halb sitzender Position … Ich war über lange Zeit auf meine Mutter angewiesen. Ich konnte nicht einkaufen gehen, nicht mal zum Bäcker. Konnte nicht kochen, weil ich nicht so lange stehen konnte, bis ein Ei hart war.«

Zum ersten Mal glaubte ich, so etwas wie Bitterkeit herauszuhören.

»Sie denken vielleicht, insofern kann mein Leben nicht so ereignisreich gewesen sein, dass es sich lohnt, es aufzuschreiben. Naja, mir geht es mehr um den Wechsel. Das Warten auf ein Herz. Und alles, was danach kam.«

»Sie haben ein neues Leben bekommen.«

»Absolut. Niemand kann sich vorstellen, was das bedeutet. Selbst nach der OP war ich nicht so fertig wie sonst an jedem einzelnen Abend. Allerdings … ich weiß nicht, wie ich es sagen soll … ich kenne mich selbst nicht mehr so richtig.«

»Erklären Sie!«

Ein Dreikäsehoch fiel genau vor uns auf den Asphalt und begann zu brüllen. Er wurde von seiner Mutter vom Weg gepflückt. Sie trug ihn weg, während sie beruhigend auf ihn einredete; das Sirenengeheul war noch zu hören, als sie den Kleinen längst durch das Wäldchen schleppte.

»Ich habe immer gern gelebt. Mein Leben war nicht ideal, aber welches ist das schon. Die Krankheit hat genervt, trotzdem habe ich viel unternommen. Sogar in den letzten beiden Jahren, als ich bereits reichlich lädiert war. Das meiste habe ich natürlich virtuell erlebt. Im Internet kannst du reisen. Du fliegst um den Globus, sooft du willst, und das alles für den Preis einer monatlichen Flatrate. Manchmal haben mich Freundinnen abgeholt, ab und zu sind wir in ein Einkaufszentrum gefahren oder zum Eisessen. Es war Stress pur. Weil ich immer sofort außer Atem war. Zu Anfang ging es noch, ich habe mich nach einer halben Stunde auf eine Bank gesetzt, gewartet, eine Viertelstunde später weitergemacht. Leider hat sich mein Zustand ziemlich schnell verschlechtert. Im November war plötzlich alles zu Ende.«

»Ihr Leben hat sich extrem verändert. Es ist ganz natürlich, dass Sie sich als Gesunde noch nicht wirklich kennen.«

Sie lachte auf. »Meine Mutter meint, es wäre zu schön, um wahr zu sein. Dass jetzt alles vorbei ist, die ganze Nerverei, das Warten, die Angst davor, zu ersticken oder einfach umzufallen. Die Panik, dass in jeder Sekunde alles aus sein könnte. Nach wie vor rechnet sie mit Komplikationen. Sie ist Zweckpessimistin. Ich kann es ihr nicht verübeln. Nein, ich meine etwas anderes. Ich meine … ich bin nicht nur gesund und leistungsfähig, sondern ich habe mich verändert.«

Ich wartete. Die Sonne brannte auf mein Haar. Ich spürte, wie der Schweiß meine Bluse durchtränkte.

Ich genoss es. Der letzte Winter hatte gefühlte zehn Monate gedauert.

»Ich habe plötzlich Heißhunger auf Oliven. Seit ich aus der Narkose aufgewacht bin. Meine Mutter hat mir den Gefallen getan und welche mitgebracht, sobald ich normal essen konnte.« Sie sah mich an, als wollte sie sich vergewissern, dass ich ihr meine volle Aufmerksamkeit widmete, wandte dann den Blick wieder auf den See. »Ich möchte reisen, könnte sofort losfahren. Einfach ein paar Sachen in einen Rucksack packen und abzischen. Spontan. Jetzt.«

»Kein Wunder, wenn Sie bisher keine Gelegenheit dazu hatten.« Ich selbst hatte als Reisejournalistin gearbeitet, bevor ein Wahnsinniger mich in die Luft gesprengt hatte. Von der weiten Welt hatte ich mehr als genug gesehen. Das war meine Meinung dazu. Zu Beginn meiner Karriere hatte ich mir ausgemalt, wie toll es sein würde, zwischen Dubai, Adelaide, Kap Hoorn und Indochina hin und her zu jetten. Schnell stellte ich fest, dass ich einen Großteil meiner Zeit auf Flughäfen verbrachte, in engen Flugzeugen, Holzklasse, in Lounges, gesichtslosen Hotels und widerlicher Einsamkeit. Deswegen wurde ich, was ich nun bin: Ghostwriterin. Ein Geist, der zu Hause bleiben kann, um die Geschichten anderer zu Papier zu bringen. Meine Nomadengene hatte ich perfekt unterdrückt. Bis vor ein paar Monaten die alte Rastlosigkeit durchbrach, um derentwillen mein Leben seine Weichen gestellt hatte.

»Als Kind mit meiner Mutter, da war ich schon mal woanders.« Sie wies auf den See, als könnten die Reiseziele ihrer Kindheit durch die Oberfläche brechen. »Nordsee, Adria, Österreich. Naja.«

Ich lachte.

»Was ist?«

»Niemand, der von der großen weiten Welt träumt, ist glücklich mit der Nordsee.«

»Es war stinklangweilig.« Sie grinste. »Rein wettermäßig eine Katastrophe. Egal. Die Zeiten haben sich geändert. Aber … es fällt mir schwer, darüber zu reden … es ist, als treibt mich die Sehnsucht nicht bloß in die Fremde. Sondern … in die Heimat.«

Ich zog die Augenbrauen hoch. Stumm reichte sie mir den Artikel. Es war einer von diesen Stumpentexten, die alle Tage in der Zeitung stehen:

Am gestrigen Dienstag kam es um 5.50 auf dem Mittleren Ring kurz nach der Abfahrt Tucherpark zu einem folgenschweren Unfall. Ein Kleinwagen wurde von einem einfahrenden Fahrzeug auf die linke Spur gedrängt, wo er ungebremst gegen einen Brückenpfeiler raste. Der Fahrer, ein 27-jähriger Portugiese, starb noch an der Unfallstelle. Die Polizei ermittelt.

Ich sah auf.

»Sie meinen, Sie haben das Herz von ihm?« Meine Finger klopften auf das Papier.

»Es war Zufall. Ein paar Tage nach der OP wollte ich eine Zeitung haben. Ein Pfleger brachte einen ganzen Stapel. Da war die Süddeutsche dabei, irgendeine nicht mehr taufrische Ausgabe. Vom 5. Juni. Am 4. ist der Unfall passiert und ich wurde operiert.«

»Das passt zusammen«, gab ich zu. »Klingt schlüssig. Aber ist kein Beleg, dass Sie ein portugiesisches Herz in der Brust haben. Denn das Herz, das Sie bekommen haben, könnte auch von einem anderen Spender stammen. Aus Holland, Tschechien oder von nebenan, was weiß ich.«

»Theoretisch haben Sie recht. Es passt bloß so außerordentlich gut. So ein Organ muss sofort entnommen werden. Vier Stunden auf Eis liegen, das geht noch, ansonsten ist es hinüber.«

Ich gab ihr den Artikel zurück.

»Die Oliven«, sie sah mich von der Seite an, fast flehentlich, damit ich ihrer Logik auch folgte, »und diese Sehnsucht nach Portugal.«

Ich war es gewöhnt, den Gedankengängen meiner Kunden beizuwohnen. Ich wertete sie nicht. Selbst wenn ich sie verrückt fand. Wir sind alle nicht ganz dicht. Wir ziehen Schlüsse und behaupten, es gäbe objektive Anhaltspunkte für sie. Wir beziehen Dinge auf uns, die mit uns nichts zu tun haben. Manche Menschen – und ich gestehe, ich gehöre dazu – denken von jeder friedlich im Gras dösenden Ringelnatter, sie würde sie angreifen und sich als Anakonda enttarnen. Doch die Erfahrung lehrt, dass die meisten Dinge geschehen, ohne in irgendeiner Verbindung zu der Person zu stehen, die wir nun mal sind.

»Ich habe bei der Polizei angerufen, um rauszufinden, was da passiert ist. Sie sagten, sie hätten ermittelt, das wäre immer so bei Unfällen mit Todesfolge. Der japanische Kleinwagen, mit dem der Mann unterwegs war, war nicht mehr der Jüngste. Die Bremsen haben versagt. Sie behaupteten, es sei Materialermüdung. Ich fragte, ob ich den Namen des Fahrers haben dürfte, aber das ging nicht. Ich habe mich erkundigt, ob er einen Organspendeausweis hatte. Auch dazu kein Kommentar. Also habe ich mich ins Internet gehängt und gegoogelt. In allen möglichen Foren gecheckt, ob ich etwas über einen Portugiesen finde, der am 4.6. in München an den Folgen eines Unfalls gestorben ist. Nichts.«

»Damit ich nichts falsch verstehe«, hakte ich nach. »Sie möchten, dass ich die Geschichte Ihrer Krankheit aufschreibe – und die Geschichte dieses Mannes?«

»Mein Vater starb, als ich 16 war. Er hinterließ mir Geld. Für meine Krankheit ist ganz schön was draufgegangen, aber es ist genug übrig.«

»Ich spreche nicht von Geld. Sie meinen, ich soll nach der Identität des Mannes forschen und dann nach Portugal fliegen, um etwas über sein Leben zu erfahren?«

Alexa grinste mich an. Sie begann mir zu gefallen. Ihre Zuversicht, ihre unbändige Freude am Dasein, ihr Durst nach einem eigenen Leben.

»Ich fliege sowieso nach Portugal«, erklärte sie.

Ich musste lachen.

»Könnte sein, dass ich mitkomme.«

KAPITEL 5

Dr. Schmidt. Dienst, Schlaf, Dienst. Ehekrise. Dienst. Egal.

Dr. Schmidt lebt in der Ausweglosigkeit seiner 38 Jahre. Seiner Karriere im Medizinbetrieb. Seiner Desillusioniertheit, die andere als Resignation bezeichnen würden, vielleicht sogar als Depression.

Der Traum, als Arzt zu arbeiten, ist einer alltäglichen Banalität gewichen. Er hat zu viele Gespräche wie dieses geführt.

Sie kriegen hier all diese Unfallopfer. Die Rettungshubschrauber fliegen Tag und Nacht, so kommt es ihm vor. Er kommt kaum durch einen Nachtdienst ohne einen Schwerstverletzten. Ohne Schockraum. Ohne die ganze Koordination, von wegen Angehörige auftreiben und so weiter. Wenn er Nachtdienst hat, ist er verantwortlich, dann spricht er mit der Familie.

Es sind zu viele Motorradfahrer dabei. Nie wird er seinem Sohn erlauben, auf ein Motorrad zu steigen. Er weiß, das ist genau das richtige Vorgehen, um den Sohn dazu zu bringen, Biker zu werden, aber da wird er streng bleiben. Streng, streng. Die Füße schmerzen, er hat nicht viel tun können. Wenigstens liegt der Patient ruhig. Er hat ein Schädel-Hirn-Trauma, das ist das Ungünstigste, vor allem die Hirnblutung, obwohl sie die gestillt haben. Ansonsten hat er Knochenbrüche und einen Milzriss, alles mittlerweile repariert. In dieser Hinsicht liebt Dr. Schmidt seinen Job, denn er gibt ihm Sicherheit. Die Chirurgie hängt einem mechanistischen Weltbild an. Chirurgen reparieren, fixieren, installieren. Nicht anders als Bauarbeiter, denkt Dr. Schmidt und gießt sich einen Kaffee aus der Thermoskanne in einen Plastikbecher. Aber die Hirnblutung macht ihm Sorgen, bei solchen Unfällen, da wirken Kräfte ... er weiß, manchmal sieht erst mal alles gut aus. Als hätte die Medizin aufs Neue ein Leben gerettet. Während überall in der Welt gestorben wird, unter gleißendem OP-Licht und in den verstecktesten Schmutzecken des Globus. Warum also sollte dieses eine Leben gerettet werden, wenn andere sterben, unzählige? Darüber hat Dr. Schmidt ab und zu mit seiner Frau gesprochen, vor einem Jahr, als ihrer beider Krise noch abwendbar schien, als die Krise noch nicht »Krise« hieß, sondern »Kopfschmerzen«. Seine Frau hat ihn nicht verstanden. Deshalb bist du doch Arzt geworden! Um Leben zu retten!

Er kann zwar ein Leben retten, manchmal. Aber nicht immer, und die vielen Male, in denen er feststellen muss, es geht nicht, in den Nächten, in denen er sich am lauwarmen Kaffee bedient, wenn alles aus ist, die sind häufiger als die Nächte, in denen er Leben retten kann. Wenn er erfolgreich ist, den Arzt gibt, der der leidenden Menschheit hilft, sieht er diese grenzenlose Erleichterung in den Augen der Angehörigen. Die schimmernde Dankbarkeit. Das Glänzen, als wollten sie ihn zum Gott erklären. Doch wenn er versagt, weil die Uhren des Universums anders weitergelaufen sind, geht ihm, bevor er ein Wort sagt, auf, dass die Angehörigen es merken. Sie sehen es ihm an, wenn er durch den Gang zu der Sitzgruppe geht, wo Angst und verzweifelte Hoffnung sie stundenlang gemartert haben. Dann stehen sie auf, sehen ihm entgegen. Sie spüren alles, die ganze Geschichte der vergangenen Stunden, die sich hinter den verschlossenen Türen abgespielt hat; das Drehbuch kennen sie, es endet mit dem Tod. Angst und Hoffnung rutschen aus ihren Gesichtern, und zurück bleibt stumpfes Entsetzen. Augen voller dunkler Ungläubigkeit.

Dr. Schmidt stellt den Becher ab. Er bemerkt, er hält noch den Mundschutz in der anderen Hand. Wirft ihn wütend auf den Boden, kickt ihn mit dem Schuh weg.

Heute Nacht hat er möglicherweise Glück, genauso wie die Angehörigen, wie der Patient. Wenn er stark ist, überlebt er, erholt sich von der Narkose, den Manipulationen, die Schmidt und andere an seinem Körper vorgenommen haben. Sein Hirn kann womöglich kompensieren. Es ist nicht ganz unwahrscheinlich, dass er aufwacht und wieder ganz der Alte ist. Er wird ein Jahr investieren müssen, bis er imstande ist, auf ein Motorrad zu steigen. So er das will. Er wird mindestens ein Jahr aktiv mit dem Gesundwerden verbringen. Er ist jung, erst 20, da hat man Reserven. Dr. Schmidt spürt der Differenz der Jahre nach, die zwischen ihm und dem Patienten liegen. *Nur* 18, *schon* 18. Er atmet tief durch, verlässt den kleinen Raum, wo die Thermoskanne steht und der Mundschutz am Boden liegt. Plötzlich ist es im Krankenhaus seltsam still, das beständige Piepsen und Tockern und Rauschen scheint ausgeblendet. Dr. Schmidt hört das Quietschen seiner Gummisohlen auf dem Korridor. Er geht auf die Eltern zu, sie springen auf, so wie er es kennt, sie halten sich an den Händen, das tun nicht alle, er knipst sein Lächeln an, das Lächeln, das bedeutet: Leute, die Medizin heutzutage, die kann was. Er nickt ihnen zu, sieht das Glänzen in den Augen.

Es gibt Anlass zur Zuversicht, sagt er. Aber der Patient ist noch nicht über den Berg. Das müssen Sie wissen.

KAPITEL 6

Dagmar Umbach verkroch sich in Arbeit. Das war leicht. Sie hatte mehr als genug zu tun. XComMunich verlangte exzellenten Einsatz, auf ihrem Schreibtisch lagen Unterlagen zu aktuellen und zukünftigen Projekten, sie musste sich mit der Werbestrategie des Unternehmens befassen, da gab es einiges zu klären; Dagmar ging die Papiere wieder und wieder durch. Bis spät in die Nacht. Niemand wunderte sich über ihre Überstunden. XComMunich brummte vor Aufträgen. Sie konnten sich kaum retten vor Blindbewerbungen und Telefonanrufen von jungen Leuten, die alles für einen Praktikumsplatz tun würden.

Dagmar stand an der Panoramascheibe, die Stirn gegen das Glas gedrückt. In München gingen die Lichter an. Eines nach dem anderen. Die Nacht war sommerlich, doch nicht mehr so hell wie vor einem Monat. Nach der Hitze heute zogen Wolken auf. Sie hockten im Süden der Stadt wie düstere Gesellen aus der Vorzeit, die sich über die Zivilisation hermachen wollten. Ein Flugzeug zog mit blinkenden Positionsleuchten vor der dunklen Wand vorbei.

Früher hatte Dagmar nie aus dem Fenster geschaut. Mal einen Blick geworfen, okay. Aber sie war niemals minutenlang in Grübeleien abgetaucht. Doch dann … dann kam Rui. Rui mit seinem Sonnyboy-Lächeln und dem lustigen Akzent.

Dagmar zwang sich, zum Tisch zurückzugehen und einen Blick auf die Präsentation zu werfen, die die Werbeagentur geschickt hatte. Angeblich hätten sie Dagmars Einwände berücksichtigt, die Werbeaussagen gestrafft und den Zeitplan korrigiert. Dagmar seufzte. Manchmal schien ihr das alles so diffus, so wenig greifbar. PR konnte einen in den Wahnsinn treiben. Ihr Job hatte mehr mit Ahnungen und Geschmack zu tun als mit harten Fakten. Sie beneidete die Programmierer, die Code schrieben. Das Programm musste laufen, das war's.

Es klopfte. Dagmar hob den Kopf. Um diese Zeit? Frau Gary war längst weg.

»Herein?«, rief sie. Ein Automatismus.

»Guten Abend.«

Sie sah auf. Nicht, dass sie Angst hatte. Das Sicherheitspersonal bei XComMunich war sehr aufmerksam. Selbst wenn sie bis in die frühen Morgenstunden arbeitete, fühlte sie sich nie unsicher. Jetzt überlief sie ein Schauer. Vielleicht lag es am Akzent des Mannes, der in ihr Zimmer trat. Ein junger Mann, Mitte 20, mit einem exakten Seitenscheitel. Gel im Haar. Einem sehr langen, sehr ernsten Gesicht. Anzug. Trotz der Hitze ein Jackett!

»Wer sind Sie?«

»Jorge Fernandes. Programmierer.«

Sein Akzent! Derselbe wie bei Rui. Bloß nicht so stark.

Dagmar fröstelte plötzlich.

»Was wollen Sie?« Normalerweise hatte sie mit den Programmierern nichts zu tun. Nur in den Besprechungen, dann allerdings nicht mit x-beliebigen, sondern mit den Gruppenleitern. Oder wenn sie in die Kantine ging. Da saßen sie und tranken schwarzen Kaffee und starrten vor sich hin. Autisten in einem summenden Käfig aus mitteilungsbedürftigen Menschen.

Jorge Fernandes schloss behutsam die Tür.

»Sie kannten Rui Peres Oliveira?«

»Ja?« Dagmar merkte, dass sie die Luft anhielt.

»Ich glaube, es gibt da etwas, das Sie wissen müssen.«

»Ich höre?«

»Rui hat nicht nur an einem einzigen Programm geschrieben.«

»Das nehme ich an. Soweit ich weiß, arbeiten die meisten an mehreren Projekten gleichzeitig.«

»Er hat nicht ausschließlich für XComMunich gearbeitet.«

Dagmar brach der Schweiß aus. »Wie bitte?« Er spricht gut Deutsch, dachte sie, besser als Rui. Jetzt fiel ihr auch wieder ein, weshalb sie ihn kennen müsste, eigentlich, wenn sie mit ihren Gedanken mal durchgehend bei der Arbeit wäre: Er hatte Ruis Stelle bekommen, nachdem Rui gestorben war.

»Ich habe auf seinem Rechner Materialien gefunden.«

»Was für Materialien?«

»Eine Software. Nicht für uns.«

»Sie meinen, diese Software war nicht für XComMunich bestimmt?« Das wäre unerhört.

»Nein. Nicht für unsere Firma.«

Dagmar rieb sich die Stirn. »Warum kommen Sie damit zu mir?«

Er zuckte die Achseln. »Ich bin neu hier. Ich dachte, weil Sie Rui kannten …«

Woher weiß er, dass ich Rui kannte?, schoss es Dagmar durch den Kopf. Weiß er womöglich auch, dass wir …?

Bevor sie den Mund aufbekam, legte Jorge einen Datenstick auf Dagmars Schreibtisch. »Ich habe die Sachen kopiert.«

»Das ist sehr aufmerksam von Ihnen.«

»Er war ein guter Programmierer.«

»Davon gehe ich aus.« Dagmar vermied es, den Schweiß abzuwischen, der ihr übers Gesicht rann.

»Ich kannte ihn aus Lissabon. Wir haben zusammen einen Deutschkurs am Goethe-Institut besucht.«

»Ich verstehe.«

Ein winziges Lächeln stahl sich in Jorges ernstes Gesicht. Es gefiel Dagmar nicht. Ganz und gar nicht.

»Ich kannte übrigens seine Verlobte. Sie war hier, in München. Als es passierte. Als er starb.«

Dagmar hustete. »Seine … Verlobte.« Sie kämpfte um einen neutralen Tonfall.

»Was für ein Schock. Seine armen Eltern.«

»Ja. In der Tat.« Plötzlich hatte Dagmar sich im Griff. Den Schönling wollte sie loswerden. Ihn und seinen Datenstick. Sie musste nachdenken. Jetzt. »Danke, dass Sie mich informiert haben.«

Sie nickte ihm zu und vertiefte sich wieder in die Präsentation auf ihrem Laptop.

»Auf Wiedersehen.«

Jorge zog lautlos die Tür hinter sich zu.

Dagmar gruselte es. Sie stand auf, ging auf Zehenspitzen zur Tür. Öffnete. Sah hinaus. Er ging den Gang hinunter. Langsam. Wie jemand, der einfach irgendwo entlang geht.

Dagmars Herz schlug ihr bis zum Hals. Sie hastete in Frau Garys Büro, ging an den Kühlschrank. Sie mixte sich einen Wodka Lemon. Die Zutaten waren immer im Haus, weil Frau Gary wusste: Wenn es etwas zu feiern gab, bevorzugte ihre Vorgesetzte einen richtigen Drink, keinen Prosecco.

Dagmar kickte die Pumps von ihren Füßen und stellte sich wieder ans Fenster.

Jorge hatte Ruis Stelle als Programmierer bekommen. Rui steckte mitten in einem Projekt. Es musste fertig werden.

Nach einem Code hatte sie auf seinem Rechner gar nicht gesucht. Sie hatte nur die Fotos haben wollen: die von ihr und Rui.

Eine Verlobte.

Dagmar kippte den Drink und mixte sich einen zweiten.

Ruis Rechner war neu installiert worden. Wo wollte dieser Jorge den Code gefunden haben?

Absurd.

Der Alkohol beruhigte sie ein wenig. Sie sah auf die nächtliche Stadt hinunter. Die Türme der Frauenkirche strahlten durch die Nacht. Trams. Autos. Züge. Eine ständige Bewegung. Die Illusion, dass nichts stillstand.

Sollte Rui für eine andere Firma gearbeitet haben, wäre das eine unerfreuliche Geschichte. Sie musste gleich morgen den Vorstand informieren, und jemand, der wusste, was er tat, musste die Daten, die Jorge gebracht hatte, durchchecken. Es gäbe eine interne Untersuchung, eine Riesensache, die sämtliche Mitarbeiter für Wochen in Atem hielte. Die eigentliche Arbeit würde darunter leiden. Abgabetermine würden nicht eingehalten, zumal bald die Schulferien anfingen und etliche Mitarbeiter Urlaub eingetragen hatten.

Sie ging zu ihrem Schreibtisch zurück. Vermutlich hatte Rui die Extraarbeit nicht am Firmenrechner erledigt, sondern auf seinem eigenen. Wie in drei Teufels Namen war Jorge da rangekommen? Wer hatte sich eigentlich um Ruis Privatsachen gekümmert, die nach seinem Tod noch in der Firma waren? Dagmar hatte das nicht gemacht. Sie wollte möglichst nicht mit Rui in Zusammenhang gebracht werden. Fühlte sich als Feigling, aber es war besser so.

Warum war Jorge mit dieser Sache zu ihr gekommen? Warum ging er nicht zu seinem Gruppenleiter? Wenn er Ruis privaten Laptop in die Finger bekommen hatte, egal wie, dann waren dort vielleicht auch Fotos von ihr und Rui? Private Mails? Sie hatten sich nie über den Firmenserver gemailt. Nie gesimst.

Rui hatte eine Verlobte …

Frau Gary würde morgen feststellen, dass die Wodkaflasche einiges an Inhalt eingebüßt hatte. Dagmar mixte sich den dritten Drink. Egal. Sie würde das Auto in der Tiefgarage lassen und ein Taxi nehmen.

Eine Verlobte. Eine Verlobte. Ihr wurde schwindelig. Sie legte sich auf den Teppichboden. Er roch nach Reinigungsmittel und nach Staub. Plötzlich kam es ihr vor, als hörte sie die Stille in dem nächtlichen Hochhaus.

Eine Verlobte. Rui hatte eine Verlobte.

Irgendwann kämpfte Dagmar sich hoch. Sie wusch das Glas aus und stellte es zurück in Frau Garys Schrank. Das Taxi würde sie mit ihrem Handy anrufen. Sie wollte in der Firma so wenige Spuren nach außen wie möglich hinterlassen.

Sie kramte ihr Telefon aus der Handtasche. Drei verpasste Anrufe von ihrem Bruder. Sie hatte das Handy für die Besprechung am späten Nachmittag auf lautlos gestellt und nicht mehr umgeschaltet. Was wollte Stefan von ihr? Wahrscheinlich Geld. Wegen einer Frauengeschichte. Wie sie das alles leid war!

17.7.2013

KAPITEL 7

Nicht nur das Gehirn hat ein Gedächtnis. Alle menschlichen Organe haben eins. Diese These spukte durch etliche meiner Unterlagen, die ich zu Forschungszwecken aus dem weltweiten Netz gesaugt hatte. Man sprach von einem »Zellgedächtnis«, welches dafür sorgen könnte, dass Traumata sich weitervererbten und außerdem dazu führte, dass Transplantierte plötzlich meinten, jemand anderer zu sein. Na gut, ich spitzte sämtliche Argumente zu, als ich sie in eine Datei mit dem Namen »Transplant« tippte; ich musste mit großen Aussagen arbeiten, nicht mit Subtilitäten. Zunächst.

Mir wurde klar, wie umwälzend das Erlebnis einer Transplantation sein konnte. Jemand starb, damit man selbst weiterlebte. Allein die Schuldgefühle machten etlichen Transplantierten das Leben schwer, wenngleich sie die Spender nicht eigenhändig umgebracht hatten. Ich ging davon aus, dass Spender ihre Organe freiwillig bereitstellten. Zunächst.

Ein weiterer Gesichtspunkt war der Abstand zwischen den Möglichkeiten der modernen Medizin und dem inneren Erleben des Patienten. Die Psyche hinkte hinterher. Es war schließlich schwer zu begreifen, dass etwas Fremdes in einem selbst lebte und funktionierte. Irgendwie verschwamm die Grenze zwischen dem Ich und dem Anderen. Herzen und Lebern waren ja nicht irgendwelche in einer Fabrik hergestellten Ersatzteile. Sie hatten vorher in einem anderen Menschen Dienst geschoben. Daher empfanden viele Transplantierte das fremde Organ als genau das: als fremd, was verständlicherweise ambivalente Gefühle auslöste. Dankbarkeit, Ekel, Erleichterung, Ablehnung. Auf einigen von Psychologen verfassten Dokumenten entdeckte ich den Hinweis, dass nach einer Transplantation nicht nur körperliche, sondern auch seelische Abstoßungsreaktionen zu erwarten waren. Nicht bei allen Patienten, wie üblich, aber bei vielen, von denen manche wiederum versuchten, ihre zwiespältigen Gefühle zu unterdrücken. Etliche von den Leugnern wurden irgendwann von ihren Emotionen überrumpelt, indem sie mit einem Mal keine harten Filme mehr sehen konnten oder Streit nicht ertrugen. Erst im Lauf einer langen Zeit, so ein Autor, würde das neue Organ erfolgreich ins Körperschema integriert – und in die Psyche. Allerdings verliefe der Prozess nicht ohne Rückschläge.

Auch zu den Symptomen, die Alexa mir genannt hatte, entdeckte ich eine Menge Hinweise. Transplantierte verspürten unerwarteten Heißhunger auf gewisse Speisen. Wenige gingen jedoch so weit zu behaupten, ihre Persönlichkeit habe sich verändert. Manche begannen, sich in einen Menschen einzufühlen, den sie nie gekannt hatten. Wie Alexa.

Ich lehnte mich zurück. Von meiner Küche aus sah ich die neu asphaltierte Straße. Über Bayern lauerten die Sommerferien. Menschen in Autos an jeder Ecke, bepackt bis obenhin. Radfahrer in Trupps mit schweren Satteltaschen. Wanderer. Neulich war ein Mountainbiker quer durch meinen Garten geflitzt und hatte im Gras eine Furche wie ein Traktor hinterlassen. Ich wunderte mich über nichts mehr.

Am Abend tauchte Nero auf. Wir richteten eine Brotzeit in der Küche. Bayerisch. Radi, Brot, Butter, Breze, Weißbier. An heißen Sommertagen mochte ich das. Obwohl ich sonst eher der Rotweintyp war.

»Glaubst du, es ist irrational, wenn man meint, ein anderer werden zu können?«

Er sah mich verblüfft an.

»Anders werden?«

Ich berichtete von meinen Recherchen.

Nero nahm zwei Weißbierflaschen aus dem Kühlschrank und schenkte uns ein. Er war der perfekte Mundschenk. Mit einem einzigen Schwenk goss er den kompletten Flascheninhalt ins Glas. Er schwor darauf, es vorher mit kaltem Wasser auszuspülen.

»Interessante Fragestellungen«, bemerkte er, als er in das erste Stück Radi biss. »Bloß schwer vorstellbar.«

»Was meinst du damit?«

»Dass tatsächlich das Wesen des Spenders auf den Empfänger des Organs übergeht. Ich meine, es ist ein Organ. Nicht die Seele oder so.«

»Es gibt Hypothesen, die besagen, dass alle Zellen ein Gedächtnis haben. Nicht nur die Zellen in unserem Gehirn.«

»Hm. Mag sein.«

Ich betrachtete ihn ein paar Sekunden schweigend. Seit dem Herzinfarkt war er irgendwie offener geworden. Weicher. Er ließ mehr zu. Es gelang mir, die Liebe und Zugewandtheit hinter seinem oft abrupt ausbrechenden Ärger zu erkennen. Seine Sehnsucht, es richtig zu machen. Was auch immer »es« war.

»Sich so was vorzustellen – also dass ein Teil der Seele des Spenders auf den Transplantierten übergeht –, ist vielleicht einfach ein Schlenker der Psyche. Man muss mit der Situation umgehen lernen. Man war vorher schwach, krank, auf Hilfe angewiesen. Nach der OP ist man allmählich wieder leistungsfähiger. Man ist dankbar.«

»Trifft bei Alexa zu 100% zu.« Ich wusste, dass Dankbarkeit eines der stärksten Gefühle war, die Nero nach seinem Herzinfarkt erlebt hatte. Dankbarkeit, weiterzuleben. Davongekommen zu sein.

»Aber es heißt nicht, dass man sich selbst nicht treu bleiben könnte«, fügte Nero nach einer weiteren Nachdenkpause hinzu.

»Was bedeutet das eigentlich: sich selbst treu bleiben? Sich nicht zu verändern?«

»Gute Frage. Sich nicht wesentlich zu verändern. Du zum Beispiel bleibst dir treu, indem du reisen willst. Weg willst. Indem du dem Ruf der Wildnis nicht widerstehen kannst.«

Er sagte es mit einem Lächeln. Ich erkannte dahinter seinen Kummer.

»Im Gegenteil. Ich wollte nie mehr reisen.« Ich fand mich selbst widersprüchlich.

»Du brauchtest eine Phase der Ruhe und Sesshaftigkeit, um dich von deinen Traumata zu erholen.«

Ich schnaubte.

»Ist es nicht so?« Er legte den Kopf schief. »Jetzt hast du ein paar Jahre hier gelebt, und nun regt sich jener Teil von dir, der sich nach Impulsen sehnt.«

»Und nach einem vernünftigen Klima.«

Nero lachte.

»Im Ernst, Nero: Was hältst du davon, im Winter zwei Monate abzuhauen? Könntest du deine Seminare und Beratungen nicht so legen, dass sie erst im März weitergehen?«

Er machte sein »Nerv-mich-nicht«-Gesicht.

»Was ist daran so dramatisch?«, bohrte ich weiter.

»Ich habe schon so weit abgespeckt. Mehr geht nicht, Kea. Ich muss schließlich Geld verdienen. Ich komme aus. Wir kommen aus. Nur: Du bist auch in einem eher unsicheren Geschäft tätig …«

»Es ist nicht unsicher. Ich habe seit Jahren gute Aufträge. Ich habe keinen einzigen Monat gehungert, falls du das meinst.«

»Ich habe nichts dagegen, wenn du für zwei Monate verreist. Wobei es mir recht wäre, wenn du beim Einsteigen in Bahn oder Flieger nicht in Panik ausbrechen würdest.«

Es hatte keinen Sinn, zu diskutieren. Nicht gerade

jetzt. Mir schwebte ja keine Reise vor. Nicht im Sinne von Umherziehen, wie ich es früher berufsbedingt getan hatte. Ich wollte mich an einem anderen Ort einwurzeln und ihn mir zu eigen machen. Es ging mir nicht um Abenteuer. Worum es mir eigentlich ging, hatte ich längst nicht analysiert. Musste ich gar nicht. Entscheidend war: Ich wollte etwas Neues ausprobieren. Eine neue Art zu leben. Nero wollte das nicht. Er klammerte sich an das, was er hatte, in permanenter Suche nach Sicherheit. Er glaubte, wenn er sich vor Veränderung schützte, wäre sein Leben stabil.

Ich hasste Sicherheit. Und ich baute auf sie. Lange genug hatte ich mit Todesangst zu tun gehabt. Das Leben in meinem Haus am Hang im Fünfseenland hatte mich geheilt. Soweit es möglich war. Ich war erneut bereit, loszuziehen.

Es musste schließlich nicht gleich Bali sein, wie Juliane vorgeschlagen hatte. Portugal genügte.

Ich berichtete Nero von dem Unfall des Portugiesen. Schloss meine Bitte an: »Könntest du …?«

»Herausfinden, wer der Mann war? Kea, bist du verrückt?«

»Aber du könntest, oder?«

»Damit du was tust mit dieser Information?«

»Den Mann finden und seine Lebensgeschichte aufschreiben.«

»Der Mann ist tot, Kea!« Nero wurde wirklich zornig.

Mein Magen verkrampfte sich. Ich legte das Stück Radi weg, in das ich hatte beißen wollen. Unbestreitbar beteiligte sich mein Magen in diesem Augenblick an meinen Gefühlen. Er zog sich zusammen und schmerzte. Die Frage war, ob er sich nachher an meine Wut erinnern konnte. Ob mein Herz das konnte, das seinen Schlag mächtig beschleunigt hatte. Ob meine Organe alle Aktivitäten speicherten wie ein Netzwerk digitale Spuren. Und ob irgendjemand, dem nach meinem Ableben mein Herz transplantiert würde, diese Erinnerungen übernehmen konnte – sollte ich mich dafür entscheiden, mir einen Organspendeausweis zu besorgen.

»Er hat eine Geschichte!«

»Jeder hat eine Geschichte. Doch weshalb solltest du das Recht haben, darin herumzugraben?«

»Vielleicht würden seine Hinterbliebenen, vielleicht eine Frau, ein Kind, die Eltern, Interesse daran haben. Immerhin ist er so was wie ein Held.«

»Du spinnst ja.« Nero strich sich durch sein dichtes braunes Haar, das an den Schläfen grau wurde. Die unweigerlichen Veränderungen, die keinem von uns passten. Auch durch mein fast schwarzes Haar zogen sich silberne Fäden.

»Nein. Ich habe eine Auftraggeberin und muss abchecken, welche Leistungen ich für sie erbringen kann und welche nicht. Falls ich den Spender ausfindig mache, kann ich seine Familie fragen, ob es ihnen recht ist, wenn ich an seine Lebensgeschichte herangehe. Sollten sie es nicht wollen, ist der Käse gegessen. Erst dann. Nicht vorher.«

Nero schüttelte den Kopf. Er suchte zwanghaft nach Argumenten.

»Es hat gute Gründe, Kea, dass der Spender anonym bleibt.«

»Nämlich?«

»Überlege mal, was da alles passieren könnte, wenn der dankbare Patient auf die Familie des Spenders losgeht. Oder die Angehörigen des Transplantierten bei einer erfolglosen Behandlung auf die Spenderfamilie.«

»Los. Erzähle.«

Nero schnaubte nur.

18.7.2013

KAPITEL 8

Ich bekam die Angaben, die ich wollte. Ich bettelte ein bisschen bei Neros früherem Kollegen, Markus Freiflug. Bei ihm hatte ich einen Stein im Brett, ich musste wenig ins Feld führen, um ihn zur Mitarbeit zu überreden. Einen Tag nach der fruchtlosen Diskussion mit Nero hatte ich ihn an der Strippe.

»Der Mann heißt Rui Peres Oliveira aus Lissabon. Seine Verlobte hat entschieden, dass seine Organe gespendet werden.«

»Seine Organe? Alle? Nicht nur sein Herz?«

»Richtig. Das ist keine sehr appetitliche Angelegenheit, Kea. Er war hirntot, nicht herztot. Das ist der ideale Ausgangspunkt, um Organe zu entnehmen. Sie müssen so lange wie möglich versorgt sein. Nur im Patienten, dessen Herz schlägt, bleiben sie frisch. Die hirntoten Patienten werden deshalb sogar so lange am Leben gehalten, bis klar ist, dass die Organe entnommen werden dürfen.«

Ich kaute an meiner Unterlippe. »Verstehe.«

»Hast du einen Organspendeausweis?«, fragte Markus Freiflug.

»Nein.«

»Ich habe meinen weggeschmissen.«

»Wie?«

»Entsorgt. Ich will keine Organe spenden. Man traut sich fast nicht, es zu sagen. Aber es ist so.«

»Wer sich was traut, ist Privatsache. Entscheidend ist, dass unsere Entscheidungen respektiert werden.«

»Die heutige Welt lebt von Moralisierern, Kea. Man ist schnell bei der Hand mit Verurteilungen, weil jemand angeblich ein schlechter Mensch ist.«

»Ein schlechter Mensch?«

»In den Augen derjenigen, die die moralische Deutungshoheit für sich beanspruchen.« Er machte eine kleine Pause, in der ich seinen Atem durch das Telefon hören konnte. »Ich schätze, du wirst ohnehin gut nachforschen.«

Ich dachte an Alexa, deren Leben wieder lebenswert war.

»Werde ich. In der Hauptsache geht es nicht um das Thema Organspende. Es geht um zwei Lebensgeschichten, die miteinander verschmelzen.«

»Na dann …« Im Hintergrund begann jemand, hektisch zu reden. »Ich mache besser Schluss. Grüß mir Nero.«

»Mache ich. Danke, Markus!«

Ich legte auf. Ging sofort ins Netz. Bisher hatte ich nicht infrage gestellt, dass es eine gute Sache war, für Organspenden zu werben. Immerhin bewiesen Biografien wie Alexas, dass ein fremdes Organ die Rettung sein konnte. Doch wie immer war die Wirklichkeit komplexer als gedacht.

Ich vertiefte mich in die Arbeit. Als ich nach vier Stunden im Internet zurück an die Oberfläche meines Alltags trieb, konnte ich die Beklemmung kaum abschütteln. Neben allerlei positiven Auswirkungen der Transplantation, die die Lebensqualität des Empfängers betrafen, aber genauso den medizinischen Fortschritt, der immer mehr möglich machte, gab es Schattenseiten. Obwohl ich mich zuvor mit Alexas Schicksal befasst hatte und dem Thema »Organspende« positiv gegenübergestanden war, fühlte ich mich jetzt in die Enge gedrängt. Ich goss Kaffee auf und schenkte mir einen großen Becher ein. Regenschnüre gingen über dem Fünfseenland nieder. Die Wolken schienen tiefer und tiefer auf die Wiesen zu sinken. Ich fröstelte. Weniger wegen der plötzlichen Kühle mitten im Juli, sondern vor allem wegen der erschütternden Berichte, die ich im Internet gelesen hatte.

Sicher, medizinischer Fortschritt als Begriff klang erst mal gut. Ich selbst war von der Hightech-Medizin zusammengeflickt und mit einem künstlichen Hüftgelenk ausgestattet worden. Kaum auszudenken, wie mein Leben heute aussähe, stünden diese hoch entwickelten Techniken nicht zur Verfügung. Insofern bestand für die Medizin immer die Herausforderung, Menschen zu helfen, und dies immer besser, effektiver zu tun. Was soviel hieß wie: Leben erhalten, Lebensqualität erhöhen. Möglichst viel Bewegungsfreiheit. Keine Schmerzen. Ausreichend Antrieb, um am Leben teilzuhaben. Zur Arbeit zu gehen, in Konzerte und Museen. Familien zu gründen.

Ich trank von meinem Kaffee. Die Erfahrungen der Angehörigen, die im Sinne eines hirntoten Sohnes, Vaters oder Ehemanns für eine Transplantation entschieden, sprachen von anderen Dingen. Von Menschen, die mithilfe der Intensivmedizin so lange am Leben gehalten wurden, bis durch die Entnahme des Herzens ein Weiterleben nicht mehr möglich war. Dies warf die Frage auf, was der Hirntod war. Ob er nicht vielmehr ein Stadium des Sterbens war, aber eben nicht der endgültige Tod. Ob Organspender auf dem OP-Tisch ermordet wurden.

Wenn man es denn so formulieren wollte.

Letztlich hing das alles lediglich sehr am Rande mit meinem Thema zusammen. Ich hatte den Auftrag, über Alexas Leben zu schreiben. Über das ihres Spenders, Rui, dessen Namen in schwarzer Schrift auf meinem Notizblock stand. Wie es bei einer Organ-Explantation zuging, hatte damit nichts zu tun. Doch die Berichte von zu reinen Körpern degradierten Spendern, die im Operationssaal lagen, beatmet und intensivversorgt, den Oberkörper von der Schilddrüse bis zum Schambein aufgeschlitzt, blutend, hallten in mir nach.

Ich riss das Fenster auf und atmete tief die kalte, feuchte Luft ein. Seit gestern hatten die Temperaturen um mindestens zehn Grad nachgelassen. Die Frische kam mir jetzt gerade recht. Ich pumpte Sauerstoff in meine Lungen.

An den Terroranschlag damals hatte ich wenige Erinnerungen. Sie beschränkten sich auf schnappschussartige Bilder von verbogenem Eisen, Blutlachen, schreienden Menschen und solchen, die nicht mehr schrien. Klinikzimmer. In Ägypten. In Deutschland. Auswechselbare Gesichter, die über weißen Arztkitteln saßen, mit Mündern, die Worte sprachen, auf die ich mir keinen Reim machen konnte. Weil ich unter der Dauerwirkung von Sedativa stand. Weil man mir die Schmerzen ersparen wollte und fürs Erste wohl vor allem die Erkenntnis meiner Lage. Die aus völliger Hilflosigkeit bestand.

Zu guter Letzt war da die Erinnerung an einen Mann, der mich verlassen hatte. Als ich ihn am meisten gebraucht hätte.

Ich trank meinen Kaffee aus. Nero hätte das nie getan. Er hätte sich eine Matratze neben mein Krankenbett gelegt.

Warum machte ich es mir so schwer mit ihm? Und ihm so schwer mit mir?

Was, wenn ich hirntot gewesen wäre? Hätte jener Mann zugestimmt, meine Organe zu spenden? Meine Haltung zum Thema hätte er nicht wissen können. Ich konnte mich nicht erinnern, je mit ihm darüber gesprochen zu haben.

Doch genau das war ein weiterer gruseliger Aspekt. Es gab Vorwürfe von Angehörigen, sie seien beim Gespräch mit den Ärzten über den Tisch gezogen worden. Unter Schock stehend, weil sie soeben einen Angehörigen verloren hatten, der nie mehr ins Leben zurückkehren würde, dessen Herz jedoch nach wie vor schlug, wurden sie gefragt, ob es im Sinne dieses Angehörigen wäre, wenn seine Organe gespendet würden. Bei diesen Gesprächen, so hatte ich gelesen, wurde die Moralkeule geschwungen. Nach dem Motto: »Jemand anderes könnte mit den Organen Ihres Sohnes weiterleben.« Die Familie fühlte sich in der Pflicht – und entschied sich, wenn man den Quellen trauen durfte, in der großen Mehrheit der Fälle für »Ja«. Es gab Vorwürfe, dass im Umgang mit Angehörigen von Hirntoten Psychotricks angewendet wurden. Natürlich pro Organspende. Angesichts der Tatsache, dass man Menschen in einer absoluten Ausnahmesituation vor sich hatte, war das verwerflich. Meiner bescheidenen Meinung nach. Man übte Zwang aus. Zwang, zu spenden. Schlimmer noch: Zu entscheiden, dass jemand, den man liebte, dafür stimmen würde, die eigenen Organe zu spenden.

Ich goss mir den Rest Kaffee in meine Tasse. Er war kalt, aber es spielte keine Rolle. Ich wollte mich bloß an einer Routine festhalten. Denn was daraus folgte, wenn man Zwang hinsichtlich der Ja-Entscheidung ausübte, war ebenfalls klar: Man manipulierte mal wieder die Gesellschaft, um bestimmte Interessen zu stärken. Die Interessen der Patienten, die auf Wartelisten standen. Wie Alexa. Und die Interessen der Medizin, der Institutsleiter, die glorreiche Zahlen haben wollten, um vor anderen Institutsleitern, die schlechtere Zahlen aufwiesen, zu prahlen. Um Profit zu machen. Von wegen, wie viele Lebern, Herzen und Nieren transplantiert worden seien. Mit welchen – selbstverständlich durchschlagenden – Erfolgen. Scheinbar befanden sich die Transplantationsbefürworter im Recht: Es wurden mehr Organe benötigt, als erhältlich waren. Aus diesem Missverhältnis wuchs manches Business. Leute wurden überfallen; man nahm ihnen eine Niere und legte die Beraubten notdürftig zusammengeflickt irgendwo an der Straße ab. Das Thema war ziemlich gehypt worden, wenngleich in den vergangenen zwei, drei Jahren weniger dazu veröffentlicht wurde. Nicht, dass die Tatsache an sich weniger geworden wäre. Ich hatte gestern den Begriff »Organhandel« gegoogelt und 409.000 Treffer bekommen. Doch das Thema war abgekaut. Neue Albträume hatten das Entsetzen über geklaute Nieren abgelöst. Die Welt lieferte einem genügend Stoff, über den man in Harnisch geraten konnte. Man würde mit dem Aufregen nie fertig werden, soviel stand fest.

Doch selbst, wenn die Dienstleistungen Krimineller nicht in Anspruch genommen wurden: Es gab Missstände im Medizingeschäft, von denen einige in den letzten Jahren an die Öffentlichkeit gedrungen waren. Im Hintergrund zog eine mächtige Lobby ihre Fäden, die dunkle Flecken verbarg, damit potenzielle Spender sich nicht abgeschreckt fühlten. Zu den schwärzesten Flecken gehörte die Frage, wann ein Mensch tot war. Wenn sein Hirn ausstieg? Zwei Ärzte mussten den Hirntod feststellen, bevor mit einer Explantation begonnen wurde. Konnten sie Fehler machen? Sich täuschen? Irren war in jeder Hinsicht menschlich, also im Bereich des Möglichen.

Ich trank den kalten Kaffee in einem Zug aus.

Dass es Missstände gab, konnte den Wert einer Sache nicht aushebeln. Ich schloss das Fenster. Der Regen wurde stärker. Ein Wagen fuhr vorbei. Irgendwie wurde ich das Gefühl nicht los, dass mit unseren Leben gespielt wurde.

KAPITEL 9

Dagmar parkte den Wagen in der Amalienstraße in Schwabing. Drüben in der Pizzeria wollte Stefan sie treffen. Sie hatte so viele Überstunden, dass sie durchaus mal weg konnte, die Mittagspause verlängern. Die seltsamen Hinweise, die sie von Jorge bekommen hatte, standen nun einmal im Raum, selbst wenn sie sich wünschte, sie wäre in der Nacht nicht mehr im Büro gewesen, als Jorge ihr auf die Pelle rückte. In der Kantine wurde längst getuschelt über Ruis angebliche Extravaganzen. Natürlich hatte Dagmar alles weitergeleitet, den Datenstick, die Informationen. Nun mahlten die Mühlräder des Unternehmens. Sollte sich herausstellen, dass Rui Mist gebaut hatte … Dagmar wollte nicht darüber nachdenken. Es hatte mit ihr zu tun, selbst wenn sie nichts für Ruis Unehrlichkeit konnte. Sie war stets der Meinung gewesen, gute Menschenkenntnis zu besitzen. Scheinbar verhielt es sich anders.

Rui war verlobt. Mir gegenüber hat er diese nebensächliche Tatsache nicht erwähnt, dachte sie sarkastisch. Falls es stimmte. Falls Jorge die Wahrheit gesagt hatte.

Warum sollte er nicht?

Sie betrat die Pizzeria, um nach Stefan Ausschau zu halten. Natürlich war er noch nicht da. Sie bestellte einen Cappuccino mit lactosefreier Milch und setzte sich auf die Terrasse. Jorge kannte Rui. Rui starb. Jorge bewarb sich auf die Stelle eines Mannes, den er aus Lissabon kannte. Dagmar setzte die Sonnenbrille auf. Ein Schutz, um niemandem in die Augen sehen zu müssen. Selbst dem Leben nicht, überlegte sie. Sie misstraute Jorge. Alles an ihr wehrte sich gegen den jungen Mann aus Portugal, der nachts in ihr Büro gekommen war.

Weil er ihr eine unangenehme Wahrheit hinterbracht hatte. Keine Frau ließ sich gern sagen, dass sie Nummer zwei war. Nach der Verlobten. Die Geliebte für den Spaß. Dagmar rieb sich die Stirn. Der Cappuccino kam. Mit einem Grinsegesicht aus Kakao auf dem Milchschaum. Und weit und breit kein Stefan.

Dagmar hasste es, sich für ihren Bruder verantwortlich zu fühlen. Für ein paar Jahre hatte sie es geschafft, sich aus allem rauszuhalten. Als sie in London studierte. Damals konnte niemand von ihr verlangen, sich um den Jüngeren zu kümmern. Sie war weit genug weg! Wobei kümmern soviel hieß wie: ihn aus der Scheiße rauszuholen, in die er sich regelmäßig hineinritt.

Stefan hatte eine lange Liste vorzuweisen: Alkoholmissbrauch, Drogen, ein klein bisschen Dealen.

Kleine Diebstähle, die sich aus der Situation ergaben. Frei nach dem Sprichwort: Gelegenheit macht Diebe. Ihre Eltern waren mit Stefan überfordert. Sie litten an seiner Karriere als Kleinkrimineller, doch sie hatten es verpasst, zur rechten Zeit ein paar Pflöcke einzuschlagen. So sah Dagmar das. Sie selbst hatte ja auch die Kurve gekriegt. Ein Studium im Ausland, Praktika in Australien und Namibia und direkt danach ein Job in einem Münchner Vorzeigeunternehmen. Ein gutes Gehalt, das ihr ein sorgenfreies Leben in einer der teuersten Städte Deutschlands ermöglichte.

Ihr Bruder hatte eine Lehre als Mechatroniker angefangen, durchgehalten und – oh Wunder – abgeschlossen. Durchschnittlich, aber nicht schlecht. Es gab nichts zu meckern. Im Anschluss fand er keinen Job, stattdessen landete er bei einer Frau nach der anderen und konnte es nicht lassen, jeder einzelnen den Mund wässrig zu machen. Er war ein solcher Angeber! Prahlte mit Geld, das er nicht hatte. Mehrmals half Dagmar ihm aus. Je öfter sie ihm ein paar Scheine zusteckte, desto miserabler fühlte sie sich. Sie wollte das nicht. Ihr Bruder würde sich das Bittstellertum angewöhnen. Er würde eine Tradition draus machen. Sie gab ihm einzig und allein deshalb Geld, damit er ihre Eltern in Ruhe ließ. Ihre Mutter und ihr Vater würden sich nicht zu helfen wissen. Sie würden Stefan von ihrer mickrigen Rente geben, bis sie selbst nichts mehr hatten. Damit Stefan sich einen schlauen Lenz machen konnte, mit Jennifer, Lisa, Leonie oder Nina.

»He, Schwester, was guckst du auf die Uhr? Bin ich zu spät?«

Er sackte neben ihr auf einen Stuhl.

»Hallo, Stefan.«

»Ich küsse dich.« Er küsste die Luft. »Wie geht's dir?«

»Ich habe nicht viel Zeit.«

»Ich auch nicht.« Er lächelte sein charmantestes Lächeln. So bekam er die Frauen rum.

»Worum geht's?«

»Hej, meine Schwester! Wie immer will sie direkt zum Kern des Geschäfts kommen, stimmt's?«

Dagmar unterdrückte eine Entgegnung. Lieber nahm sie einen Schluck Cappuccino.

»Soll ich dich zu einer Pizza einladen? Pasta? Salat?«

Er will mich einladen?, dachte Dagmar überrumpelt. Damit ich nachher Kohle rüberschiebe?

»Hör zu, Stefan. Ich bin wirklich in Eile und ich habe eine Menge Ärger in der Arbeit. Warum wolltest du dich mit mir treffen?«

Er winkte der Bedienung. »Einen Espresso. Das schnellste Getränk.«

Dagmar spürte die Nadelstiche des schlechten Gewissens. Okay, er ist mein kleiner Bruder. Okay, es ist in Ordnung, ab und zu Zeit für ihn zu erübrigen. Sie war die Gewinnerin, er der Loser. Sie sollte es ihn nicht zu sehr spüren lassen.

Der Tisch wackelte. Stefans rechtes Bein wippte in einem irren Tempo.

»Was ist los, Stefan?«

»Wie steht's eigentlich mit dir und Peter?«

»Mit mir und Peter?«

Peter war vor Rui gewesen. Sprich: vor einer Ewigkeit. Peter war ein glückloser Ingenieur, miesepetrig und keine Konkurrenz für einen sonnigen Südeuropäer, der soeben den Job seines Lebens bekommen hatte. Dumm nur, dass ihr labiler Bruder bei Peter angestellt war. Als Mechatroniker. Weil keine andere Werkstatt ihn genommen hatte.

Stefan zündete sich eine Zigarette an. »Ich weiß, du hast ihn verlassen, wegen diesem Portugiesen mit dem Sonnyboy-Lächeln.«

Dagmar hob die Hand. »Stopp, Stefan. Ich habe ihn nicht wegen Rui verlassen. Peter und ich haben Schluss gemacht, weil wir nicht mehr miteinander konnten. Wir sind zu verschieden.«

»Ja, ja, das ist deine Version.« Stefan blies den Rauch aus. Es hörte sich an wie eine kleine Explosion.

»Es ist eine Tatsache, keine Version.«

»Der Bluff der Wirklichkeit.« Stefan grinste.

»Warum erkundigst du dich nach mir und Peter? Du siehst ihn täglich. Frag ihn.«

Die Bedienung brachte Stefans Espresso. Er kippte ihn in einem Schluck hinunter. Verzog das Gesicht, rauchte weiter. Zum ersten Mal, genau in diesem Moment, entdeckte Dagmar Spuren des Alters auf dem Gesicht ihres Bruders. Fältchen um die Augen, die bisher nicht da gewesen waren. Etwas Graues um seine Augenlider. Schatten in seinen Mundwinkeln.

»Naja, ich habe ein bisschen Ärger mit Peter.«

»Ist das was Neues?«

Er explodierte.

»Ist nichts Neues. Okay, Schwester, das sage ich in aller Deutlichkeit, damit du recht hast.«

»Hör auf mit den Spielchen!« Dagmar hasste es, in Stefans Probleme reingezogen zu werden.

»Keine Spielchen. Du kennst doch Frieder.«

»Deinen Kumpel.« Dagmar erinnerte sich nur zu genau an den bauernschlauen Glatzkopf. Er war kaum älter als Stefan. Die beiden hingen ständig zusammen. Frieder hatte seine Lehre abgebrochen, obwohl er ein Händchen für Autos hatte. Sagte Stefan. Peter hatte Stefan angestellt, weil er Dagmars Bruder war. Aber Frieder nicht. Das wäre zu weit gegangen.

»Frieder ist bloß Aushilfe. Das ist so was von ungerecht. Frieder ist echt gut.« Stefan drückte seine Kippe aus.

»Ungerecht? Warum sagst du mir das? Sprich mit Peter.«

»Für Peter ist alles Geschäft.«

»Natürlich. Warum sonst, glaubst du, hat er eine Werkstatt? Um den Sinn des Lebens zu finden?«

»Du bist so zynisch.«

»Und du unausgegoren wie immer! Warum sitzen wir hier und reden? Peter und ich haben uns getrennt. Einen sauberen Schlussstrich gezogen. Solltest du mich anbetteln wollen, dass ich mit Peter rede, damit er deinen Kumpel fest einstellt, muss ich sagen: sorry.«

»Frieder ist ein brillanter Handwerker, und wir haben mehr als genug Arbeit in der Werkstatt. Manchmal kommen wir kaum rum. Ich arbeite sogar drei Samstage im Monat. Peter könnte einen zweiten Mann anstellen.«

»Er ist der Chef, Stefan, und wenn er es nicht will, wird er Gründe haben.«

»Könntest ...«

»Sprich nicht mit mir darüber, sprich mit Peter. Oder lass Frieder das machen. Schließlich will *er* den Job.« Dagmar nahm eher an, Frieder wollte ein bequemes Leben und meinte, ein Job würde es ihm garantieren. Aber das war kein Gesprächsstoff, den sie mit ihrem Bruder durchkauen wollte.

Stefan zündete sich eine neue Zigarette an. »Das ist es ja. Frieder liegt mir seit Ewigkeiten damit in den Ohren. Dass ich mit dir reden soll. Komm schon, Schwester, du hast doch noch einen Draht zu Peter. Ich meine, Beziehung hin oder her.«

Dagmar nahm ihre Geldbörse aus der Handtasche und legte zehn Euro auf den Tisch. Sie stand auf.

»Nein, Stefan. Ich habe keinen Draht zu Peter. Peter ist mein Ex, und das ist die einzige Verbindung zwischen uns. Ich werde keinesfalls mit ihm über etwas Privates reden, und schon gar nicht über einen Mechatroniker, den er einstellen soll. Der seine Lehre abgebrochen hat. Falls du dich nicht mehr dran erinnerst. Mach's gut. Bis die Tage.«

Sie ging zur Ampel, wartete ungeduldig auf Grün. Sie wusste genau, mit welchem Blick Stefan ihr nachsehen würde. Leidend. Vorwurfsvoll. Waidwund.

Dagmar drehte sich nicht um.

KAPITEL 10

Ergebnisorientiert. Das wissen Sie doch, Dr. Schmidt, oder? Ergebnisorientiert. So sind die Gespräche zu führen. Sie wissen ja: die Warteliste.

Dr. Schmidt schüttelt sich. Der Patient ist tot. Das Herz schlägt, das Hirn ist ausgestiegen. Der 20-jährige Biker hat sich auf der Autobahn »derrannt«, so sagen es die Bayern, er mag den Dialekt, obwohl er die Geradlinigkeit seiner Ausdrucksweise insbesondere in Situationen wie dieser fürchtet. Sein Dienst hat vor zwei Stunden begonnen. Es ist Nacht, am Nachmittag hat er versucht, zu schlafen, zu Hause, er kam auf 75 Minuten, das ist immerhin etwas. Er funktioniert, seine Organe verrichten ihren Dienst, und sein Hirn ist so gut, wie es nur sein kann bei dem ständigen Schlafmangel.

Der Biker hat eine Hirnmassenblutung bekommen. Man steckt nie drin. Der Zustand eines Patienten mit diesen Verletzungen kann sich rapide verschlechtern, selbst wenn zuerst alles gut aussieht. Gut genug, um zu hoffen. Dr. Schmidt denkt an die Eltern. Subduralhämatom. Ein Schutzbegriff in der Sprache der Medizin. Er bedeutet eine große Blutung unterhalb der harten Hirnhaut.

Der Patient sieht rosig aus, denkt Dr. Schmid. Die Eltern werden nicht glauben, dass er tot ist, wo doch sein Herz schlägt, wo er doch atmet; mithilfe einer

Maschine. Aber er atmet. Er sieht lebendig aus. Wie ein Schlafender. Laien können das nicht verstehen, Eltern noch weniger. Dr. Schmidt fürchtet sich vor so einer Situation; dass er am Bett seines Sohnes stehen könnte, um gesagt zu bekommen: Ihr Sohn ist tot. Das Gehirn hat seine Arbeit eingestellt. Unumkehrbar. Ohne Hirn kein Leben. Die beiden Kollegen haben im vorgeschriebenen Zeitraum die Tests durchgeführt und wiederholt. Keine Reflexe mehr. Nichts. Sie haben die Maschinen eingesetzt, die man so einsetzt. Sie verlassen sich auf die Resultate. Bei den Lebenden wie bei den Toten. Sie halten sich natürlich an die Richtlinien der Bundesärztekammer. Sie machen alles richtig. Die Bundesärztekammer glaubt an das Gehirn. Das Gehirn ist der neue Gott. Ein materieller Gott, der sterben kann. Fallen die Hirnfunktionen aus, ist die Kommandobrücke des Menschen funktionsuntüchtig. Nichts wird mehr gesteuert, angestoßen, umgewandelt. Das ist der Tod. Dr. Schmidt denkt manchmal, vielleicht ist die Frage nach dem Tod gar keine medizinische, sondern eine philosophische.

Er greift zum Telefonhörer. Wählt die Nummer, die er hasst, weil sich das Gespräch und alles, was sich aus dem Gespräch ergeben wird, in immer der gleichen Absurdität abspielt. Jemand freut sich, weil ein anderer tot ist, obwohl er atmet. Okay. Keine Zeit verlieren.

»Irreversibel. Vollständiger Funktionsausfall.«

Er muss es den Eltern sagen, doch zunächst muss er dieses Gespräch führen.

»Der Patient besitzt keinen Organspendeausweis«, rapportiert Dr. Schmidt.

»Reden Sie mit den Eltern. Sie bekommen Unterstützung.« Die Stimme klingt schleppend. Gelangweilt nach dem Motto: Muss man denn alles hundertmal erklären?

Er hasst es. Es fühlt sich an wie eine Verkaufsstrategie. Wie bekomme ich, was ich will? Ich will die Organe, wie verschaffe ich sie mir?

»Ich habe gehört, wir könnten ein Herz-Leber-Paket kriegen«, fährt die schleppende Stimme fort.

Jemand anderes muss ihn schon angerufen haben. Seltsam. Konzentration jetzt.

»Ja.«

»Wir wollen dieses Herz-Leber-Paket. Sie wissen selbst. Hat Seltenheitswert. Macht sich gut in Ihren Zahlen.«

Dr. Schmidt leitet kein Institut und schon gar keine Klinik. Nicht einmal eine Abteilung. Ihm ist es egal, welche Zahlen in welchen Excel-Tabellen stehen, um nachher auf irgendwelchen Internetseiten abgebildet zu sein, von Leinwänden in Besprechungsräumen zu flimmern. Er glaubt nicht an Zahlen, und ihm liegt nichts daran, Medizingeschichte zu schreiben. Aber er hat sowieso nichts mehr zu sagen, denn ein anderer betritt das Büro und nimmt ihm den Hörer aus der Hand.

»Wir erwarten Sie.«

Der Mann, der eben hereingekommen ist, legt den Hörer auf. Er trägt einen Anzug. Der Arztkittel hängt über seinem linken Unterarm. Wo haben Sie den denn hergeholt, aus der Oper?, fragt sich Dr. Schmidt.

»Sprechen Sie mit den Eltern.«

»Ich …«

»Die Eltern kennen Sie bereits. Haben Vertrauen zu Ihnen. Es macht wenig Sinn, wenn da jetzt ein anderer reingeht.«

Er wedelt mit der Hand, als müsste er Dr. Schmidt wie eine Fliege hinausscheuchen. Das Telefon läutet. Der Anzug nimmt ab. Spricht ein paar Worte. Legt auf. Es läutet wieder. Gleichzeitig schrillt das Handy im Sakko.

»Nun machen Sie schon!«

Dr. Schmidt weiß, der Biker, der noch atmet und rosig aussieht, ist jetzt nur noch ein Ersatzteillager. Er ist nicht mehr Patient, sondern wird als Spender konditioniert. Ein Objekt für die Medizin. Da sind Organe, die man haben will, vielleicht zusätzlich die Kreuzbänder im Knie, wenn die okay sind, die Hornhaut nimmt man gern dazu, natürlich, wir lassen schließlich nichts verkommen. Wer kann sich überhaupt dagegen aussprechen, Blinde sehen zu machen?

Dr. Schmidt sagt sich all die Argumente auf, die er in dem Kurs gelernt hat. Ein Lehrgang, mal nichts Medizinisches, das wäre doch was für Sie, hat der Chef ihn gelockt. Er hat gelernt, wie man ein Verkaufsgespräch führt. Wie man die andere Seite auf seine zieht, wie man seine Ziele dem Gegenüber verklickert, dass der denkt, es wäre auch sein Ziel.

Auf dem Korridor herrscht Hochbetrieb. Sie chartern Flüge. Holen die Operateure her, die mit den Boxen kommen, in denen sie hernach das Leber-Herz-Paket, die Nieren und so weiter gleich mitnehmen. Für diese Dinge ist Geld da; sie versprechen Renommee. Medizingeschichte! Und das Ansehen Deutschlands in der Welt, was glauben Sie denn, Schmidt!

Jetzt geht er zu den Eltern, durchschreitet das Tohuwabohu auf dem Gang, wo man von A nach B rennt, wichtig, geschäftig. Die Blutprobe und die Gewebemerkmale des Bikers haben sie längst. Schon mal vorausschauend erhoben. Die Daten sind längst durchgegeben, man rechnet fest mit dem Leber-Herz-Paket, das weiß Dr. Schmidt, und er weiß ebenso, wie peinlich es ist, wenn man nachträglich absagen muss, weil die Erlaubnis nicht kommt. Weil die Eltern sich dagegen entscheiden. Alles abblasen, alles rückgängig machen, wo die Logistik längst heißläuft. Das nagt am Ego des Anzugs, und nicht nur an seinem. Die Fälle, in denen man absagen muss, weil die Familie »nein« sagt zur Organfreigabe, die müssen die absolute Minderzahl bleiben, sonst verdirbt man sich's mit den wichtigen Leuten. Deswegen schickt man Ärzte wie Dr. Schmidt auf Kurse.

Dr. Schmidt geht am Zimmer des Bikers vorbei, die Tür ist angelehnt, da geben sie noch mal alles, Blutkonserven, Plasma, was eben so vorhanden ist im Schrank der Hoffnung. Die Eltern sitzen da auf ihren gelben Stühlen. Sie ahnen ja nicht, dass ihr Sohn tot ist, weil er atmet und beinahe gesund aussieht, abgesehen von den Schläuchen und dem Verbandskram. Vor ein paar Wochen hat Dr. Schmidt gelesen, irgendwo in den USA sei eine Frau für hirntot erklärt worden, von zwei in Intensivmedizin erfahrenen Ärzten. Unabhängig voneinander. Zur Explantation der Organe wurde sie in den OP gebracht. Sie öffnete die Augen. Sie lebte. Die OP wurde gestoppt. Später stellte sich heraus, dass bei der Patientin schon zuvor Zeichen von Leben feststellbar waren. Reflexe, die bei Hirntoten nicht vorkommen. Einige Leute vom Pflegepersonal wiesen darauf hin. Niemand zog daraus Schlüsse. Eine Pflegerin spritzte kurz vor der OP das Beruhigungsmittel. Die Patientin öffnete die Augen, als sie auf den OP-Tisch umgebettet wurde.

Telefone klingeln, ein Piepser macht sich bemerkbar. Jemand schaltet das helle Licht auf dem Korridor an.

Die Mutter des Bikers hat sich auf ihrem Stuhl umgedreht. Sie sieht Dr. Schmidt in der Tür stehen und ihr Gesicht hellt sich auf. Sie hofft auf gute Nachrichten. Ihr Sohn liegt so friedlich da. Hat Dr. Schmidt nicht gesagt, es gibt Anlass zur Zuversicht?

Dr. Schmidt betritt den Raum und schickt die Pflegerin, die die nächste Blutkonserve angeschlossen hat, hinaus. Er räuspert sich und sieht dabei auf seine weißen Schuhe. Er hasst es, Hoffnung zu zerstören. Es macht ihn kaputt.

19.7.2013

KAPITEL 11

Ich hatte einen Termin am Herzzentrum. Nicht gerade meine bevorzugte Adresse. Nero war nach seinem Infarkt hier eingeliefert worden. Die Erinnerung war eingetrübt. Sie bestand aus Sinneswahrnehmungen: der Geruch, als ich durch die Eingangshalle ging. Der Klingelton des Telefons in der Zentrale. Das *Zwasch*, als die Lifttüren sich öffneten. Die Schalttafel im Aufzug.

Eine Sekretärin im Kostüm empfing mich. Sie lächelte herzlich, als kennte sie mich. »Frau Laverde, richtig? Dr. Andersen hat sofort Zeit für Sie. Kann ich Ihnen einen Kaffee bringen?«

»Schwarz. Kein Zucker.«

»American Coffee?«

Ich nickte.

Kaum dampfte die Tasse vor mir, stob Dr. Andersen in den Besprechungsraum. Ein Magnum-Typ.

»Eine Reportage über Transplantation?«, begann er nach den üblichen Höflichkeiten.

»Eher über das, was nach der Transplantation passiert.« Ich blickte auf meine Unterlagen. Die halbe Nacht hatte ich die Punkte sortiert, die mir wichtig waren. Ich musste mich auf Alexas Geschichte konzentrieren, mich nicht davontragen lassen von Spekulationen über Zwischenwelten: Hirntod oder Leben oder Philosophie oder Medizin. Schnell trank ich einen Schluck Kaffee. »Insofern ist meine Arbeit keine Reportage. Ich schreibe als Ghostwriterin für meine Kundin.«

Er guckte verwirrt.

»Ihr Leben. Vor und nach der Transplantation.«

Er entspannte sich sichtlich.

»Es geht um die Krankheit, die sie fast bewegungsunfähig machte. Und die neuen Chancen nach der OP.«

Nun lächelte Dr. Andersen. »Ja. Das macht uns stolz.« Er wies mit dem Arm auf das Fenster. Als stünden dort draußen reihenweise Leute, die ebenfalls stolz waren. »Lebensqualität ist etwas, das uns Gesunden so selbstverständlich vorkommt. Morgens aufzustehen ohne Schmerzen. Sich einen Kaffee zu kochen und zur Arbeit zu gehen.«

»Ohne vor Erschöpfung nach drei Schritten gleich aufzugeben.«

»Es gibt Menschen, die kommen keine Treppe mehr hoch.«

»Wie meine Auftraggeberin.«

Er strahlte. »Als Mediziner sind wir glücklich über solch positive Rückmeldungen.«

»Kann es so etwas wie ein Zellgedächtnis geben?«

Er guckte verwirrt.

»Kann es sein, dass ein Patient, der ein Organ transplantiert bekam, denkt, er sei jemand anders?«

»Ach das meinen Sie.« Er räusperte sich. »Nun, ich habe davon gehört, dass Patienten fremdeln, wenn sie ein Organ bekommen haben.« Er sah auf die Uhr.

»Ist es medizinisch möglich?«

»Was?«

»Dass ein Organ ein Gedächtnis hat? Dass das Organ sich daran erinnert, für einen anderen Menschen funktioniert zu haben, und diese Erinnerung an den neuen Menschen weitermeldet?«

»Mit Verlaub, das halte ich für Humbug.«

»Es ist medizinisch also nicht möglich?«

»Es ist so gut wie ausgeschlossen.« Er räusperte sich. Im Vorzimmer klingelte das Telefon. »Heutzutage können Sie mit einem Transplantat an die 20 Jahre leben. Gut leben. 20 Jahre sind etwas. Aber natürlich tut sich die Psyche schwer, so einen Eingriff zu verarbeiten. Dazu kann ich Ihnen allerdings nur wenig sagen. Ich bin kein Psychologe.«

Mit Psychofritzen sprechen, notierte ich mir im Stillen.

»Sehen Sie, die Patienten stehen nach einer Transplantation nicht sofort auf der Sonnenseite. Zunächst ist da die Angst vor einer Abstoßungsreaktion. Es müssen Medikamente eingenommen werden. Die Menschen sind in der postoperativen Phase nicht besonders belastbar.«

»Meine Auftraggeberin gibt an, sie habe sich sehr schnell wieder fit gefühlt. Viel fitter als zuvor.«

»Ein Zeichen dafür, dass alles optimal funktioniert hat. Darf ich fragen, wie alt die Dame ist?«

»Mitte 20.« Ich rechnete nach. Alexa würde 20 Jahre mit dem portugiesischen Herzen leben. Und dann? Wenn sie in mein Alter kam? Würde ihr Name abermals auf einer Liste stehen, auf der sie sich ein neues Organ erwartete?

»Ja. Gut. Sie sehen, das jugendliche Alter der Patientin wird einiges dazu beigetragen haben, dass sie die OP und die Umstellung gut verkraftet hat. Viele Patienten haben natürlich auch ein Hochgefühl, wenn alles geschafft ist. Sie haben keine Schmerzen mehr, sie können wieder frei atmen, sich bewegen, ohne Hilfe aufstehen …«

»Ihrer Auffassung nach ist es also unmöglich, dass es ein Zellgedächtnis gibt?«

»Beim heutigen Stand der Forschung nicht anzunehmen. Die Auswirkungen, die Sie geschildert haben, sind psychologische Effekte.« Dr. Andersen stemmte die Hände auf die Lehne seines Sessels. Er wollte aufstehen. Das Gespräch beenden und seinen Geschäften nachgehen.

»Würden Sie mir noch Ihre Meinung zu den Skandalen der letzten zwei Jahre sagen?«

Er sank zurück in den Sessel. Also doch!, sagte seine Miene. Ich guckte unschuldig.

»Skandale?«

»In der Vergabepraxis. Wartelisten sollen manipuliert worden sein. Es gab eine Reihe von Gerichtsprozessen.«

»Das ist alles sehr traurig. Es zieht unsere Arbeit in den Schmutz.«

»Weil einige wenige Ärzte Schmu getrieben haben.«

»So ist es.« Er seufzte tief. »Das Vergabesystem, das wir derzeit anwenden, orientiert sich an der Dringlichkeit. Wenn Sie so wollen, an der Wahrscheinlichkeit, nach der jemand stirbt, wenn er nicht bald ein Organ erhält. Natürlich kann man die Daten eines Patienten dahingehend manipulieren, dass er in der Rangfolge nach oben rutscht. Ist längst passiert. Ich sage nur ›Göttingen‹.«

Ich stand auf. Was im Netz dazu zu kriegen war, hatte ich durchgecheckt.

»Danke für Ihre Zeit.«

Dr. Andersen katapultierte sich aus seinem Sessel, sprintete an mir vorbei und riss die Tür auf.

»Frau Drechsler, geben Sie Frau Lavein die Durchwahl zu unserer Psychologin?«

»Laverde.«

»Wie?«

»Mein Name ist Laverde.«

»Natürlich. Pardon. Ich danke Ihnen. Schönen Tag.«

Ich unterdrückte ein Grinsen. Der Mann wurde auch nur noch vom Stress zusammengehalten.

KAPITEL 12

»Zum Fall Jorge Fernandes.« Debenheim klopfte mit den Knöcheln auf den Konferenztisch. Seine Knöchel waren spitz und weiß. Dagmar hatte den Eindruck, er täte sich beim Klopfen weh.

Sie waren eine kleine, ausgesuchte Gruppe.

»Rui Peres Oliveira hatte auf seinem privaten Laptop ein Programm, das er offensichtlich selbst geschrieben hat.« Debenheim sah in die Runde. Er trug eine Brille mit blauer Fassung, die sich in seinem weißen Gesicht schrill absetzte. Es wurde still im Raum. Außer Dagmar war Jeremy Aiman dabei, der Programmierer und Gruppenleiter, unter dem Rui gearbeitet hatte. Zu dessen Team jetzt Jorge gehörte. Und Debenheim. Der Mann, dem der Vorstand vertraute. »Aiman, machen Sie weiter.«

»Da gibt es nicht viel zu sagen. Ein ziemlich weit gediehenes Programm. Eine Software zur Organisation eines kleinen Betriebs. Unmöglich festzustellen, was für ein Betrieb. Es gibt Adressbuch, Buchhaltung, letztere ziemlich ausgefeilt, Auftragsannahmen, Lieferumfänge, kurz: alles, was man benötigt, und das zugleich hübsch vernetzt. Effektiv und pragmatisch. Vermutlich ist es nicht schwer, Mitarbeiter darauf zu schulen.« Aiman nickte, als müsse Rui für diese Arbeit posthum gelobt werden.

Debenheims spitze Finger trommelten auf den Tisch. Dagmar starrte aus dem Fenster, doch ihr Blick erreichte den dunklen Horizont über München nicht. Stattdessen blickte sie in die Spiegelung des Konferenzraumes. Drei Personen, ein Tisch.

Aiman klappte einen Laptop auf. »Damit ist an sich nicht viel anzufangen. Denn das Zeug war auf Rui Peres Oliveiras privatem Computer.«

»Wie kommt Jorge da dran?«, fragte Dagmar.

»Das möchte man wissen.« Debenheim.

»Er sagte, er und Rui kannten sich aus dem Deutschkurs.«

»Glaubhaft?«

Woher soll ich das wissen?, dachte Dagmar. »Vermutlich. Portugal ist ein kleines Land.«

Aiman klickte auf seiner Tastatur herum. »Rui wird das Programm nicht zum Spaß geschrieben haben. Wir haben jedoch nichts gefunden, was darauf hinweist, dass er es verkaufen wollte. Und ehrlich gesagt, wenn er etwas privat machen wollte …«

»Sie kennen die Verträge, Aiman!«, funkte Debenheim dazwischen.

»Pardon?« Aimans olivenfarbene Augen funkelten Debenheim an. Der Programmierer hatte Schultern wie ein Ringer. Sein dichtes Haar trug er zum Pferdeschwanz gebunden. »Der einzige Vertrag, den ich kenne, ist meiner.«

Dagmar verdrehte die Augen.

»XComMunich sichert sich die komplette Arbeitskraft seiner Angestellten. Exklusiv.«

Aiman zuckte die Achseln. »Ob einer in seiner Freizeit Tennis spielt oder ein neues Programm schreibt – wo ist der Unterschied?«

»Der Unterschied besteht darin, dass XComMunich nichts mit Tennis zu tun hat!« Debenheim hustete. »Warum kam Jorge zu Ihnen, Frau Umbach?«

Sie erwiderte Debenheims Blick. Das war leicht. Sie musste sich lediglich auf die alberne blaue Brillenfassung konzentrieren.

»Ich weiß es nicht. Vielleicht, weil ich so spät noch im Büro war, und eure Arbeitsgruppe«, sie sah Aiman an, »residiert ja auf dem Flur gegenüber.« Das war dünn, und sowohl Aiman als auch Debenheim würden das wissen. Dagmar musste vorsichtig sein. Irgendwas stimmte nicht mit diesem Jorge. In der letzten Nacht, schlaflos wie immer, hatte sie sich alles wieder und wieder zurechtgelegt. Die Fakten seziert. Jorge musste wissen, dass sie und Rui ein Paar gewesen waren. Und es war kein Zufall, dass er ausgerechnet sie mit diesem geheimen Programm auf Ruis Computer bequatscht hatte.

»Können wir rauskriegen, ob Rui Kontakte hergestellt hat? Mit anderen Firmen?«, fragte Debenheim.

»Auf seinem Firmenrechner war nichts. Frage mich sowieso, wie Jorge an Ruis Privatrechner kam.«

»Haben wir ein privates Handy?«

Aiman sah fragend von Debenheim zu Dagmar. »Spielen wir Polizei?«

»Das ist eine interne Untersuchung.« Debenheim plusterte sich auf.

»Sein privates Mobiltelefon hat sicher seine Verlobte«, mutmaßte Dagmar.

»Er hatte eine Verlobte?«

»Hieß es, ja.« Dagmar senkte den Blick. Ihr taten die Augen weh. Von den Reflexen in der Panoramascheibe. Von Debenheims funkelndem Blick.

»Seine Wohnung ist längst aufgelöst?« Debenheim sah Aiman an.

»Das ist anzunehmen, oder? Ich bin kein Crack, wenn es um Organisatorisches geht. Ich kenne mich mit Quellcode aus.« Aiman klappte seinen Laptop zu. Lehnte sich zurück.

»Sie haben Ihre Abteilung nicht im Griff, Aiman.« Debenheim riss unwillig den Blick von seinen Fingern.

Aimans Kinnlade fiel herunter.

»Ich will verdammt noch mal wissen, wie dieser Jorge dazu kommt, ein fast fertiges, sozusagen verkaufsfertiges Programm auf dem privaten Rechner eines Kollegen zu finden, den er angeblich von früher kennt und auf dessen Stelle er sich beworben hat, bevor jener sich an einem Brückenpfeiler zu Tode …« Debenheim schnappte nach Luft, wandte sich Dagmar zu, und dabei traten seine Augen aus den Höhlen. »Und wieso zum Teufel hat ein kleiner Programmierer Sie eingeweiht, Frau Umbach? Reden Sie doch keinen Unsinn. Sie waren …« Er griff in die Tasche seines Sakkos und fummelte ein Asthmaspray heraus. Zwei kräftige Sprühstöße. Erneutes Husten. Seine Augen schrumpften auf Normalgröße. »Sie waren nachts im Haus, na und? Aiman wäre der Ansprechpartner gewesen.«

Das ist nicht mein Problem, dachte Dagmar, obwohl sie wusste, dass es nicht stimmte, dass sie sich etwas vormachte. Denn genau das war ihr Problem, sie hatte mit Rui eine Affäre gehabt. Und Jorge musste das wissen.

Debenheim stand auf. »Sie hören von mir.« Er verließ den Konferenzsaal.

Sie hörten draußen die Lifttüren aufspringen. Sich schließen. Der leise Sound des sich entfernenden Fahrstuhls. Die zarte Geräuschkulisse eines Bürohochhauses mitten in der Nacht.

»Fuck«, sagte Aiman. »Können Sie sich einen Reim darauf machen?«

»Ich wünschte, ich könnte.«

Aiman nickte. »Gute Nacht.«

In der Tiefgarage hallten Dagmars Schritte besonders laut. Sie ertappte sich dabei, wie sie in die Schatten hinter den Stützpfeilern lugte. Wie sie auf die Position der Kameras achtete. Sie schloss ihren Wagen auf, warf die Handtasche hinein. Ließ den Motor an.

Jemand tippte ihr vom Rücksitz aus auf die Schulter.

KAPITEL 13

»Ich bin Cornelia Pankofer, hallo.«

Ich stand kurz auf. Wir drückten uns die Hand. »Kea Laverde.«

Jetzt hatte ich eine Psychologin vor mir, die mir sicher würde sagen können, wie das alles funktionierte. Mit der Psyche und den Ersatzteilen.

Wir saßen im *Schall & Rauch* in der Schellingstraße. Um uns Studenten, Unileute. Vor mir dampfte ein American Coffee. Es war längst dunkel, die Tage wurden unaufhaltsam kürzer, ich mochte gar nicht dran denken. Zudem kroch eine Wolkenwand über München hinweg. Dieser Sommer würde nichts werden. Ich spürte es im linken Zeh.

Cornelia setzte sich mir gegenüber. Sie bestellte eine Saftschorle.

»Ich freue mich, dass Sie kommen konnten«, sagte ich.

»Lustig, dass ausgerechnet Dr. Andersen mich empfohlen hat.«

»Ach?«

»Er und ich, wir können eigentlich nicht so miteinander.« Sie grinste. Augenscheinlich war sie von der frischen, fröhlichen Sorte. Weite bunte Hose, ein weißes Hemd. Eine witzige Kette aus bunten Steinen. Rotes Haar, lockig, zu einem Zopf gebändigt. Blaue Augen. Stupsnase. Menschen fanden wahrscheinlich schnell Vertrauen zu ihr.

»Ich trage mich mit dem Gedanken, zu promovieren. Über die psychischen Folgen von Transplantationen, und zwar von erfolgreichen. Dazu bin ich auf eine breit angelegte Studie angewiesen. Schließlich muss ich zuallererst Daten erfassen. Und dazu wiederum hänge ich an der Kooperationsbereitschaft von Dr.

Andersen. Alles geht über seinen Tisch. Ich darf ja nicht einfach die Leute zu Studienzwecken einteilen, aushorchen, beobachten. Nicht in seinem Haus. Nicht in seiner Abteilung.«

»Geht's hier um Pfründe?«

»Es geht um Macht und Einfluss und Renommee. Vor allem um Renommee.«

»Um den Stolz, pro Jahr soundsoviele Herzen transplantiert zu haben.«

»So ungefähr, ja.«

»Wie stehen Sie zu der Aussage, dass die Transplantation das Leben der Patienten wieder lebenswert macht?«

»Ist sicher der Fall. Aber eben nicht immer.«

»Erklären Sie!«

»Klingt unter Umständen zynisch, doch sogar, wenn die Gesundheit funktioniert, haben die Leute ihr Leben nicht unbedingt im Griff.«

Ich drehte meine Tasse in den Händen. »Ist ein Leben dann gut, wenn man es im Griff hat?«

Sie lachte. »Nein. Nicht notwendigerweise.«

Wir musterten einander. Ich mochte sie. Sie mich offenbar auch.

»Es muss interessant sein, dem Leben von Menschen auf eine Weise nahezukommen, wie Sie das tun«, sagte Cornelia schließlich.

»Ist es.« Es war mehr als interessant. Es war hinreißend. Eine Versuchung. Eine unglaubliche Schule. Die Psychologin und ich, wir würden uns jetzt wahrscheinlich festquatschen. Sie hatte so die Art. Zuhören, etwas beisteuern, nachbohren. Aber ich benötigte Hilfe bei ein paar Fragen. Vorhin hatte Alexa angerufen. Sie hätte zwei Tickets nach Lissabon reserviert. Mir schwirrte der Kopf. Ich befand mich im freien Fall. Zwar zog es mich fort aus dem Fünfseenland. Aber gleichzeitig brachen sich all die grässlichen Begleiterscheinungen Bahn, die mich seit dem Anschlag peinigten, wenn ich mich in einen Zug oder ein Flugzeug begeben musste. Ständiges Herzklopfen. Appetitlosigkeit. Kaffeesucht. Die permanente Suche nach einer Toilette. Panikattacken. Was sollte ich überhaupt in Lissabon? Was würden wir dort finden? Ruis Leben?

Ich verdiente Geld mit dieser Reise. Ich hatte den Auftrag angenommen, und ich musste mich nach den Wünschen der Auftraggeberin richten. Wenn Alexa eine Story über den Spender ihres Herzens haben wollte, würde ich diese Geschichte schreiben.

Wie würde ich eigentlich den Winter in einem anderen Land verbringen können, wenn ich vorher nicht hinflog? Diese Frage schob ich beiseite. Cornelia Pankofer sollte mir anderweitig helfen.

»Können Sie mir sagen, ob es ein Zellgedächtnis gibt?«

Sie trank einen Schluck Saft. »Hm. ›Es gibt‹ kann viel bedeuten.«

»Ich meine, dass Transplantierte plötzlich das Gefühl haben, ein anderer lebe in ihnen.«

»Wenn Sie rein naturwissenschaftlich forschen, werden Sie kein Gedächtnis in der Leber finden. Nur Leberzellen, die irgendwelche Informationen speichern, verarbeiten, weitergeben. Ist Informationsspeicherung schon Gedächtnis?«

Die Antwort hatte ich parat. Erinnerung war eher ein Geschichtenlabor. Man redete sich das eigene Leben zurecht. Man ergänzte, baute um und gestaltete. Im Prinzip konstruierte jeder Mensch seine eigene Lebensgeschichte. Unser Leben war das, woran wir uns erinnerten. Ich versuchte es mit einer Gegenfrage: »Kann man ein Gehirn zerlegen und darin das Gedächtnis finden?«

»Dazu bin ich nicht der richtige Ansprechpartner. Ich bin keine Neurologin. Aber nein, kann man nicht. Sie finden Zellen, schön und gut. Was drin ist in der Zelle, das bleibt verborgen. Zellabläufe können ausschließlich am lebenden Menschen erfasst werden. Nicht am toten, also nicht an der Zelle als reiner Materie.«

»Kann ein transplantiertes Herz dem Empfänger sagen: He, du bist jetzt ein anderer?«

»Die Mediziner stellen es weitgehend in Abrede. Sie sagen, diese Erfahrung, die nicht neu ist, über die seit Langem berichtet wird, sei eine psychologische. Als individuelle Erfahrung eines Patienten gibt es das Zellgedächtnis. Die Menschen empfinden ihr Selbst anders als zuvor. Aber nicht als objektivierbaren Sachverhalt.«

»Von Ärzten hört man, es wäre ganz logisch, wenn die Patienten anfangs mit dem neuen Organ innerlich auf Kriegsfuß stehen. Schließlich ist der Einbau eines solchen Ersatzteils etwas, das das normale Denken sprengt. Wer kann sich schon vorstellen, dass er mit dem Herzen eines anderen weiterlebt?«

»Die Psyche kommt dem medizinischen Fortschritt nicht hinterher, das stimmt. Man kann einen solchen Eingriff nicht allein mit Rationalität begreifen.« Cornelias Handy klingelte. Sie schaltete es ab. »Die Patienten erleben sich verändert. Nicht alle, aber viele. Sie verkraften zum Beispiel plötzlich keine Fernsehkrimis mehr. Sie heulen bei Werbung.«

»Ist mir auch schon passiert.«

»Da sehen Sie, wie diffus die Symptome daherkommen. Ein Patient hat mit einem Mal Heißhunger auf Fisch und meint, das läge daran, dass er das Herz eines Fischers implantiert bekommen hat. So simpel wird es nicht sein. Meiner Erfahrung nach hat es eher mit Schuldgefühlen und Dankbarkeit zu tun.«

»Man fühlt sich schuldig am Tod eines Menschen?«

»Man ist nicht ursächlich schuld, doch man profitiert vom Tod eines anderen. Das ist für viele gleichbedeutend mit Schuld oder zumindest Verantwortung. Denken Sie mal: Wie viele Menschen haben Schuldgefühle wegen aller möglichen Kleinigkeiten. Weil sie nicht mit ihrer Mutter shoppen gegangen sind oder eine Freundin am Telefon abgewürgt haben.«

»Das sind typisch weibliche Symptome.« Ich wusste, wovon sie sprach, denn ich köchelte den Kontakt mit meiner Mutter auf Sparflamme. Das hatte seine Gründe. Eine Psychologin würde sicher mehr dazu sagen können, aber es war nicht das Thema. Nicht hier und heute.

Ich trank meinen Kaffee aus. »Wollen Sie damit andeuten, ein Transplantierter bildet sich ein, Fisch zu mögen, aus Dankbarkeit einem vermeintlichen Fischer gegenüber, der für ihn gestorben ist?«

»Anpassung an vermeintliche Vorlieben, ja.«

»Aber warum hat er Heißhunger auf Fisch? Nicht auf Chips oder Lakritze oder Sauerkraut? Er weiß ja nicht, wer der Spender ist. Sein Herz könnte von einem Fischer kommen, aber auch von einer bayerischen Sennerin. Warum hat der Patient also Fisch auf dem Zettel mit den Lieblingsspeisen und nicht Edamer?«

Cornelia lachte. In ihren sommersprossigen Wangen bildeten sich Grübchen. Dr. Andersen ging mir durch den Kopf. Von einer solchen Frau mit allen Attributen des Liebseins erwartete man keinen Gegenwind.

»Menschen wollen sich ein Bild machen. Sie erfinden sich eine Geschichte, um aus ihr Schlüsse zu ziehen und Sicherheit zu erfahren. Das gibt ihnen das Gefühl, ihre neue Lebenssituation kontrollieren zu können.«

»Mir kommt es so vor, als wäre das bei der Person, für die ich arbeite, genauso. Sie sagt, sie mag plötzlich Oliven und will reisen!«

»Nicht ungewöhnlich. Wobei das Reisen natürlich eine Reaktion sein kann, die einen vorherigen Mangel kompensieren will.«

»Sagen Sie noch etwas zu Dankbarkeit und Verantwortung.«

»Gern. Ist mein privates Lieblingsthema.« Sie sah mich prüfend an und nahm mein Grinsen mit funkelnden Augen zur Kenntnis. »Wir sind alle einer permanenten Gehirnwäsche durch Medien et cetera ausgesetzt, die sehr stark mit moralischen Ansprüchen argumentiert. Welches Handeln ist gut, menschlich, anständig? Welches ist verwerflich? Früher lief das über die Kirche, heute kräht jeder Schnösel etwas von Gerechtigkeit, sozialer Verantwortung, ökologischer Verpflichtung. Das ganze Gutmenschenpotpourri. Man fühlt sich oft schon wie ein verderbter Sünder, wenn man den Apfelbutzen nicht in die Biotonne schmeißt. Jetzt führen Sie sich das vor Augen: Jemand stirbt, und Sie kriegen sein Herz.«

»Uff.«

»Menschen in unserer Gesellschaft nehmen überhaupt sehr selten Geschenke an. Ja, die üblichen, sanktionierten Weihnachtspäckchen, weil sich das so gehört und man die Kuckucksuhr von Tante Elfriede nicht gleich wegschmeißen kann. Wobei – ich mache das. Ich trage solchen Kram überhaupt nicht in meine Wohnung. Ich werfe das Zeug sofort in die Tonne.«

Ich begann zu lachen. Ich schüttelte mich richtig.

»Habe ich mich falsch ausgedrückt?«, fragte Cornelia lächelnd.

»Nein. Im Gegenteil: Endlich fühle ich mich mal verstanden.«

»Sagen Sie es nicht zu laut.«

»Sie wollen damit durchblicken lassen: Wenn ich sogar Probleme damit habe, dass jemand im Café einen Espresso für mich bezahlt, wie soll ich mich dann verhalten, wenn jemand stirbt und mir sein Herz gibt?«

Sie nickte nachdenklich. »Vom Ursprung her ist ein Geschenk etwas, das man gibt – aus freien Stücken und aus Freude am Geben. Nicht, weil gerade die entsprechende Jahreszeit ausgebrochen ist. Nicht, weil man denkt, es gehöre sich so. Nicht, weil man sich sonst komisch vorkommt, wenn man nichts schenkt. Nicht, weil man eine Gegenleistung erwartet.«

»Ist ein Organ denn ein Geschenk?«

»Wie man es nimmt. Jemand besorgt sich einen Organspendeausweis im vollen Bewusstsein, einem anderen im Fall seines Todes seine Organe zu schenken. Eine Gegenleistung kann nicht mehr erfolgen.«

Ich rieb mir die Stirn. »Ich habe keinen. Keinen solchen Ausweis.«

»Ich habe einen.« Sie sah mich nachdenklich an. »Es gibt viele Für und Wider. Niemand sollte gezwungen werden, sich einen zuzulegen. Ich hielte es für gefährlich, wenn man sich ausdrücklich gegen eine Organspende aussprechen muss, um seine Organe nicht zu spenden. Post mortem, meine ich.«

»Können Sie mir Ihre Meinung zum Thema Transplantation in einem Satz sagen?«

»Fluch und Segen. Und eine große Versuchung. Etwas, das Begehrlichkeiten weckt. In China transplantieren sie die Organe von Hingerichteten.«

Hatte ich gelesen.

»Aber so ist es eben.« Sie sah mich an. »Wir müssen damit klarkommen, dass manche Dinge gut und böse zugleich sind. Nicht die Dinge selbst, nicht die Vorgänge selbst natürlich, das ist immer eine Frage der Perspektive. Ich denke: das, was daraus werden kann. Das ist entscheidend. Und das hat niemand in der Hand. Am allerwenigsten die Ärzte, die das Organ einbauen.

Für die Chirurgen ist der Fall abgeschlossen, sobald die Wunde vernäht ist. Etliche Patienten quälen sich zwar mit Abstoßungsreaktionen und so weiter ab. Die Ärzte sehen das aber eher als pharmakologisches Problem. Es gibt Immunsuppressiva, und die Patienten werfen das Zeug ein. Manchmal gibt es Probleme mit einem Organ, das nicht so arbeitet, wie es soll. Also muss ein neues her. Im Großen und Ganzen sind das technische Fragen, auf die es technische Antworten gibt. Eine weitere Operation mit einem besseren Ersatzteil. Die passenden Pharma-Schmiermittel. Schluss.« Sie streckte sich. »Den meisten Patienten geht es kurz nach der OP ziemlich schlecht. Nicht unbedingt psychisch, sondern zunächst rein körperlich. Die Operationswunde schmerzt, sie werden mit Medikamenten vollgestopft, an die der Körper nicht gewöhnt ist. Denen ist 24 Stunden am Tag schlecht. Wie gesagt: Das hat nichts mit einem Zellgedächtnis zu tun.«

»Danke.«

»Sollen wir noch einen Wein trinken?«, fragte Cornelia.

Ich wollte nicht über Lissabon nachdenken und über das Eingesperrtsein in einem Flugzeug für drei endlose Stunden. Und ich mochte diese Psychologin. Ich hätte sie genauso gemocht, wäre sie Obstverkäuferin oder Mambolehrerin gewesen.

»Klar«, antwortete ich.

KAPITEL 14

Dagmar fühlte, wie ihr Herz ein paar Takte aussetzte. Sie drehte sich um, hielt in der Bewegung inne.

»Scheiße, Peter!«

»Ich habe noch einen Schlüssel.«

Dagmar stöhnte. Sie presste die Stirn gegen das Lenkrad. »Was wird das, wenn's fertig ist?«

»Fahr los. Du weißt doch, diese verdammten Kameras nehmen alles hier auf.«

Dagmar ließ den Motor an und stieß aus der Parklücke. Sie öffnete die Schranke an der Ausfahrt mit ihrer Chipkarte und fuhr zügig aus der Tiefgarage.

»Sollen wir irgendwo was essen gehen?«, fragte Peter.

»Was soll das?« Sie war nicht fertig mit ihm. Nicht so, wie sie Stefan hatte glauben lassen. Sie hatte Peter ab und zu getroffen, auch nachdem sie offiziell Schluss gemacht hatten.

»Ich bräuchte was.«

Sie bog auf den Mittleren Ring. Richtung Westen. Der Olympiapark kam in den Blick, der Fernsehturm. Ihre Hände zitterten.

»Ich habe was in meiner Handtasche.«

»Danke. Toll.«

»Ich habe keine Lust auf Essen.« Sie griff nach ihrer Handtasche und warf sie nach hinten.

»Täte dir aber gut. Wirst immer knochiger.«

Dagmar verbiss sich die Antwort.

»Nichts für ungut. Hat es dich sehr mitgenommen, die Sache mit deinem Kerl?« Sie hörte, wie er in der Tasche kramte.

»Danke der Nachfrage. Ich komme drüber weg.«

»Du bist der Typ dafür.«

»Wofür?«

»Um drüber wegzukommen.«

Es raschelte. Er hatte gefunden, was er suchte.

»Danke für das Kompliment.«

Sie hasste ihn in diesem Moment. Dafür, dass seine mangelnde Einfühlsamkeit sie nach wie vor zur Weißglut brachte. Dass er ihr so wehtun konnte; dass er genau wusste, wie er es machen musste.

»Und wie sieht's bei dir aus? Hast du wieder jemanden gefunden?«

»Nö.«

Im Rückspiegel sah sie, wie er das Tütchen in die Hosentasche stopfte.

»Gibt eben keine so wie dich.« Dabei lachte er.

Sie hatte ihn wirklich geliebt. Mittlerweile hatte er sich zu einem Proll entwickelt; zuvor war er ein anderer gewesen. Ein interessanter Mensch, der sich in spitzfindigen Diskussionen verlieren konnte. Einer mit Themen. Einer, der die Hoffnung nicht aufgab, in einem großen Konzern unterzukommen. Dann versuchte er es in einem kleineren Unternehmen. Schließlich in immer kleineren, bekam sogar zwei, drei Zusagen, doch er hielt es dort nicht aus. Unterforderung. Wozu das Studium? Wozu Ingenieur werden, wenn sich letztlich niemand um seine Expertise scherte?

Also machte er sich selbstständig. Mit eigener Werkstatt. Sobald das Geschäft einigermaßen lief, genug abwarf, um davon zu leben und einen Gesellen zu bezahlen, kam es nicht mehr drauf an. Peter ließ sich gehen. Wurde ein Misanthrop durch und durch. Drei Jahre hatte Dagmar ihm die Stange gehalten, seine Griesgrämigkeit, sein sauertöpfisches Selbstmitleid ertragen. Bis der sonnige, fröhliche Rui …

Sie biss sich auf die Lippen, bog Richtung Innenstadt ab.

»Stefan wollte mit mir reden.«

»Und?«

»Er hat mir von Frieder erzählt.«

»Und dich beschwatzt, mich zu beschwatzen.«

»So ungefähr.« Dagmar lachte, was gut tat, aber sich falsch anfühlte. Sie wollte mit Peter keine Komplizenschaft mehr.

»Vergiss es. Bei meinen Einnahmen ist ein zweiter Geselle nicht drin. Apropos Einnahmen: Wie viel kriegst du?«

»Geht aufs Haus.«

»Unsinn.« Er fischte eine Brieftasche aus seiner Jeans. »Wahrscheinlich wolltest du dir mit diesem Schatz einen schönen Abend machen?«

Dagmar hatte eine unschlagbare Quelle in der Firma. Sie würde sich morgen neues Koks besorgen. Es spielte keine Rolle. Obwohl es stimmte: Nach dem ganzen Stress mit Debenheim und Ruis angeblichem Verrat und der Frage, die in ihrem Kopf pulsierte, warum Jorge zu ihr gekommen war, hatte sie auf Entspannung gehofft. Ein wenig Leichtigkeit, zumindest für eine Nacht. Aber das war alles nichts, was sie Peter anvertrauen würde. »Ist nicht wichtig.«

»Nimm dich doch zur Abwechslung selbst mal wichtig.«

»Wie macht sich mein Bruder?«

»Stefan ist okay. Er hat Grips und ein Händchen. Frieder ist technisch besser, nur leider ziemlich unzuverlässig. Stefan hält sich wenigstens an Absprachen. So einen will ich fürs Geschäft.«

Sie fuhren schweigend durch die nächtliche Stadt. Dagmar hatte es nicht mehr eilig, nach Hause zu kommen. Den Stoff hatte jetzt Peter. Zu Hause wartete niemand. Nicht mal eine Katze. Sie hatte nichts, wofür sie sich starkmachen konnte, außer ihren Job.

»He, da drüben ist ein Grieche!«, rief Peter.

Dagmar bremste. Ein Taxi überholte hupend.

»Ich meinte, ein griechisches Restaurant. Sollen wir?«

Dagmar steuerte den Wagen über die Gegenfahrbahn und bog in eine Parkbucht.

»Auf einen Retsina.«

KAPITEL 15

Ein Raum mit einem Hirntoten und gelben Stühlen. Draußen Nacht. Dunkelheit, die von der Hightech des Krankenhauses ausgeblendet wird.

Der Hirntote ist rosig und atmet mithilfe einer Maschine. Die Geräte senden ein leises Ticken in die Nacht. Es riecht nach Desinfektionsmitteln, auf den Gängen eilen Menschen hin und her. Dr. Schmidt schließt die Tür.

Auf den gelben Stühlen die Eltern des Bikers.

Dr. Schmidt: »Es tut mir sehr leid.«

Mutter: »Aber er ist doch gar nicht tot.« (Zeigt auf die Blutkonserven, die ihrem Sohn intravenös verabreicht werden.)

Vater: »Er atmet.«

Dr. Schmidt: »Die Maschine beatmet ihn. Wenn wir das Atemgerät ausschalten, wird er nicht mehr atmen. Sein Gehirn hat seine Funktionen eingestellt. Das Atemzentrum ist außer Kraft gesetzt. So wie alle anderen Schaltstellen im Gehirn, die sein Leben steuern.«

Mutter: »Er sieht so gut aus. Sie haben gesagt, er hat eine Chance!«

Dr. Schmidt: »Leider haben wir nicht alles unter Kontrolle. Die Hirnmassenblutung hat unsere Hoffnungen ausgelöscht.«

Mutter: »Kann man nichts tun?«

Dr. Schmidt: »Der Ausfall der Hirnfunktionen ist unumkehrbar.«

Vater: »Warum stellen Sie dann nicht ab?«

Dr. Schmidt: »Ich möchte Sie gern fragen, ob Sie damit einverstanden wären, die Organe Ihres Sohnes zur Transplantation freizugeben.«

Vater: »Kommt nicht infrage.«

Dr. Schmidt: »Ihr Sohn ist jung und gesund. Es gibt Menschen, die dringend auf seine Organe angewiesen sind.«

Vater: »Ich möchte das nicht.«

Dr. Schmidt: »Ich verstehe, der Gedanke ist für Sie momentan sicher befremdlich. Der Punkt ist, dass die Organe Ihres Sohnes weiterleben könnten.«

Die Tür geht auf, ein Mann kommt herein, Jeans, Sakko, ein weißer Kittel über dem Sakko. Dr. Schmidt macht ein Zeichen, er hebt ein wenig den Daumen, der Mann geht hinaus. Dr. Schmidt fühlt, wie Schweiß sein Hemd durchtränkt.

Er kann den Eltern nicht sagen, dass die ganzen Konserven, die Medikamente nur gegeben werden, um den Sohn frisch zu halten. Ein ideal versorgtes Ersatzteillager, eine Intensivstation für seine Organe. Dr. Schmidt braucht jetzt die Einwilligung, daraufhin kann es sofort losgehen.

Die Mutter steht auf, tritt an das Bett ihres Sohnes. Dr. Schmidt hält das nicht aus. Er hält nicht aus, wie sie Abschied nimmt. Er hält nicht aus, dass sie nicht weiß, wie eine Explantation verläuft. Er hasst sich, weil er sich das Vertrauen dieser Menschen erschleicht. Weil er sagt, die Organe leben weiter. Sobald die Organe entnommen sind, haben sie nichts mehr zu tun mit dem jungen Mann, der dort im Bett liegt. Organe sind keine Personen. Sie sind Organe.

Draußen, hinter den Kulissen des Zimmers mit den gelben Stühlen, laufen die Vorbereitungen. Da sind längst alle informiert. Eurotransplant und die DSO und die ganze Klinik. Da werden Flugzeuge gechartert und Chirurgen aus ihren Betten geholt. Die rasieren sich jetzt. Dr. Schmidt unterdrückt das Zittern seiner Hände.

Dr. Schmidt: »Es gibt eine lange Warteliste mit Menschen, die dringend ein Organ benötigen. Ein neues Herz zum Beispiel. Da sind auch junge Menschen dabei. Vom Alter her wie Ihr Sohn. Die warten vielleicht schon ein Jahr. Die sind immer bereit, zur OP gerufen zu werden.«

Die Mutter: »Junge Leute?«

Dr. Schmidt: »Junge Leute mit Herzkrankheiten. Leberkrankheiten. Junge Leute, die möglicherweise nicht mehr lange überleben. Sie könnten ein Leben retten.«

Die Mutter: »Nicht mehr lange leben?«

Dr. Schmidt: »Je länger ein Mensch mit einem ungenügend arbeitenden Organ aushalten muss, desto schlechter stehen seine Chancen.«

Der Vater: »Wer wird das Organ bekommen?«

Dr. Schmidt: »Das weiß ich persönlich nicht. Die Daten werden abgeglichen. Eine europäische Organisation, Eurotransplant, ermittelt einen passenden Empfänger.«

Der Vater: »Ich will wissen, wer das Herz meines Sohnes bekommt.«

Die Mutter: »Roland, lass gut sein.«

Der Vater: »Ich will das wirklich wissen!«

Die Mutter: »Es ist doch nicht wichtig.«

Dr. Schmidt: »In Deutschland ist es nicht möglich, über die Identität des Empfängers Auskunft zu erhalten. Wenn Sie es wünschen, können wir aber dafür sorgen, dass Ihnen mitgeteilt wird, ob die Transplantation erfolgreich verlaufen ist.«

Er sagt nicht: Es gibt nicht bloß eine Transplantation. Da werden nämlich viele OPs koordiniert, draußen, in der Unendlichkeit der Klinikflure. An den Telefonen, die unaufhörlich klingeln, werden Herz, Nieren, Leber, Lunge, Pankreas und Dünndarm verhandelt. Er hört das aufdringliche Läuten der Apparate bis hinein in das Zimmer, wo der Tote friedlich atmet. Dr. Schmidt reibt sich das Gesicht. Was für ein Irrsinn, selbst seine Psyche kommt da nicht mehr mit. Der Junge atmet, sein Brustkorb hebt sich, senkt sich.

Der Vater: »Vielleicht ist er nur bewusstlos. Vielleicht wacht er morgen auf.«

Dr. Schmidt: »Es wurden umfangreiche Tests gemacht. Leider ist es nach heutiger medizinischer Urteilskraft vollkommen ausgeschlossen, dass Ihr Sohn nur bewusstlos ist.«

Er beginnt zu referieren, über Reflexe und EEGs und denkt dabei an die Frau aus Amerika, die auf dem OP-Tisch die Augen aufschlug. Was, wenn sie die Augen nicht aufgeschlagen hätte.

Die Mutter: »Ich will nicht noch mehr Tod.«

Dr. Schmidt spürt, die Mutter ist soweit. Sie wird einverstanden sein. Sie wird »ja« sagen, wie es meistens die Mütter tun, die Ehefrauen, die Verlobten, das hat er alles erlebt. Viele Male. Weil sie hier viele Patienten reinkriegen wie den Biker, junge Typen, die Geschwindigkeit mit Gottes Herrlichkeit verwechseln.

Dr. Schmidt nennt ein paar weitere Details. Über die Schmerzreaktionen im Gesicht, auf die selbst tief Bewusstlose reagieren, Hirntote aber nicht, geht er nicht ein. Er erklärt den Hornhautreflex. Dass ein Hirntoter sein Auge nicht mehr reflexhaft schließt, wenn seine Hornhaut mit einem Wattestäbchen berührt wird. Ein Bewusstloser würde das tun. Das kann sich jeder vorstellen. Dass die Pupillen eines Hirntoten nicht mehr auf Lichteinfall reagieren. Die Pupille eines Bewusstlosen verengt sich. Dr Schmidt spricht ausschließlich über diese beiden Sachverhalte. Mehr Information ist nicht nötig. Er soll keine Vorlesung halten. Er soll dafür sorgen, dass die Eltern ihre Einwilligung geben. Nur darum geht es jetzt. Interessengeleitetes Argumentieren.

Die Mutter: »Roland?«

Der Vater schweigt. Er ist versteinert. Er sieht auf den Boden. Dr. Schmidt ahnt, dass der Mann gerade ins tiefste Loch seines Lebens stürzt. Das Grauen, die Verzweiflung, die hilflose Wut, die sich in dem Vater in diesen Minuten zusammenbrauen, werden sein Leben lang nicht mehr verschwinden. Möglicherweise verblassen. Dennoch werden sie Spuren hinterlassen; in seinem Körper und in seiner Seele. Der Mann wird nie wieder derjenige sein, der er vor einer Viertelstunde noch war.

Dr. Schmidt: »Haben Sie noch andere Kinder?«

Die Mutter: »Eine Tochter.«

Dr. Schmidt: »Möchten Sie, dass ich Sie jetzt allein lasse? Damit Sie in Ruhe nachdenken können?«

Die Mutter: »Roland?«

Der Mann reagiert nicht. Er stiert auf den Boden.

Die Mutter: »Roland?«

Keine Antwort.

Die Mutter: »Machen Sie es.«

Dr. Schmidt verlässt den Raum. Draußen steht der DSO-Mann, der in Jeans und Sakko unter dem weißen Kittel.

Dr. Schmidt nickt ihm zu.

Telefone läuten. Ein Licht flackert, das geht Dr. Schmidt auf den Geist. Er eilt, er rennt beinahe den Gang hinunter. Sein Piepser geht. Jetzt läuft es an. Die Welle rollt.

22.7.2013

KAPITEL 16

»Meine Mutter macht Terror wegen der Katze.«

»Was?«

»Na, Herztransplantation und Haustier vertragen sich halt nicht. Wegen der ganzen Keime.« Alexa seufzte.

Wir saßen am Gate G 46 am Münchner Flughafen. Waren viel zu früh dran. Draußen brannte die Sonne. Ich fragte mich wirklich, warum wir nach Portugal flogen. Vor gut zwei Stunden hatte ich Alexa abgeholt, den Spider ins Parkhaus gestellt und die Eincheckzeremonie über mich ergehen lassen. Meine Auftraggeberin hatte zwei flexible Rückflugtickets gebucht. Wir wussten also nicht, wann genau wir zurückkommen würden. Ich rechnete mit wenigen Tagen in Lissabon. Es beruhigte mich, jederzeit abhauen zu können. Das und Alexas permanentes Plappern hielten meine Panikattacke im Zaum.

Die letzten Nächte hatte ich beinahe durchgearbeitet. Es gab nun ein ziemlich weit gediehenes Textfragment über Alexas Leben vor der Transplantation. Der Fokus lag auf ihrer Herzkrankheit und den Einschränkungen ihres Alltags, die im Lauf der Jahre immer übermächtiger wurden. Auf dem halben Jahr in der Klinik. Auf dem zermürbenden, hilflosen Warten. Ich hatte Alexa die Datei vor nicht ganz zwölf Stunden gemailt. Sie hatte sofort alles gelesen und diverse Partien mit Rotstift markiert.

»Was mir fehlt, sind Infos zum Leben nach der OP«, sagte ich. »Es ist ja bisher ein recht kurzer Zeitraum. Wir sollten darüber reden, wie viel Platz dies im Buch einnehmen sollte. Als eine Art Epilog? Oder mehr?«

»Ich will, dass der Bericht über mich mit neuem Herzen mit dem Bericht über Ruis Leben verknüpft ist.« Alexa tänzelte zum Kaffeeautomaten an der Querseite des Gates und kam mit zwei Bechern zurück. In meinen hatte sie keine Milch getan. Eine aufmerksame Beobachterin.

»Worauf soll ich mich konzentrieren?«

»Vorlieben, Lebenseinstellungen.«

»Können Sie Portugiesisch?«

»Nö. Aber ganz gut Englisch. Als ich krank war, konnte ich am Schluss nicht viel anderes machen, als per Tablet mit der weiten Welt zu chatten. Auf Englisch. Übrigens: Wenn mich nicht alles täuscht, haben Sie Englisch studiert!«

Auch in puncto meines Lebenslaufs war sie gut informiert.

»Hoffen wir auf einen Gesprächspartner, der ebenfalls halbwegs Englisch kann.«

Unser Flug wurde aufgerufen. Die Leute am Gate rafften ihre Sachen zusammen und formten eine ausgebeulte Schlange am Ausgang. Die meisten schienen

Ferienreisende zu sein. Familien mit kleinen Kindern, jugendlichen Kindern, Pärchen, Arm in Arm. Eine, zwei Wochen Portugal, ein bisschen südliches Feeling für die Seele, dann zurück nach Hause und malochen. Ich entdeckte eine alleinreisende Frau mit angespanntem Gesicht, gegebenenfalls eine Reisejournalistin.

Als ich der Lufthansa-Frau meine Bordkarte reichte, klopfte mir das Herz bis zum Hals.

»Spüren Sie Ihr Herz klopfen?«, fragte ich Alexa.

»Nur, wenn ich nervös bin.«

»Ich bin nervös.«

Die Lufthansa-Dame lachte mich an. »Keine Sorge. Das Flugzeug ist das sicherste Verkehrsmittel.«

»Ich bin nicht nervös«, kam es von Alexa. »Ich freue mich. Ich war seit gefühlten 100 Jahren nicht im Ausland.«

Klar. Ich hatte echte Luxusprobleme. Ich war gesund und frei. Ich konnte reisen, wenn ich wollte. Nur: Ich wollte eigentlich nicht. Alle meine Instinkte trieben mich aus der engen, heißen Fluggastbrücke hinaus, zurück in den Flughafen. Ich biss die Zähne zusammen. Hinter mir kam Alexa, plaudernd, und eine Reihe vieler weiterer Passagiere. Ich guckte aus dem Fensterchen auf das Rollfeld. Die Sonne gleißte. Man konnte die Hitze förmlich sehen.

Wir quetschten uns in das Flugzeug und boxten uns zu unseren Sitzen durch. Es herrschte das übliche Gewusel von Leuten, die den Mittelgang blockierten, weil sie in aller Gemütsruhe Handgepäck verstauten, Marsriegel an ihre Kinder verteilten und die hinter ihnen hereindrängenden Leute ignorierten.

»Ein Chaos«, seufzte Alexa mit glücklichem Gesicht. »Hier sind unsere Plätze.«

Neben dem Notausgang! Das passte. Ich ließ Alexa ans Fenster, obwohl sie mich höflich fragte, ob ich wollte.

»Nein danke, kein Bedarf. Ich lese immer bei Start und Landung.«

Sie grinste. »Übrigens, gestern war ich an Ruis ehemaligem Arbeitsplatz.«

»Wie bitte?« Ich starrte sie an. »Wo hat er denn gearbeitet?«

»Das war leicht zu finden. Ein paar Chats auf Twitter. Bei einer Softwarefirma in München. XComMunich. Mal gehört?«

»Und was haben die Ihnen über Rui erzählt?«

»Nicht viel. Ich bin hinmarschiert und habe mit einer Frau gesprochen. Ob ich dort in der nächsten Zeit ein Praktikum machen könnte. Ich habe von meiner Operation erzählt und dass ich mich für Informatik interessiere. Die Frau war echt nett.«

Ich schnallte mich an. Meine Laptoptasche schob ich unter den Vordersitz. Nach alter Gewohnheit griff ich zum Inflight-Magazin.

»Sind Sie auf Rui zu sprechen gekommen?«

»Zuerst nicht. Die Frau wollte natürlich wissen, wieso ich mich mit der Praktikumsanfrage gerade an sie wende. Ich hatte vorher ein bisschen gegoogelt und rausgefunden, dass XComMunich ein junges Unternehmen ist. Gegründet von ein paar jungen Typen vor sechs Jahren, haben sie sich mit einer cleveren Geschäftsidee in München breitgemacht. In einem von diesen schicken Glaspalästen im Münchner Norden.«

Ein Zucken ging durch das Flugzeug.

»Was für eine Geschäftsidee?«, fragte ich, dankbar für Alexas Ablenkung.

»Sie machen Software für kleine und mittelständische Unternehmen. So bedienerfreundlich und pragmatisch wie möglich. Dazu hält sich ein Mitarbeiter ein paar Tage beim Kunden auf und ermittelt, was gebraucht wird. Das wird nachfolgend maßgeschneidert programmiert. Auf der Webseite wirbt XCom-Munich mit Schnittstellen-Software, über die quasi alles abgewickelt werden kann: von der Buchhaltung bis zu den E-Mails.«

»Klingt für mich jetzt nicht so innovativ.«

»Sie werben mit Schnelligkeit, Effizienz und maximaler Bedienerfreundlichkeit. Die Mitarbeiter der Kundenfirmen müssen nicht ewig geschult werden. Die bringen sich die neue Software quasi selbst bei. Außerdem habe ich dieser PR-Tante gesagt, ich hätte gehört, sie hätten auch Mitarbeiter aus anderen Ländern, und ich hätte einen portugiesischen Freund, ein Superprogrammierer. Ob die Leute Deutsch können müssen. Und sie sagte, das müssten sie. Das Unternehmen funktioniert zwar zweisprachig, die Sitzungen werden bei Bedarf auf Englisch gehalten und so, aber die Mitarbeiter müssen die Kundenunternehmen besuchen, und das geht nur mit Sprachkenntnissen. In Deutsch.«

Die Stimme des Pursers schallte durch die Kabine. Der freundliche Herr erinnerte die Passagiere, dass Handys ausgeschaltet werden müssten. Ich kramte in meiner Laptoptasche nach meinem und sah, dass ich eine SMS bekommen hatte. Von meiner Mutter.

»Oweh.«

»Was?« Alexa warf mir einen scharfen Blick zu.

»Eine SMS von Frau Laverde verheißt nichts Gutes.«

»Frau Laverde?«

»Meine Mutter.«

Sie lachte. »Das ist cool. So nenne ich meine Mutter jetzt auch immer. Frau Senger.«

Ich schaltete das Handy aus.

»Was schreibt sie?«, fragte Alexa.

»Keine Ahnung.«

»Super Methode.«

Sämtliche Fluggäste hatten endlich ihre Plätze eingenommen. Die Flugbegleiter schlossen die letzten Handgepäckfächer. Ich stellte den Rüssel für das Gebläse genau auf mein Gesicht. Mir war verdammt heiß. Meine Hände zitterten, als ich das Handy wegpackte und in dem Magazin zu blättern begann. Der Pilot meldete sich aus dem Cockpit, um durchzugeben, dass wir in wenigen Minuten starten konnten. Ich begann zu keuchen.

»Alles in Ordnung?«, kam es von Alexa.

»Nein. Aber ich überlebe üblicherweise.«

»Was ist denn los?«

»Ich habe vor Jahren einen Terroranschlag mit Mühe überlebt. Seitdem habe ich die Krise in geschlossenen Räumen, in denen sich zu viele Menschen befinden.«

Alexa starrte mich ein paar Sekunden mit offenem Mund an.

»Ich will nicht drüber reden.«

Sie fasste sich schnell. »Okay. Wissen Sie, was mir noch aufgefallen ist? Dort bei XComMunich? Dass die PR-Frau plötzlich ganz blass wurde, als ich was von Portugal sagte.«

»Warum das denn?«

»Also, zuerst sagte ich ja, ich hätte einen portugiesischen Programmiererfreund. Und dann erwähnte ich, dass ich Rui gekannt hätte.«

Ich verdrehte die Augen.

»Das hat sie ziemlich aus der Fassung gebracht.«

Das Flugzeug wurde aus seiner Parkposition geschoben. Ich ignorierte das Ruckeln.

»Ich habe im Internet nachgeforscht. XComMunich hat für Rui eine dicke Anzeige in der Süddeutschen, im Merkur und in der AZ geschaltet.«

»Das ist Werbung für die, Alexa.«

Sie schwieg eine Weile. Die Maschine rollte auf die Startbahn.

»Ich hatte den Eindruck, dass die Frau irgendwie erschrocken war. Nicht nur berührt. Nicht nur schockiert vom Tod eines Mitarbeiters.«

»Erschrocken? Über Ihre Nachfrage?«

»Nicht nur das. Sondern weil … sie hatte irgendwie Angst.«

»Woher wollen Sie das eigentlich wissen?«

»Sie guckte so komisch. So wie Sie jetzt gerade gucken.«

Nicht, dass ich ihrer Analyse irgendwie widersprechen konnte. Ich hatte wirklich eine Scheißangst.

KAPITEL 17

Auf meinen professionellen Reisen war es mir fast nie passiert. Dass ich in einer fremden Stadt landete und mich sofort in sie verliebte. Eigentlich fühlte ich mich immer als Fremde, die sich genau die Lage des Flughafens einprägte, um möglichst schnell wieder die Fliege machen zu können. Innerlich immer auf Flucht getrimmt.

Mit Lissabon war es anders. Ich verfiel der Stadt, kaum dass wir im Taxi saßen. Mein Blick saugte sich fest an den Oleanderbäumen, die in voller Pracht die Straßen säumten, an den verkachelten Häusern und dem in der Sonne blitzenden Fluss. Das Taxi erklomm den Burgberg durch Gässchen, die so eng waren, dass sich kein Münchner Taxifahrer hindurchgewagt hätte. Wir quetschten uns an einer altertümlichen Straßenbahn vorbei und hielten schließlich vor einer unscheinbaren Glastür gegenüber einem unbebauten Grundstück, das über und über mit Clematis bewachsen war. Letztes Frühjahr hatte ich versucht, diese Kletterpflanze in meinem Garten zu züchten. Fehlanzeige. Hier wucherte sie mit violetter Selbstverständlichkeit quer über das ansonsten ockerfarben verbrannte Gras. Lila leuchtend. Soviel zum Thema Klima.

Alexa und ich bezogen unsere Zimmer. Sie lagen nebeneinander, jedes mit Dachterrasse. Ich setzte mich auf die Ummauerung und sah hinab auf Lissabon. In meinem Rücken die Burg, unter mir ein Gewirr aus Straßen und Sträßchen. Ich hörte Straßenbahnen kreischen, Autos hupen, sah ein paar Hügel aus all dem Durcheinander ragen, eine weiße Kirche, blendend hell gegen den blauen Himmel. Palmen, Oleander, so dick wie die Buchen im Englischen Garten. Am Horizont ragten gläserne Hochhäuser in das unverschämte Blau. Flugzeuge navigierten hindurch. Ich war hingerissen.

Alexa kam auf ihre Terrasse. »Irre, was?«

Ich nickte. So hatte ich es mir nicht vorgestellt. Es war himmlisch. Ein Ort, den man nicht mehr verlassen wollte, wenn man einigermaßen bei Trost war.

»Wie gehen wir vor?«, fragte ich. Am besten, ich überließ Alexa die Feinplanung. Sie hatte bestimmt längst alles festgelegt.

»Schlafen, Gegend erkunden, essen gehen, dabei vielleicht schon die Adresse anpeilen, wo Rui gewohnt hat, bevor er nach München fuhr. Abschließend Besprechung bei Portwein.«

Das Mädchen war wirklich lebensdurstig.

»Okay. Der Aspekt ›schlafen‹ gefällt mir.« Ich hatte ein Defizit aufzuholen.

»Mir auch. Bis später!« Sie verschwand in ihrem Zimmer. Ich rückte mir den Liegestuhl in den Schatten und streckte mich darauf aus. Seit Studententagen hatte ich nicht mehr Urlaub gemacht. Ich war gereist, um zu arbeiten. Hatte gearbeitet, indem ich reiste. Selbst meine Ferien als Studentin waren nicht besonders erholsam gewesen: unterwegs mit knappem Budget in Hostels und mit wechselnden Männern. Damals hatte ich gedacht, das müsste so sein.

Aber jetzt, in diesen Minuten auf dem Liegestuhl, bevor mir die Augen zufielen, ging mir auf, dass ich gar nicht wusste, was Urlaub war. Sein konnte. Ich hielt mich durch Anforderungen an mich selbst am Leben. An einem nackten Dasein. Doch genoss ich jemals ein paar Stündchen in der Sonne? Einfach nur blinzelnd im Licht?

Okay, ich würde das Haus verkaufen und ich bekam bestimmt eine Menge Geld dafür, so wie der Immobilienmarkt aussah. Aber dann? Wo würde ich vor Anker gehen? Vermutlich reichte ein Einzimmerapartment mit Dachterrasse in Lissabon.

Ich tippte eine SMS an Nero. »Bin angekommen. Traumhaft.« Dann schlief ich ein.

Zwei Stunden später spuckte uns ein Taxi in Benfica aus. Wohngebiete, Fernbusbahnhof, grau, trist. Nach dem ersten Einblick in die maurisch anmutende Altstadt von Lissabon fühlte ich mich in eine völlig andere

Welt katapultiert. Vor uns ragten Hochhäuser in den Himmel. Die Hitze staute sich. Alexa kramte ein Blatt Papier aus ihrem Rucksack.

»Okay. Hier müsste es sein.«

»Moment. Alexa, wir müssen uns genau überlegen, was wir hier wollen.«

»Checken, wo Rui gewohnt hat.« Sie legte den Kopf in den Nacken. »Das Herz, das in mir schlägt, kennt diesen Ort.«

Ich konnte nachvollziehen, dass die Situation mehr als seltsam für Alexa war. Selbst mir kam alles eigenartig vor. Das Herz eines Menschen – war das nicht mehr als ein Muskel?

»Mag Rui auch hier gewohnt haben, was, wenn dort jetzt Verwandte von ihm leben? Oder seine Verlobte? Wir können da nicht kurzerhand reinmarschieren. Wir müssen uns eine gute Geschichte zurechtlegen.«

»Klar. Ich will nicht reinmarschieren. Ich will das Gelände erkunden.«

Ein Typ kickte einen Fußball knapp über unsere Köpfe. Zwei Frauen mit bauchfreien Tops schoben Kinderwagen vor sich her über die unebenen Betonplatten. Die Kleinen wurden mächtig durchgerüttelt. Ihre Mütter hielten Kaffeebecher aus Pappe in der Hand und ratschten.

Alexa ging los, auf den Eingang des Wohnblocks zu, wo nach Markus Freiflugs Informationen Rui Peres Oliveira gelebt hatte, bevor er nach München aufgebrochen war. Wir waren Eindringlinge in einem fremden Leben. Alexa schien den Widerspruch genauso zu empfinden, aber irgendwo mussten wir mit unseren Nachforschungen anfangen. Wir waren neugierig auf das, was uns erwartete, spürten jedoch, dass wir für die andere Seite nichts anderes als Störenfriede waren. Mit dem Lift fuhren wir in den siebten Stock. Die Türen öffneten sich lautlos. Es roch nach Kaffee, Gebäck, Putzmittel. Wir gingen den Flur hinunter. Rechts und links braun gestrichene Türen. Die Farbe platzte allerorten ab. Im düsteren Licht studierte ich die Namen an den Türen. Portugiesische Namen und viele andere. Solche, die Menschen aus weit entfernten Ländern trugen, die in Portugal untergekrochen waren. Aus den ehemaligen Kolonien. Flüchtlinge, vielleicht aus Angola. Leute aus São Tomé e Principe. Moçambique. Menschen, die sich in Portugal ein besseres Leben erhofften, während Leute wie Rui ihr Glück in Deutschland gesucht hatten.

»Hier ist es«, flüsterte Alexa. Sie sah plötzlich blass aus.

»Alles in Ordnung?«

»Ja.«

Wir starrten auf die braune Tür. *Cesário Peres Oliveira.*

»Wer ist das?«, hauchte Alexa.

»Keine Ahnung; sein Vater? Ist wirklich alles in Ordnung?«

Markus Freiflug hatte mir diese Adresse als Ruis letzten Wohnsitz angegeben. Was sollte ich machen, wenn Ruis Herz jetzt hier aussetzte? Alexa im Stich ließ? Ich klammerte mich an Cornelias Aussage. Alles ein psychologischer Effekt. Die Seele hält nicht Schritt mit dem medizinischen Fortschritt. Womöglich würde Alexa vor Stress zusammenklappen. Kein Wunder, dass die Empfänger von Organen nicht wissen durften, wer die Spender waren. Wenn jeder sich so in die Geschichte seines Organs hineinsteigerte wie Alexa … Sie hatte durch Zufall die Notiz über Ruis Unfall in der Zeitung gelesen und eins und eins zusammengezählt. Tat ihr das gut? Wäre es nicht besser, sie würde endlich ihr eigenes Leben aufnehmen?

»Ja doch!« Alexa berührte die Tür. Mit den Fingerspitzen strich sie über die raue Oberfläche, die abblätternde Lackschicht. Ein paar Farbkrümel blieben an ihrer Haut hängen. Sie roch an ihren Fingern.

Hinter einer der Türen auf der anderen Seite brach ein wilder Streit aus. Etwas schepperte, Stimmen überschlugen sich. Ein Mann, eine Frau. Ich fühlte mich bedrückt im Halbdunkel des Korridors. Wollte raus. Raus an die Luft und zurück ins alte Lissabon, in die Sicherheit des Hotels. Wo Leute wie ich hingehörten.

»Es kommt mir ein klein wenig bekannt vor«, sagte Alexa.

»Bekannt? Diese Tür?«

»Der Flur. Die Geräusche. Der Geruch. Vor allem der Geruch.«

Ich schwieg. Skeptisch. Sie konnte sich alles Mögliche einbilden, jetzt wo sie mit ihrem neuen Herzen diese Reise angetreten hatte. Das Gedächtnis spielte einem Streiche. Das kannte ich nicht anders. Jeder meiner Kunden konnte auf irgendeine Erinnerung an ein Ereignis schwören, und es fand sich mit Leichtigkeit jemand, der eine exakt andere Erinnerung an diese Begebenheit hatte. Man besaß keine Erinnerungen. Man bastelte sie sich zurecht. Schmiedete sie um, wie man sie brauchte. Oder haben wollte. Oder gerade nicht haben wollte, aber benötigte, um andere unter Druck zu setzen. Nero konnte aus seiner aktiven Zeit in der Mordkommission ein Lied davon singen. Nichts war so unzuverlässig wie ein Zeuge. Für Zeitzeugen galt dasselbe.

Alexa drückte die Stirn gegen die Tür. Ich hielt den Atem an. Sie schloss die Augen. Ihre Lippen bewegten sich, als murmle sie etwas. Ein Gebet. Ein Gedicht.

»Als ich als High Urgent gelistet in der Klinik lag, da hatte ich so ein Gefühl. Jede Nacht könnte was kommen. Ich habe mir vorgestellt, wie jemand auf einer Autobahn gegen einen Pfeiler rast. Oder vom Motorrad geschleudert wird. Ich habe ewig oft nachgefragt. Das war schon richtig zynisch. Ich bin zum Schwesternstützpunkt und habe gesagt: ›Na, wie sieht's aus, ist was Brauchbares reingekommen?‹«

»Es war nicht Zynismus, Alexa. Es war Verzweiflung.«

Sie hob den Kopf, sah mich lange an. Ihr rotes Haar schimmerte schwarz in dem düsteren Flur. Sie öffnete den Mund, um etwas zu sagen, überlegte es sich anders, wandte sich ruckartig ab, eilte zum Lift.

»Gehen wir!«

Im Aufzug checkte ich mein Handy. Eine SMS von Nero. »Ich liebe dich.« Danke, das wollte ich mal wieder hören. Dann war da noch die SMS von Frau Laverde. »Kea, morgen komme ich nach München. Kann ich bei dir übernachten?«

Ich lehnte mich gegen die Wand. »Fuck.«

»Was?«, fragte Alexa ehrlich besorgt.

»Ach, nichts.« Ich löschte die SMS.

Wir gingen essen. Wir schlemmten, tranken und wanderten danach Arm in Arm zum Tejo-Ufer. Hinter der Christusstatue drüben in Almada ging die Sonne unter. Fähren tuckerten über den Fluss. Es war zu schön, um echt zu sein. Wir saßen auf der Betoneinfassung der Uferstraße, während hinter uns der Verkehr rauschte, vor uns die Wellen gegen die Steine plätscherten und ein japanischer Junge herzzerreißende Songs schmetterte, wobei er sich selbst auf einer höllisch verstimmten Gitarre begleitete.

»Wir könnten uns eigentlich duzen«, schlug Alexa vor.

»Gute Idee. Ich heiße Kea.«

»Alexa.«

Wir grinsten uns an.

»Was war das für eine SMS?«

»Meine Mutter.«

»Probleme?«

»Ich vermute. Deswegen habe ich die SMS gelöscht.«

»Echt?« Alexa starrte mich an. »Hätte ich dir nicht zugetraut.«

»Bitte? Warum denn nicht?«

»Naja, du wirkst immer so korrekt, pflichtbewusst …«

»Ich?« Das passte nun wirklich nicht in meinen Kopf. Der musste schon die ganze romantische Kulisse verdauen. Und eine Menge Rotwein. Vinho tinto da casa.

»Ach, ich meinte nur. War mein Eindruck.«

Ich und pflichtbewusst? »Überrascht mich jetzt.«

»Sollte ein Kompliment sein.«

Ich lachte. Ein Flugzeug tauchte hinter der Christusstatue am nachtblauen Himmel auf, brummte direkt über unsere Köpfe. »Flugverkehr über der Altstadt. Das würde in Deutschland für Geschrei sorgen.«

Alexa winkte ab. »Die Deutschen winseln über alles. Auf ziemlich hohem Niveau.«

»Denkst du an Leute wie Rui?«

»Die Arbeit suchen. Ja. Was, wenn der Tourismus zusammenbricht? Keine englischen Kids mehr Ferien in Portugal machen?« Sie wies mit dem Daumen ein Stück den Fluss hinauf. Auf den Ufersteinen hatten es sich an die 20 britische Spätjugendliche bequem gemacht, mit Klampfe, ziemlich viel Alkohol und lautem Gekreische.

»Schwer vorstellbar, dass jemand diese Idylle gern verlässt. Um Arbeit zu suchen.«

Alexa zuckte die Achseln. »Bevor einem das Geld ausgeht …« Sie sah mich unsicher an. »Ich wollte dir nicht zu nahe treten. Wirklich nicht.«

»Keine Bange! Du hast sicher recht. Ich bin in mancher Hinsicht durchaus pflichtbewusst. Zum Beispiel, wenn es um die Arbeit geht.«

»Ich stelle es mir super spannend vor, Ghostwriter zu sein.«

»Es ist spannend. Und manchmal frisst es dich auf. Weil du dich so sehr in das Leben der Kunden hineinversetzt.« Ich schwieg. Sollte ich es ihr sagen? Dann fasste ich mir ein Herz. »Mir sind schon Kunden weggestorben.«

»Ach nee.«

»Auf eine Gräfin wurde ein Anschlag verübt, den sie nicht überlebte. Und ein junger Typ, ein Computercrack, starb an einem Aneurysma. Sein Tod kam jemand anderem äußerst gelegen.«

»Ich werd' verrückt.« Alexa drehte an ihrem Schlangenring. »Soll es das geben?«

Ich grinste. »So viel zum Thema pflichtbewusst.« Wie sie mich einschätzte, gab mir zu denken. Aber es stimmte. Ich arbeitete, als säße mir ein Chef im Nacken. Ich schuftete meine täglichen Seiten weg. Um ja nicht zu meinem Spiegelbild sagen zu müssen: Heute hättest du mehr tun können.

Irgendwann, vor langer Zeit, hatte ich mich für eine richtige Bohémienne gehalten. Das galt wohl nicht mehr.

Wieder piepte mein Handy. Ich riss meinen Blick von dem tintenschwarzen Tejo los, auf dem allein die Kabinenlichter der Fähren leuchteten und das Ufer von Almada auf der anderen Seite.

Eine SMS von Markus Freiflug.

»Kea, der Fall Rui Peres Oliveira wird neu aufgerollt. Mordverdacht.«

KAPITEL 18

»Bringst du mir einen Kaffee?« Dagmar sah dem Mann in die Augen. »Mit viel Zucker. Richtig viel.«

»Und lactosefreier Milch, ja?«, lachte der andere. Sein Namensschild wies ihn als Tichomir aus. Er trug ein giftgrünes Shirt unter der Küchenhelferkluft, das sich mit seiner fahlen Gesichtsfarbe biss. »Relax. Ich mache das für dich.«

Dagmar ging zu einem Tisch am Fenster. Kantine im 8. Stock. Anderswo hockten die Angestellten in Kellerräumen. Drüben am langen Tisch saßen Debenheim und noch jemand vom Vorstand. XComMunich wuchs und wuchs und entwickelte sich zu einem Großkonzern. Vorbei die Zeiten, die sie selbst nur vom Hörensagen kannte, als die beiden XCom-Gründer die ersten Programmierer um sich geschart hatten.

Tichomir brachte den Kaffee, lächelte mit gelben Zähnen. Er hatte eine ganze Menge Zuckertütchen auf eine Extra-Untertasse gelegt. Dagmar legte die Hand drauf, während Tichomir sich hinter seinen Tresen verkrümelte. Ruckzuck hatte sie das spezielle Tütchen identifiziert und schob es in die Tasche ihres Blazers. Der Schein wanderte unter den Zucker. Sie schob die Untertasse an den Rand des Tisches.

»Guten Tag.«

Dagmar hob den Kopf. Jorge!

»Oh. Hallo.«

»Ist hier frei?«

Du Depp, setz dich woanders hin, dachte Dagmar. Sie zwang sich zu einem Lächeln. »Natürlich.« Schnell das Tellerchen mit den Zuckertütchen gecheckt. Der Schein war nicht zu sehen. Sie versuchte sich in Telepathie. Sollte Tichomir endlich das Zeug wegtragen!

»Wie geht es mit der internen Untersuchung?«, fragte Jorge.

»Man steckt mittendrin.«

Sein langes Gesicht mit den ernsten dunklen Augen wirkte durch den superkurzen Haarschnitt noch länger. Sein Sakko saß tadellos. Er guckte auf die Untertasse mit den Zuckertütchen. »So viel Zucker ist nicht gesund.«

»Wie geht es mit Ihren Projekten?« Flucht nach vorn. Dagmar nahm einen Schluck Kaffee.

»Gut. Danke.« Er legte seine Hände auf die Tischplatte. Lange, schöne Hände mit schlanken Fingern und gepflegten Nägeln. »Leider habe ich nur einen befristeten Vertrag.«

»Das ist schade.«

Er blinzelte. »Könnten Sie etwas für mich tun?«

Shit, was war das für eine Nummer? Dagmar spürte, wie sich ihre Schultern verspannten. Sie lechzte nach einer Linie. Jetzt. Sie würde aufstehen und gehen. Sofort. Und als Nächstes einen Wodka Lemon trinken, Frau Gary füllte zuverlässig den Kühlschrank auf. Sie sagte nie etwas zu den in immer kürzeren Intervallen geleerten Flaschen. Manchmal nahm Dagmar sogar das Leergut mit und warf es unterwegs in einen Container.

»Ich fürchte nein. Ich bin ja nicht die Personalabteilung. Meine Aufgabe ist PR und Marketing.«

Jorge betrachtete Dagmar lange. Er hatte kein Problem damit, den Augenkontakt zu halten. Die meisten Leute sahen schnell wieder weg. Als wären die Augen eines anderen messerscharfe Waffen, an denen sie sich in Nullkommanix schwer verletzen konnten.

»Sie und Rui … Sie haben sich doch gut gekannt?«

Dagmar starrte ihn an.

»Ich meine, besser, als Sie die meisten anderen Programmierer kennen, oder?«

Er lächelte nicht. Er sah sie verdammt ernst an.

»Ich glaube nicht, dass ich weiß, wovon Sie reden.« Was für eine dämliche Antwort.

»Er hat mir erzählt, dass er jemanden kennengelernt hat.«

Dagmar erstarrte. Rui war tot, und er kehrte als Schatten zurück, schlich sich aus Gesprächen mit Leuten, mit denen sie am liebsten nichts zu tun gehabt hätte. Wie neulich das junge Mädchen, das Rui ins Spiel gebracht hatte, um sich einen Praktikumsplatz zu erschleichen.

»Er hat jemanden kennengelernt?«

»Eine Frau.« Jorge schwieg.

Endlich kam Tichomir an den Tisch. Er nahm das Tellerchen und fragte an Jorge gewandt mit Unschuldsmiene: »Was darf's sein?«

»Ein Espresso.«

»Prima. Gute Wahl. Normalerweise Selbstbedienung, heute ausnahmsweise mit Extraservice am Tisch.«

Halt die Klappe, Tichomir!, flehte Dagmar. Es wurde alles nur noch auffälliger. Sie bezwang den Wunsch, nach dem Tütchen in ihrem Blazer zu tasten. Außerdem ging Peter ihr auf den Wecker. Er hatte seinen Bedarf offenbar eine Zeitlang woanders gedeckt, versuchte jetzt jedoch erneut, über Dagmar an Stoff zu kommen. Als seine Ex hatte er sie vermutlich gar nicht mehr auf dem Schirm. Eher als zuverlässige Lieferantin. Durch Dagmars Kopf rauschte der Gedanke an Stefan mit seinen Frauenproblemen. Ich sollte mich wegbewerben, dachte sie. Neue Firma. Im Ausland. Vielleicht London. Sie liebte London. In der Megastadt würde sie untergehen, schlicht nicht aufzufinden sein für Typen wie Jorge. Sie beschloss, gleich heute Abend im Internet nach Stellenausschreibungen zu fahnden. Es sollte nicht allzu schwer sein. Sie bewarb sich von einer sehr guten Position aus. Hatte erstklassige Referenzen.

»Wussten Sie wirklich nichts von Ruis Extrajob?«

Jetzt professionell bleiben. Eiskalt. Ruhig.

»Junger Mann, wie war Ihr Name noch mal?«

»Jorge Fernandes.«

»Lieber Herr Fernandes, Sie haben einen Freund verloren, und das tut mir leid. Andererseits haben Sie seine Stelle bekommen, und da frage ich mich doch, ob Ruis schrecklicher Tod ein Unfall war. Nur ein Unfall.« Ihr Herz raste, als sie aufstand und den Stuhl zurückschob. »Ich wünsche Ihnen einen erfolgreichen Tag!«

Sie stolzierte aus der Kantine, rempelte beinahe Tichomir an, der Jorge seinen Espresso brachte. Auf dem Gang zwang sie sich, langsamer zu gehen. Sie zog ihr Handy heraus, checkte die eingegangenen Nachrichten. Ihre Hände zitterten so sehr, dass sie die ganzen Texte kaum lesen konnte. Was sie sowieso nicht vorhatte. Sie wollte bloß beschäftigt erscheinen. Hastete an dem Glaskasten vorbei, wo die Raucher ihre Lungen teerten und gelangweilt beobachteten, was draußen auf dem Gang passierte. Sie ignorierte die Blicke. Sie war immer in Eile, es war nichts Besonderes.

Im 10. Stock verließ sie den Lift und ging zur Toilette. Sperrte sich in eine Kabine ein, warf den Toilettendeckel zu. Zog sich eine Linie. Sofort war alles besser. Dagmar richtete sich auf. Die bedrückenden Gedanken verließen ihren Kopf. Sie würde sich wegbewerben, eine Stelle anderswo annehmen, bevor Jorge seine giftigen Geschichten in die Hirne anderer geträufelt hatte. Damit wäre sie auch gleich Stefan los mit seinen Problemen. Sie spazierte ins Büro. Nickte ihrer Sekretärin zu. Schloss die Tür zu ihrem Zimmer und widmete sich den Akten.

KAPITEL 19

»Markus, was sollte das?« Ich hatte die Tür zu meiner Dachterrasse verrammelt, saß bei laufender Klimaanlage auf dem Bett. »Deine SMS hat mich zu Tode erschreckt.«

»Ich war heute in der Erthstraße bei den Kollegen. Aus einem ganz anderen Grund. Jedenfalls habe ich auf dem Parkplatz einen alten Kumpel getroffen. Der mich mit den Infos versorgt hat, die du haben wolltest.« Er machte eine Kunstpause. »Der sagt zu mir, Markus, du hast mich doch vor Kurzem angerufen wegen dem Portugiesen, der auf dem Mittleren Ring gestorben ist. Wir nehmen den Fall wieder auf. Mordverdacht.«

»Wieso, um alles in der Welt?« Mein Herz hämmerte. Wahrscheinlich tickte es demnächst aus. Dann setzten sie mich auf die Warteliste für eine Transplantation. Ich konnte es kaum erwarten.

»Der Techniker, der den Unfallwagen untersucht hat, hat Mist gebaut. Wobei … mein Kollege stellt das in Abrede. Er sagt, der Mann hätte das gar nicht sehen können.«

»Was denn, um Himmels willen?«

»Dass an den Bremsen manipuliert wurde. Sehr subtil. Ich habe die Details nicht kapiert. Technisch bin ich eine Null.«

»Vielleicht hat der Techniker schlecht gearbeitet.«

»Auch vorstellbar.«

Ich stand auf, begann, im Zimmer hin und her zu gehen. »Markus, ich bin in Lissabon. Es geht um das Herz von Rui.«

»Moment, wer ist jetzt Rui?«

»Das Mordopfer. Wenn du so willst.«

Wir schwiegen beide. Die Klimaanlage summte leise. Mein Handy brummte. Ich guckte auf das Display. Frau Laverde klopfte an. Ich beschloss, sie durch

Nichtbeachtung aus dem Rennen zu werfen. Mein Kopf schmerzte. Der Vinho da casa.

»Wenn Rui umgebracht wurde, dann frage ich mich jedenfalls, warum«, sagte ich endlich.

»Allerdings. Aber bestimmt nicht, um seine Organe zu entnehmen. Dazu ist ein Autounfall nämlich nicht unbedingt die beste Voraussetzung. Niemand konnte ahnen, dass er hirntot sein würde. Er hätte einen Milzriss haben können oder innere Blutungen und einen Herzstillstand, wäre wahrscheinlich versuchsweise gleich an der Unfallstelle reanimiert worden. Damit wäre das Herz für eine Transplantation nicht mehr infrage gekommen.«

»Wer hat sonst ein Motiv?«

»Ich weiß bisher gar nichts, Kea. Mein Kumpel hat versprochen, mich auf dem Laufenden zu halten.«

»Wie heißt der?«

Markus Freiflug lachte laut auf. »Nein, nein, Kea, beim besten Willen: Diese Quelle bleibt meine. Nur meine.«

»Akzeptiert. Soll ich es Alexa sagen?«

»Und wer ist jetzt Alexa? Sag nicht, sie ist mit dir in Portugal und hat Ruis Herz in der Brust.«

»Genau so ist es.«

»Das ist purer Wahnsinn. Was wollt ihr dort!?«

»Frage ich mich selbst gerade. Sag Nero nichts.«

Markus seufzte. »Bleibt alles unter uns. In Ordnung?«

»Ich muss es Alexa sagen. Sie bezahlt mich dafür, Ruis Leben aufzuschreiben.«

In der Leitung knisterte es. »Falls dabei irgendwas rauskommt, das im Zusammenhang mit dem Mord steht, sofern es einer ist, redest du Klartext mit mir.«

»Sowieso.«

»Ich verlasse mich auf dich, Kea.«

»Ich mich auf dich auch.« Ich legte auf.

Frau Laverde erwies sich als hartnäckig. Wieder eine SMS. Ich drückte sie weg. An der Zimmertür klopfte es.

Ich riss sie auf. Ein Hotelboy stand vor mir, schob lächelnd einen Servierwagen ins Zimmer und sagte in perfektem Englisch: »Wir hatten noch gar keine Gelegenheit, Ihnen unser Willkommensgeschenk zu bringen. Eine Flasche Portwein.« Damit machte er meinen kleinen Tisch am Fenster zum Altar: weißes Tischtuch, Stoffserviette, kristallenes Glas, eine Flasche Port. »Wir servieren es gerne persönlich«, fügte der Boy hinzu. »Mögen Sie den Blick von Ihrer Terrasse?«

»Traumhaft.«

»Sie schauen direkt auf das alte Maurenviertel. Mouraria sagen wir auf Portugiesisch.«

»Verstehe.«

»Und der höchste Punkt, den Sie sehen, ein paar 100 Meter Luftlinie von unserem Hotel, das ist der Miradouro Nossa Senhora do Monte. Einer der herrlichsten Aussichtspunkte Lissabons. Übersetzt heißt er: Aussichtsplatz unserer Frau vom Berg. Sie schauen auf den Tejo, auf die Brücke, auf Almada … unübertrefflich.«

»Stammen Sie aus Lissabon?«

»Ich bin hier geboren und nie weggegangen«, antwortete er stolz. An seinem Jackett steckte ein Namensschild. *Rui.*

»Danke für die Informationen, Rui. Sagen Sie, heißen viele so wie Sie?«

Er grinste. »Wir Portugiesen sind nicht sehr einfallsreich, was Namen betrifft. Rui kommt tatsächlich häufig vor.«

Ich gab ihm ein Trinkgeld. Er strahlte mich an. »Danke sehr. Schönen Abend.«

Ich sah auf die Uhr: nach elf. Wir hatten auf unserer Reise eine Stunde Zeit gewonnen und dieses Geschenk weidlich genutzt. Ich schaltete die Klimaanlage aus und riss die Terrassentür auf. Warme Luft strömte herein. Das Maurenviertel lag weit unter mir, jenseits des unbebauten Grundstücks mit der wuchernden Clematis, das jetzt in Dunkelheit versunken war. Eine einsame Katze strich über die Mauer, die es einfasste. Licht aus der Hotellobby fiel auf die Gasse.

»Hi!«

Ich fuhr zusammen. »Hi, Alexa!«

Sie stand auf ihrer Terrasse, ein schattenhafter Strich vor dem dunklen Himmel.

»Du bist ganz schön schreckhaft.«

»Ich war in Gedanken. Siehst du das Flutlicht dort oben?« Ich wies über das Viertel zu dem Miradouro, den der Boy mir gezeigt hatte. »Soll einer der besten Aussichtspunkte sein.«

»Ganz Lissabon scheint aus Hügeln und steilen Treppen zu bestehen. Ich habe vorhin ein bisschen im Reiseführer gelesen.«

»Geht's dir gut?«

»Geht es. Es ist einfach ein komisches Gefühl, hier zu sein.«

Ich betrachtete sie einigermaßen ratlos, wie sie da stand, jenseits der gerade mal kniehohen Mauer, die unsere Terrassen trennte.

»Niemand kann das verstehen«, fügte sie hinzu. »Ich verstehe es ja selbst nicht.«

»Hast du auch einen Portwein bekommen?«

»Habe ich. Sollen wir?«

Wir trugen meinen kleinen Tisch nach draußen und rückten die Liegestühle zurecht. Da lümmelten wir nun, tranken Portwein und blickten in den sternenübersäten Lissaboner Nachthimmel. Wir beobachteten die Flugzeuge, die von Südwesten kommend über der Stadt einschwebten und hinter den gläsernen Hochhäusern zur Landung ansetzten. Der Rhythmus einer lauten südlichen Stadt wirbelte unseren Burgberg herauf. Hupen, Motorengeräusch, das Rattern der Trams. Zank, Heiterkeit, ein paar Hunde, die die Rangordnung ausschnapsten.

»Es ist schön hier«, sagte Alexa.

»Ja.« Ich würde ihr nichts sagen. Ich hatte einen Pakt mit Markus. Und wie würde sie reagieren, wenn sie hörte, dass Rui vielleicht ermordet worden war? Unvorstellbar.

23.7.2013

KAPITEL 20

Die Sonne durchflutete das Stockwerk, als Dagmar am nächsten Morgen aus dem Lift trat.

»Frau Gary, suchen Sie bitte die Bewerbungsunterlagen von diesem Mädchen heraus, das vor Kurzem hier war? Eine Blindbewerbung. Es ging um einen Praktikumsplatz.«

Frau Gary trat an einen Aktenschrank. Lautlos glitt eine Schublade mit Hängeregistern heraus. »Hier. Alexa Senger aus München.«

»Danke.« Dagmar klemmte sich die Mappe unter den Arm und ging in ihr Büro.

Sie hatte nicht schlafen können. Wie auch! Jorge versuchte, sie zu erpressen! Auf irgendwas war er aus, aber worauf? Wollte er ihr unterstellen, dass sie mit Rui unter einer Decke gesteckt hatte, um mit einer anderen Firma Geschäfte zu machen? Völlig absurd!

Womöglich hatte er Beweise … Oder genügend Indizien, denen es zwar bei genauerem Hinsehen an Hand und Fuß mangelte, die jedoch ausreichen würden, ihr die Referenzen zu verhageln. Stunde um Stunde hatte Dagmar sich im Bett gewälzt und versucht zu rekonstruieren, wo sie mit Rui gesehen worden sein konnte.

Sie war schließlich aufgestanden und hatte im Netz herumgesucht. Auf Facebook hatte sie nach Fotos von Rui und sich selbst gefahndet. Es gab kein einziges mit ihnen beiden, nur eins von Rui, das ihn mit einer Clique zeigte. Drei Paare, mit Sektgläsern. Darunter stand etwas auf Portugiesisch. Aus dem Kauderwelsch der maschinellen Übersetzung schloss Dagmar, dass das Foto auf einer Hochzeit aufgenommen worden war.

In Lissabon. Weit weg. Vor ihrer Zeit.

Sie blätterte durch Alexa Sengers Bewerbungsmappe. Gut gemacht, kurz, prägnant, sachlich. Kein Schnickschnack. Alexa hatte im Gespräch signalisiert, Rui gekannt zu haben. Dabei war Dagmar fast durchgedreht und hatte zugesehen, Alexa so schnell wie möglich loszuwerden. Sie ging ins Netz. Wieder Facebook. Suchte nach Alexa. Kein Profil. Mist. Manche Nutzer gaben eben nicht ihre wirklichen Namen an. Dagmar selbst machte das genauso.

Sie stand auf. Stellte sich ans Fenster. München glänzte vor Sonne. Das Wetter sollte die nächsten paar Tage anhalten. Beste Voraussetzungen für den Biergarten. Wenn man jemanden hatte, mit dem man hingehen konnte. Dagmar rieb sich die Stirn. Mit Peter hatte sie früher, als sie sich gerade kennengelernt hatten, nichts lieber getan, als in Biergärten abzuhängen. Sie waren in ganz München und Umland herumgekurvt, um neue zu entdecken. Waren bis zum Starnberger See runtergefahren.

Peter. Sie verstand immer noch nicht, warum es mit ihnen nicht geklappt hatte. Peter hatte auf ihrem

Handy angerufen, gestern Abend. Selbstverständlich hatte sie sich nicht bei ihm gemeldet. Das fehlte noch, dass er sie anzapfte. Weil er wusste, dass er über sie leicht an Stoff herankam. Mit Nostalgie, was ihre Beziehung betraf, hatte das wenig zu tun. Es war ohnehin fraglich, was sie beide zusammengehalten hatte. Vermutlich die große innere Leere.

Dagmar drückte ihre Stirn an die Scheibe. Tief unter ihr brandete der Verkehr. Am Himmel kreuzten sich die Kondensstreifen von Flugzeugen, ganze Webteppiche. Sie schüttelte den Kopf. Mehr als alles andere hatte sie jetzt Klarheit nötig. Sie nahm ihre Handtasche und die Bewerbungsmappe und sagte zu Frau Gary:

»Ich bin kurz weg. Bitte stellen Sie nur sehr dringende Anrufe auf mein Handy durch.«

»Natürlich.«

Was für ein Luxus so eine Sekretärin doch ist, überlegte Dagmar, als sie auf den Lift wartete.

In der Tiefgarage blieb sie vor ihrem Wagen stehen und musterte angestrengt die Rückbank, ehe sie aufschloss und einstieg. Sie gab Alexas Adresse ins Navi ein. Für die an und für sich kurze Fahrt brauchte sie doppelt so lang, als der Bordcomputer ausgerechnet hatte. Verkehrschaos in München. Sie dachte an Rui, an den Schock, als Frau Gary ihr die Nachricht von seinem Unfall mitteilte. Dagmar hatte sich zusammengerissen. Das konnte sie gut. Funktionieren. Tüchtigkeit und Effektivität aufrecht halten, wenngleich in ihrem Innern alles zusammenbrach. Sie hatte sich zusammen mit ihrer Sekretärin um die Todesanzeigen in den Zeitungen gekümmert, um einen Kranz, hatte dabei aber nicht bedacht, dass die Beerdigung in Portugal stattfände. Wenigstens hatten diese simplen Tätigkeiten sie am Laufen gehalten. Schmiermittel für einen Motor, der nicht ins Stottern geraten durfte. Ihr liefen ein paar Tränen übers Gesicht.

Sie hatte Rui nie wiedergesehen. War nicht ins Krankenhaus gefahren. Wozu! Ihr letzter Abend – ein romantisches Tête-à-Tête in einem Restaurant in der Lindwurmstraße, das zurzeit als ganz spezieller Geheimtipp gehandelt wurde. Danach waren sie zu Dagmar gegangen – wie immer, Rui mochte seine Unterkunft in Giesing nicht. Sie hatten miteinander geschlafen, ein Glas Wein getrunken. Früh am Morgen war Rui schließlich aufgebrochen. Um zu sterben.

Dagmar wischte die Tränen weg. Sie hatte geweint, ein, zwei Nächte lang, dann hatte sie Tichomir angehauen. Sie war ja nicht mehr einsatzfähig, wenn sie sich so gehen ließ. Es half alles nichts. In der Firma musste sie die Oberhand behalten. Das Koks hatte sie schlafen lassen, sie entspannt, ihr einen Grundlevel an Pragmatismus zurückgegeben. Sie war imstande, zu arbeiten. Zu regeln, Ruis PC abzuschöpfen, natürlich im Einklang mit den Firmenregularien. Sie hatte die Fotos vernichtet, obwohl sie genaugenommen keine Gefahr darstellten. Es war schließlich nicht verboten, sich in einen Kollegen zu verlieben.

»Sie haben Ihr Ziel erreicht. Das Ziel befindet sich links«, kam es aus den Lautsprechern.

Dagmar lenkte den Wagen in eine Parkbucht und stellte den Motor aus. Sie griff nach Handtasche und Mappe, besann sich, legte alles weg, erneuerte ihr Make-up im Rückspiegel. Frisch geschminkt eilte sie endlich zu dem Haus mit der Nummer 2, die Unterlagen ladylike unter den Arm geklemmt.

Eine Frau öffnete. Eine verhuschte Person mit einem Topfschnitt. Dagmar knipste ihr Lächeln an.

»Grüß Gott. Sie sind Frau Senger, nicht wahr?«

Ein misstrauisches Nicken.

»Mein Name ist Dagmar Umbach von XComMunich. Ihre Tochter Alexa hat sich bei uns um einen Praktikumsplatz beworben, und ich würde mich gern noch einmal mit ihr unterhalten.«

Frau Senger zog die Augenbrauen hoch.

»Sehen Sie, wir bekommen so viele Bewerbungen, da dauert es eine Weile, bis wir auswählen können, was im Übrigen nicht immer leicht ist …«

»Kommen Sie herein.« Frau Senger trat einen Schritt beiseite. »Alexa ist leider nicht zu Hause.«

»Wann …«

»Eine ganze Weile nicht. Sie ist in Portugal.«

Dagmar wurde schwindlig. Bemüht, sich nichts anmerken zu lassen, fragte sie:

»Sie macht vermutlich Urlaub?«

Frau Senger schien zu zögern. »Ja. Sie hatte ja diese Operation. Die hat sie Ihnen doch in ihrer Bewerbung nicht verheimlicht? Sie hat ein Herz transplantiert bekommen. Nun geht es ihr gut, sehr gut sogar im Vergleich zu vorher, und sie wollte so gern endlich verreisen. Ein Luxus, den wir uns so viele Jahre wegen ihres Zustandes nicht erlauben konnten. Sie stand auf dieser Warteliste, und da muss man immer bereit sein. Jede Sekunde kann ein Anruf kommen, dass ein Spenderorgan gefunden ist.«

Dagmar leckte sich über die Lippen. »Schön. Sehr schön für Ihre Tochter. Portugal ist ein wunderbares Ziel.«

»Ja.« Wieder hatte Dagmar den Eindruck, Frau Senger zögerte, als würde sie abwägen, ob es sinnvoll war, etwas Bestimmtes zu sagen. Doch sie fragte lediglich: »Das bedeutet vermutlich, dass ihre Chance auf einen Praktikumsplatz in Ihrem Unternehmen dahin ist?«

»Nicht unbedingt. Ich müsste nur mit Ihrer Tochter so bald wie möglich einen Termin ausmachen.«

»Sie können sie über ihr Handy erreichen.«

Dagmar blätterte die Mappe auf. »Die Nummer steht hier. Danke. Das werde ich machen. Auf Wiedersehen.«

Sie klemmte ihre Sachen unter den Arm und floh.

KAPITEL 21

»Es kann schlicht Zufall sein«, beruhigte mich Juliane.

Juliane sagte immer, in ihrem zarten Alter brauche sie nicht mehr viel Schlaf. Deswegen rief ich sie mitten in der Nacht an. Voll mit Portwein, gefoltert von Kopfschmerzen und schrägen Gedanken.

»Warum bin ich überhaupt in Lissabon mit einer Kundin, die ein neues Herz hat von einem Mann aus Lissabon, der in München ermordet wurde?«

»Das mit dem Mord ist doch noch gar nicht sicher.«

»Wenn Markus Freiflug so eine Information rausgibt, selbst unter der Hand, ist was dran.« Ich streckte mich auf dem Bett aus. Die Terrassentür war zu. Alexa lag draußen auf dem Liegestuhl. Ich wollte diese neue Wendung in ihrer persönlichen Geschichte unbedingt von ihr fernhalten.

»Nicht hinter allem, was geschieht, verbirgt sich eine Ordnung«, versuchte es Juliane. »Nicht alles ist logisch. Ganz viel ist Zufall, an den wir uns anpassen. Deswegen überleben wir.«

»Pffff.«

»Kea! Alexa hat doch diesen jungen Mann nicht umgebracht, um sein Herz zu bekommen. Bei aller Liebe: Das ist irre.« Sie räusperte sich. »Ich finde, du machst das ganz richtig, ihr nichts von Freiflugs Verdacht zu sagen. Dadurch würde sie nur noch dünnhäutiger. Sie hat es schwer genug.«

Julianes Stimme beruhigte mich. Sie war ein sicherer Hafen für mich. Es gab kaum dunkle Wolken am Himmel, vor denen ich mich nicht in ihrer Obhut, und sei es über mehr als 2000 Kilometer Entfernung hinweg, beschützt fühlte.

»Was soll ich jetzt machen?«, fragte ich.

»Ihr bleibt ein paar Tage, checkt Ruis Leben durch.

Du schreibst einen Text. Machst es wie immer. Wenn genug Stoff vorhanden ist, fliegst du heim. Du setzt klare Grenzen. Es geht um eine Geschichte, die du schreiben sollst. Kea, das ist ganz einfach ein Text! Wenn jemand weiß, wie man einen guten Text zustande kriegt, dann du!«

»Okay. Du hast recht. Danke, Juliane.«

»Küsschen, Süße. Bring mir eine Pulle Port mit!«

Ich legte auf. Bevor ich in einen unruhigen Schlaf sank, quälte ich mich mit der Frage, wie wir Ruis Leben eigentlich sezieren sollten, gesetzt den Fall, dass wir niemanden fanden, der mit uns reden wollte.

Der Frühstücksraum war weitgehend leer, als Alexa und ich uns einen Tisch nahe bei der Kaffeemaschine suchten. Eine junge Frau im schwarzen Anzug, deren Namensschild sie als Dulce auswies, nickte uns freundlich zu. »First day in Lisbon?«

»Yes!« Alexa fing sofort ein Gespräch an. Ich konnte mich nicht daran beteiligen. Ich war übermüdet, verkatert und durch und durch verunsichert. Manch einer mochte ungeklärte Situationen genießen, weil sie alle Möglichkeiten bereitstellten, die man sich nur ausdenken konnte, aber für mich bedeutete das Wissen um den Mord an Rui puren Stress. Wenn jemand die Bremsen manipuliert hatte – warum hatte er es getan? Oder sie? Hatte es jemand aus Eifersucht gemacht? War es ein Versehen, oder, um Julianes Weltanschauung zu bemühen, ein Zufall? Hätte es jemand anderen treffen sollen? Wer hatte Ruis Bremsen mit welchem Motiv manipuliert?

Alexa kam an den Tisch und stellte eine riesige Schüssel Obstsalat vor sich hin.

»Gut geschlafen?«, fragte sie.

»Ist das so wichtig?«

»O-o! Morgenmuffel?«

»Hm.«

Sie lachte. »Nichts für ungut. Dulce hier hat mir eben ein paar gute Tipps gegeben. U-Bahn statt Taxi. Wir müssen uns eine wiederaufladbare Chipkarte kaufen. Außerdem bringt sie uns gleich einen U-Bahn-Plan.«

»Gut.«

»Ja, ne?« Alexa hieb mit gesundem Appetit in das Obst. Ananas, Trauben, Melonen, Orangen. Exotisch. »Ich höre Portugiesisch so gern. Als wenn es mir bekannt vorkommt.«

Ich stöhnte. Wahrscheinlich, weil mich soeben eine Welle Kopfschmerz überrollte. Alexa fand das nicht witzig.

»Du musst es nicht werten, okay? Es klingt plump. Ich weiß. Ich entdecke gerade mein Leben neu! Weißt du, wie lange ich nicht in einem Hotel übernachtet habe? So ein Frühstücksbüfett vor mir hatte?« Sie überlegte. »Ewig nicht. Vielleicht noch nie. In dieser Pension an der Nordsee … die Frau dort servierte uns trockene Brötchen und selbst gemachte Marmelade, auf die sie stolz war wie Oskar, die aber ekelhaft süß schmeckte.«

Mein Gesicht brannte.

»Okay, ich verstehe, Kea, für dich ist Reisen Stress. Für mich ist es ein Abenteuer. Ich will eigentlich gar nicht wissen, wie es weitergeht, ich will nur alles in mich aufsaugen.«

»In Ordnung. Gib mir eine halbe Stunde, um wach zu werden. Auf meinem Schädel sitzt ein kiloschwerer Kater.«

»Ach so!« Alexa grinste. »Sag das doch gleich!«

Drei Tassen Kaffee später planten wir unsere Strategie. Wir würden uns in der nächstbesten U-Bahn-Station ein Ticket kaufen, aufladen, und erneut nach Benfica zu Ruis früherer Wohnung fahren. Wir würden das Gespräch mit seinen Verwandten, mutmaßlich seinen Eltern, suchen, um die Namen und Adressen von Ruis Freunden oder Bekannten bitten. Alexas Handy klingelte. Ich ging zur Kaffeemaschine.

»Hallo? – Oh! – Frau Umbach … nein, ich mache Ferien. – Tatsächlich? – Wie …«

Ich kam zurück zum Tisch. Auf Alexas Gesicht zeichnete sich komplette Verwirrung ab.

»Doch, das wäre möglich. – Würde mich freuen. – Ja, wobei … hallo? Hallo?« Mit gerunzelter Stirn legte Alexa ihr Telefon weg. »Sie hat einfach aufgelegt.«

»Wer?«

»Diese PR-Frau von XComMunich.«

»Was wollte sie?«

»Sie hat angerufen. Wegen dem Praktikumsplatz. Wollte wissen, wie lange ich in Portugal bin und wann ich zurück in München wäre, um mich in Ruhe mit ihr zu besprechen.«

»Bietet sie dir ein Praktikum an?«

»Das ist es ja. Sie hat nichts Konkretes gesagt. Nur,

dass ich bei ihr im Büro anklingeln soll, sobald ich in Deutschland bin. Je eher, je besser.«

Wir sahen einander an. Ich nahm einen Schluck Kaffee.

»Aber es war keine Zusage? Hat sie Bedingungen genannt? Gibt es mehrere Bewerber?«

»Irgendwie«, Alexa zögerte, »hörte es sich so an, als wüsste sie selbst nicht, was sie anzubieten hatte.«

»Seltsam.« Ich dachte an Julianes Ausführungen zum Thema »Zufall«. Womöglich suchte ich wirklich nach logischen Zusammenhängen wie der Vogel nach dem Wurm. Wahrscheinlich gab es gar keine voneinander bedingten Strukturen. Alexa hatte sich für einen Praktikumsplatz interessiert. Die zuständige Vertreterin des Unternehmens hatte Alexa zurückgerufen. So weit, so gut.

Ich blieb skeptisch. Rein intuitiv.

Ich wusste nicht, warum. Irgendwelche Zellen in meinem Körper mussten mir den Befehl dazu erteilt haben.

KAPITEL 22

Über Benfica zogen sich an diesem Vormittag graue Wolken zusammen. Die Heiterkeit der Altstadt, wo die Touristen Sangria tranken und sich von fliegenden

Händlern Sonnenbrillen aufschwatzen ließen, verwandelte sich in diesem Stadtteil in eine reine Illusion. In der Luft lag Schwüle, als würde der Himmel etwas Bleiernes abladen.

Ich fühlte mich unwohl. In einer ganz dummen Verteidigungsposition. Mir graute davor, in das Leben dieser mir samt und sonders fremden Leute einzubrechen. Ich war ein zurückhaltender Mensch. Aufdringlichkeit war mir zuwider.

Eine Menge junge Leute hingen vor Ruis Hochhaus herum. Die meisten von ihnen waren Farbige. Sie hockten auf Betonteilen, die irgendwann vergessen worden waren, während ihnen Tauben zwischen den Füßen herumliefen. Hin und wieder kickte einer nach ihnen. Die Vögel machten sich nicht die Mühe aufzufliegen.

Mir lief der Schweiß über den Rücken. Die drückende Hitze dörrte meinen Mund aus. Wir fuhren mit dem Lift nach oben. Auf dem Korridor standen etliche Wohnungstüren offen. Die Bewohner schrien sich über den Gang hinweg irgendwas zu. Jemand reichte einen Topf zum Nachbarn, zwei Kleinkinder hockten auf dem schmutzigen Boden und guckten uns an, als wir bei Cesário Peres Oliveira klingelten.

»Sim?«, kam es von innen.

»Hello«, begann Alexa, bevor sie aufzusagen begann, was wir ausgemacht hatten. Wir seien deutsche Freunde von Rui.

Die Tür wurde geöffnet. Eine sehr kleine, sehr runde Frau sah zu uns auf.

»Was wollen Sie?«, fragte sie auf Englisch. Freundlich, neugierig vielleicht sogar.

»Wir würden gern mit Ihnen über Rui sprechen«, sagte ich.

Sie öffnete die Tür.

»Ich bin Ruis Mutter.«

Es schien alles so unkompliziert. Als wäre es gar nichts Besonderes, in einem anderen Land mir nichts, dir nichts bei alten verwaisten Eltern hereinzuschneien.

»Ana?«, rief jemand.

»Mein Mann, Cesário.« Sie antwortete ihm auf Portugiesisch. Kurz darauf kam er angeschlurft. Ein Riese, der gebeugt ging, beladen von allem Schmerz der Welt.

Wir stellten uns vor. Sie baten uns ins Wohnzimmer, zwangen uns, auf dem Sofa Platz zu nehmen, setzten sich selbst auf zwei Stühle.

»Sie möchten bestimmt Tee?«, fragte Ana Peres Oliveira, sprang sogleich wieder auf.

»Wir wollen Ihnen keine Umstände machen«, erwiderte Alexa. Sie wischte sich die Hände an den Jeans ab. Auch ich bekam kaum Luft. Obwohl es in der Wohnung sogar recht kühl war. Es musste die Panik sein. Beim Anblick dieser verzweifelten, trauernden Eltern, die sich tapfer um Gastfreundschaft bemühten und gleichzeitig irgendetwas wie Hoffnung in den Augen glimmen hatten, empfand ich plötzlich schreckliche Schuld. Als wäre das alles auf meinem Mist gewachsen. Dass Rui in Deutschland Arbeit gesucht, dort umgekommen, mutmaßlich sogar ermordet worden war. Mir schoss durch den Kopf, dass die Familie bestimmt benachrichtigt würde, falls sich der Mordverdacht bestätigte. Mit aller Kraft wünschte ich, Markus Freiflugs Kollege habe sich getäuscht.

»Es macht überhaupt keine Arbeit.« Ana Peres Oliveira lief davon.

Ihr Mann räusperte sich. »Wir sind alt. Wir bekommen selten Besuch. Rui war unser einziges Kind.« Er versuchte ein Lächeln. Es misslang. Ich sah weg. Blinzelnd musterte ich die Bücherwand.

»Sie haben viele Bücher«, sagte ich.

»Meine Frau hat als Englischlehrerin gearbeitet. Sie liest nach wie vor gern. Ich selbst war Ingenieur. Im Ausland. Das ist lang her. Später war ich arbeitslos. Meine Firma machte Konkurs, das war hart. Ich war zu dem Zeitpunkt längst nicht mehr in dem Alter, in dem man eine neue Karriere startet. Mein Sohn studierte Informatik, er hielt die Branche für zukunftsträchtig.« Er räusperte sich anhaltend. Ich konnte ihn nicht ansehen. »Das erwies sich ja schlussendlich als richtig.«

Sein Englisch war tadellos. Seine Frau kam zurück, ein Tablett in den Händen. Teekanne und Tassen klirrten.

Sie goss Tee ein, schob das Zuckerdöschen auf dem Tisch hin und her. Sie ahnte, dass wir gleich eine Bombe platzen lassen würden. Alexa und ich hatten uns für die Wahrheit entschieden. Wir sahen uns kurz an, bis Alexa nach ihrer Tasse griff. Die dunkelrote Flüssigkeit schwappte hin und her. Sie sagte: »Wissen Sie, wir möchten Ihnen sagen, wie leid es uns tut, dass Rui gestorben ist. Aber es gibt etwas, das ihn ein klein bisschen weiterleben lässt. Und dieses Etwas bin ich.«

Ich hielt den Atem an. Nicht nur ich. Der ganze Raum. Alexa stellte die Tasse ab. Tee rann auf die Untertasse.

»Ich verstehe nicht.« Ana sah ihren Mann an. »Ich verstehe nicht.«

»Sie wussten doch, dass Rui seine Organe gespendet hat? Nach seinem Tod?«

»Adela hat es uns gesagt.«

»Adela?«

»Seine Verlobte.«

Alexa warf mir einen Blick zu. Ich nickte ihr zu. Mach weiter, hieß das.

»Ich hatte eine sehr schlimme Herzkrankheit. Deshalb kam ich auf die Warteliste für dringende Herztransplantationen. Mehr als sechs Monate war ich als High Urgent gelistet und wurde durch eine Herzturbine am Leben gehalten. Durch Zufall habe ich nach der Operation herausgefunden, dass mein Herz von Rui stammt. Er starb am selben Tag, an dem ich ein Herz transplantiert bekam.«

Es war totenstill im Zimmer. Von draußen drangen gedämpft die Geräusche der Stadt herein. Flugzeuge, Autos.

»Als ich nach der OP aufwachte«, fuhr Alexa fort, flüsternd, den Blick auf ihre Teetasse gerichtet, »da fühlte ich sofort das neue Herz schlagen. Wie ein Kraftwerk. Ein konstanter, starker Herzschlag. Das kannte ich gar nicht mehr. Eine ganz neue Erfahrung. Es überwältigte mich. Da war wieder Leben in mir.«

Ana knetete ihre Hände. Über das Gesicht ihres Mannes liefen Tränen.

»Normalerweise gibt es das nicht. Dass der Empfänger erfährt, von wem das Spenderorgan stammt. Wie gesagt, es war ein Zufall. Mir fiel eine Zeitung in die Hände. Als ich nach der Operation einigermaßen bei mir war. Sie war ein paar Tage alt, lag irgendwo in der Klinik herum. Ich las die Todesanzeigen. Da habe ich eins und eins zusammengezählt.«

Ana hustete. »Adela sagte uns, wir könnten erfahren, ob die Transplantation der Organe, die von Rui … also von unserem Sohn stammten, erfolgreich war, doch ich wollte das nicht. Ich wollte einfach glauben, dass schon alles gut ist.«

Der Raum löste sich in Tränen auf. Alle außer mir weinten. Ich konnte nicht. Ich hätte gern geweint, schließlich tut es gut, ab und zu den Schmerz rauszulassen, der sich ein Leben lang ansammelt. Aber es ging nicht.

Schließlich stand Ana auf, lief um den Tisch herum, legte ihre runden Arme um Alexa und sagte: »Ist das wirklich wahr?«

Sie schien gar keine Bestätigung zu brauchen. Sie glaubte, was sie gehört hatte, weil es etwas Hoffnungsvolles war. Plötzlich verstand ich, was Alexa meinte: Rui lebte tatsächlich noch. In ihr. Es war verrückt, denn ein Organ war nur ein Organ. Kein Mensch. Aber es fühlte sich trotzdem so an, wie Alexa sagte.

Sein Tod war nicht umsonst. Die abgeschmackte Formel bekam Bedeutung.

Es wurde mehr Tee gekocht. Das Ehepaar schleppte Fotoalben an. Sie erzählten von Rui. Als er ein Baby war. Ein Kleinkind. Ein Schulkind. Ein Rabauke. Plötzlich lachten alle. Die Eltern strahlten Charme aus, Temperament. Die bleierne Verzweiflung, die uns in dieser Wohnung empfangen hatte, war verschwunden.

Ich machte mir ein paar Notizen. Wir erzählten, dass ich Alexas und Ruis Geschichte aufschreiben wollte. Dass ein Buch daraus werden würde. Die Eltern waren begeistert. Dann wieder vorsichtig. Sie fragten nach. Fragten erneut nach. Sie kannten uns nicht. Sie mussten Vertrauen aufbauen; Vertrauen erforderte Zeit.

»Sie sollten mit Adela sprechen«, schlug Ana vor und reichte uns eine Visitenkarte. Adela Goudinho. Eine Adresse im Bairro alto. Eine Telefonnummer.

Wir versprachen, wieder vorbeizukommen. Kritzelten unsere Handynummern auf einen Block und den Namen unseres Hotels.

Als wir uns verabschiedeten, war die Verzweiflung zurück. Sie lauerte zwischen den Büchern im Regal, hinter dem Sofa, in unseren leeren Teetassen. Ana umarmte Alexa, Cesário ebenso. Sie begleiteten uns zum Lift. Als die Türen sich schlossen und der Aufzug ins Erdgeschoss juckelte, konnten wir einander nicht ansehen.

Unten schlichen wir ins Sonnenlicht. Die Wolken von vorhin waren weggezogen. Geblendet schloss ich die Augen. Bis ich Alexa neben mir aufschluchzen hörte. Ich legte den Arm um sie.

Normalerweise machte ich so was nicht. Ich machte nie etwas Emotionales. Ich bremste mich frühzeitig.

Dann hielt ich sie trotzdem fest.

Für eine Weile. Während die Leute, die vor dem Hochhaus herumlungerten und nach Tauben kickten, uns neugierig anstarrten. Während uns die Sonne auf die Köpfe brannte und der Beton unter uns sich anfühlte wie eine heiße Pfanne.

KAPITEL 23

Dagmar versuchte, sich, so gut es ging, auf ihre Arbeit zu konzentrieren. Sie vertiefte sich in eines von den Projekten, die längst fertig sein sollten, wenngleich sie es aus Gründen, die mit den Abläufen in der Firma zu tun hatten, unglücklicherweise nicht waren. XCom-Munich wurde zu groß. Nach anfänglich guten Ideen und einem Tandem aus zwei Wirbelwinden, die das Unternehmen gestartet hatten, hingen nun zu viele Leute in den Entscheidungsprozessen. Man fühlte sich verpflichtet, Beschlüsse transparent vorzunehmen, hatte dadurch ein Netz an Zwischenstationen aufgebaut, das die Vorgänge unnötig verlangsamte. Dagmar massierte sich den Nacken. Ihr hing das alles so zum

Hals raus. Der Beginn der Start-ups war von Freude und Elan geprägt gewesen. Die Erfolge plätscherten nur so über die Firma herein. Der Umsatz stieg, verdoppelte sich beinahe jeden Monat. Sie waren in dieses Hochhaus gezogen und hatten Leute angestellt. Mehr und mehr Leute. Gute Leute und mittelprächtige Leute. Dagmar klickte auf das Icon mit dem Feuerfuchs. Im Internet machte sie sich auf Arbeitssuche.

Sie musste hier weg. XComMunich war nicht mehr ihre Kragenweite. Früher oder später würde es den Bach runtergehen. Die beiden Gründer waren längst mit einer anderen Idee und einer Menge Kapital aus ihrem Erstunternehmen weitergezogen. Nach Holland.

Sie fuhr mit dem Mauszeiger über die Jobangebote aus dem Bereich Marketing, PR und Werbung. Dabei las sie nicht einmal, was sie sah. Sie checkte bloß die Standorte der Firmen. Brüssel, London, Hamburg, Berlin, Warschau. Klang wunderbar.

Sie hatte alte Eltern. Mal abgesehen von Stefan – ihre Eltern waren das größte Hindernis, weshalb sie bisher nicht aus München weggegangen war. Zudem versprach Bayern Innovation. Bayern, das Hightech-Land. München, die Speckschwarte mit den guten Jobs und dieser irrsinnigen Teuerungsrate. Deswegen wohnten so viele in Freising und Landshut und sogar weiter weg. Weil die Wohnungen zu teuer waren, weil man sich das mit Familie nicht leisten konnte.

Bei Dagmar waren es die Eltern. Da hatte sie sich extra keine Kinder angeschafft, und nun hing sie trotzdem fest.

So war es schon immer gewesen. Sobald es Probleme im Leben der Eltern gab, hatte Dagmar es übernommen, die Ordnung wiederherzustellen. Nicht nur wenn Stefan Ärger machte. Sie hatte lange vor Stefans Geburt damit angefangen, Lösungen zu erarbeiten. Als kleines Mädchen, als Papas Sonnenschein, wenn die Mama tagelang nicht mit ihm redete. Aus Frust. Bitterkeit. Resignation. Und sie hatte die Mama getröstet, wenn der Papa sich mit einer Kollegin tröstete. So lief das. Sie war nur das Kind, aber sie wurde eingespannt. Es wurde erwartet, dass Dagmar tüchtig war, fleißig, gehorsam, dass sie mit anpackte und im System funktionierte.

Stefan war ein Produkt der Verzweiflung. Ein Versuch der Mutter, die Familie zu kitten. Stefan war von Anfang an ein schwieriges Kind. Jähzornig, ungehorsam, desinteressiert, in der Schule ein Desaster. Er prügelte Kleinere, bis sie grün und blau waren, und schlug, als er acht war, einer Mitschülerin die Schneidezähne aus. Dagmar musste mit in die Schule, mit dem Direktor reden. Da war sie 16. Sie missbilligte Stefans Aggressivität, sein mieses, unsoziales Verhalten; gleichwohl kannte sie das Gefühl, das ihn so weit trieb, selbst gut genug. Wenn ihr in der Tasche das Messer aufging. Wenn sie am liebsten alle reihum massakriert hätte, aufgestanden und gegangen wäre. Um endlich ihr eigenes Leben in den Griff zu bekommen.

Äußerlich hatte sie alles unter Kontrolle, soviel stand fest. Ihre Eltern würden nie auf die Idee kommen, dass es unter Dagmars Füßen bebte, als warteten alle Kräfte der Erde nur darauf, endlich zu zeigen, was in ihnen steckte. Dagmar war stark, Dagmar war tüchtig, Dagmar machte alles richtig. Auch als Stefan wegen Schleuserei eine Bewährungsstrafe bekam. Sie wollte gar nicht wissen, auf was er sich da eingelassen hatte. Sie, Dagmar, musste damals zur Polizei, um ihren Bruder auszulösen, der zu einem Gerichtstermin nicht erschienen und deswegen von der Polizei kurzerhand festgesetzt worden war.

Der Vater hatte sie angerufen. »Deine Mutter wird das nicht überleben.« Gemeint war: Du willst doch nicht schuld sein, wenn deine Mutter sich was antut.

Zu der Zeit begann Dagmar mit dem Koksen. Der Kick, der sie für ein paar Stunden aufmunterte, ängstigte sie zugleich, und sie versuchte, mit so wenig wie möglich auszukommen.

Der Vater hatte das Spiel mit den Kolleginnen aufgegeben, als er mit Mitte 50 einen Herzinfarkt erlitt. Dagmars Mutter fand ihn, alarmierte den Arzt. Der Vater überlebte. Die Mutter sagte später zu Dagmar: »Hätte ich ihn doch liegen lassen.«

»Frau Umbach?«

Dagmar schreckte hoch. Ihre Sekretärin stand in der Tür.

»Zwei Herrschaften von der Polizei wollen Sie sprechen.«

Dagmar schloss kurz die Augen. Sie hatte es satt. Sie würde Stefan nicht noch einmal aus dem Misthaufen rausziehen, in dem es ihm so gut gefiel.

»Sollen reinkommen!« Sie stand auf.

Ein Mann und eine Frau, beide blond, beide groß.

»Eva Stettner.«

»Martin Kofler.«

»Angenehm. Ich bin Dagmar Umbach. Bitte.« Sie wies auf die Stühle vor ihrem Schreibtisch.

Die Beamten setzten sich.

»Was ist es diesmal?«, fragte Dagmar.

»Wie bitte?«

Sie lächelte gezwungen. »Mein Bruder stellt alles Mögliche an. Die Situation ist mir nicht neu.«

Die Frau räusperte sich. »Wir sind wegen eines früheren Mitarbeiters von Ihnen hier. Rui Peres Oliveira.«

Dagmars Herz beschleunigte. Warum hatte Debenheim nichts gesagt? Ließ er sie ins offene Messer laufen? War das seine Strategie?

»Rui?« Keine Panik jetzt! Jorge konnte unmöglich zur Polizei gegangen sein. Hatte er sie angezeigt? Wenn ja, weshalb? Er wollte schließlich Dagmars Hilfe, um seine Stelle zu entfristen. Oder lag sie da falsch? Hatte sie ihn falsch verstanden?

»Er starb bei einem Autounfall auf dem Mittleren Ring am 4.6.2013.«

Dagmar nickte bloß.

»Zuerst ging man von einem Unfall aus, man dachte, Materialermüdung sei die Ursache für die versagenden Bremsen. Inzwischen verdichten sich die Hinweise, dass die Bremsen manipuliert waren.«

»Unglaublich!« Schlamperei, dachte Dagmar, warum haben die das nicht gleich gemerkt?

»Könnten Sie sich vorstellen, dass es in der Firma jemanden gibt, der ein Interesse daran hätte, Rui umzubringen?«, fragte die Polizistin.

Wie hieß sie doch gleich?, überlegte Dagmar. Stettner. Genau. Stettner.

»Ich kann mir da niemanden vorstellen«, antwortete sie. Sie wollte was trinken. Oder eine Linie ziehen. Irgendwas, damit sie nicht zusammenbrach. Nicht hier. Sie stand auf und ließ die Jalousien herunter. »Das Sonnenlicht blendet so entsetzlich«, sagte sie. Es klang furchtbar banal.

»Überlegen Sie es sich in Ruhe. Gibt es niemanden, der Rui …«

Dagmar hörte den Rest des Satzes nicht mehr. Wer sollte Rui umbringen wollen?

Kofler räusperte sich. »Jorge Fernandes hat den Job des Opfers bekommen.«

»Ja. Die beiden kannten sich schon aus Lissabon. Hat mir Jorge selbst erzählt.« Dagmar rieb sich die Augen. »Grauenvoll. Denken Sie, er hat nachgeholfen, damit er die Stelle bekommt?«

»Das würden wir so nicht unterstellen«, entgegnete Frau Stettner. »Herr Debenheim sagte uns, dass es eine interne Untersuchung gibt, weil Rui Peres Oliveira für ein anderes Unternehmen arbeitete. Unter der Hand. Das steht in klarem Widerspruch zu den Vertragsbedingungen. Wir haben die Texte entsprechend überprüft.«

»Bislang ist nichts dabei herausgekommen. Wir haben – soweit ich informiert bin – keine Beweise. Er kann letztlich für sich selbst zu Übungszwecken etwas programmiert haben.«

»Programmierer tun so etwas eher nicht, oder?« Frau Stettner sah Dagmar aus blauen Augen an. Die Lamellen der Jalousien bemalten ihr Gesicht mit Streifen. Hellgrau. Dunkelgrau. Hellgrau. Dunkelgrau.

»Ich kann Ihnen nicht sagen, was die Jungs eher tun und eher nicht tun. Sie schreiben Code. Das ist ihr Geschäft. Was Rui betrifft: Ich kannte ihn als integren Mitarbeiter. Kann mir schwer vorstellen, dass er unserer Firma schaden wollte. Zudem würde es nicht zu seiner persönlichen Situation passen. Er wollte unbedingt hier arbeiten. Hat sich sehr ins Zeug gelegt für die Stelle.«

»Sprach er Deutsch?«

»Ja. Wenn auch nicht besonders gut. Er hat es erst zu lernen angefangen, als er beschloss, in Deutschland zu arbeiten.«

»Haben seine Kenntnisse für seine Aufgabe ausgereicht?« Frau Stettner sah Dagmar direkt ins Gesicht.

Dagmar spürte, wie der Schweiß ihre Bluse durchtränkte. Trotz der Klimaanlage konnte sie plötzlich nicht mehr atmen. »Er hat flott gelernt. Vermutlich ein Sprachtalent. Was hat das damit zu tun, dass er vielleicht umgebracht wurde?«

»Hatte er Freunde hier in München?«

»Ich weiß von einer Verlobten. Sie ist Portugiesin. Ihren Namen kenne ich nicht …«

»Den haben wir«, unterbrach Kofler. »Danke für Ihre Zeit.«

Die beiden Beamten standen auf und verließen mit einem gleichgültigen Kopfnicken Dagmars Büro.

»Frau Gary?«

»Ja?« Die Sekretärin streckte den Kopf zur Tür herein.

»Ich … ach, nichts.«

KAPITEL 24

Man hat ihn dazu verdonnert, im OP die Dokumentation zu übernehmen. Er denkt, wenn er sich hätte drücken können, dieses eine Mal, bei dem Biker, wahrscheinlich hätte er nicht so dermaßen überreagiert. Es war vor vier Tagen. Eine Zeitenwende.

Seitdem ist er wie abwesend. Er wohnt seinem Leben bei. Erledigt, was zu erledigen ist. Gibt sich Mühe, die Fassungslosigkeit unter dem Deckel zu halten, lässt nichts nach außen dringen.

Er sitzt im Ärztezimmer, er ist allein dort, starrt auf die weiße Schrankwand mit den abschließbaren Medikamentenkästen, während er vor sich sieht, wie die Eltern vor dem OP warten. Obwohl sie sicher wissen, dass ihr Sohn da nicht mehr lebendig rauskommt. Sie haben ihn lebend reingeschoben und tot rausgeholt.

»Ist jetzt alles in Ordnung?« Die Mutter fragt ihn arglos, und bizarrerweise legt sie eine gewisse Hoffnung in ihre Worte. Als wenn irgendwas in Ordnung sein könnte. Nicht nach dem, was er im OP gesehen hat.

Dr. Schmidt nimmt eine Tablette. Es ist die dritte, die er aus dem Blister drückt, innerhalb weniger Minuten. Er ist übermüdet. Er steht unter extremem Stress. Er hat grauenvolle Kopfschmerzen. Seit 96 Stunden foltern ihn die Bilder. Er hat seit der Explantation kaum geschlafen. Obwohl er in den hellen Nächten die Rollläden heruntergelassen und extra noch die Vorhänge zugezogen hat. Die Bilder. Der Horror. Das Gefühl, schuldig zu sein. All das kriecht durch die Mauern zu ihm in die Wohnung, besetzt ihn, frisst ihn auf.

Er hat noch nie so viel Blut gesehen. Sie wollten die Organe alle haben. Trauben von Chirurgen standen in dem OP herum. Ein rosiger Patient. Einer, von dem alle wissen, dass er nicht mehr aufwachen wird. Ein Team von Leuten, die dafür sorgen müssen, dass der Patient nicht reanimationspflichtig wird. Sonst sind die Organe im Arsch. Telefone klingeln. Dr. Schmidt sieht sich mit seinen Unterlagen da sitzen, mitschreiben. Einer muss alles dokumentieren.

Sie wollen das Leber-Herz-Paket. Gier flackert in den Augen der Operateure, die an diese Organe ran wollen. Ein Leber-Herz-Paket, das ist schwer zu bekommen. Das ist etwas extrem Seltenes. Es wäre der Brüller, wenn ausgerechnet an ihrer Klinik eines explantiert wird. Es gibt diese Patienten mit Lebererkrankungen, bei denen obendrein das Herz kaputtgeht, und die sind dann auf beide Organe angewiesen. Dr. Schmidt hat das gelernt, wie er so vieles im Studium gepaukt hat, was ihm jetzt wie schales Wissen aus dem Museum vorkommt. Es hat nichts damit zu tun, dass der Körper vor ihm aufgesägt wird, vom Kehlkopf bis zum Schambein. Brandgeruch hängt im OP. Von »Medizingeschichte« haben sie auf den Korridoren schon geredet, bevor die Diagnose »Hirntod« überhaupt bestätigt war.

Dr. Schmidt schreibt mit. Welche Medikamente werden wann verabreicht, welcher Schritt wird wann wie gemacht und von wem. Es dauert eine halbe Stunde, bis die Vorbereitungen getroffen sind. Der Anästhesist, der heute die Koordination übernommen hat, entscheidet sich für eine Schmerzmittelnarkose. Vorgeschrieben ist das nicht. Dr. Schmidt muss sich konzentrieren, um zu notieren, welche Muskelrelaxantien in welcher Konzentration gegeben werden. Das tut ihm gut, denn so macht er sich keine unnötigen Gedanken darüber, dass da Infusionen in den jungen Mann hineinlaufen, der doch tot ist, hirntot, aber einstweilen nicht sterben darf, weil man an seine Organe ran will. Ein Toter, der nicht sterben soll. Immerzu irgendwelche Telefone. Es schrillt, piept, zischt. Die Kakophonie der medizinischen Hightech. Ihm ist heiß unter der Maske, sein Atem brennt ihm auf der Haut. Ein komischer Geschmack sammelt sich in seinem Mund. Auf den Fliesen liegen Knochenspäne. Schreib.

Der Blutdruck des Hirntoten schnellt hoch, sobald der Körper geöffnet ist. Auch die Herzfrequenz. Noradrenalin, Dopamin und Adrenalin. Die Medizin sagt, es handle sich nicht um eine Stress- und Schmerzreaktion, sondern um eine Rückenmarksreflexaktivität. Dr. Schmidt ist sich nicht sicher, ob hierbei das letzte Wort gesprochen ist. Der Hirntod ist eine definitorische Erfindung der Harvard Medical School.

Der Tod definiert sich selbst, das hat Dr. Schmidt einmal geglaubt. Als seine Großmutter starb; das war so ein Einschnitt. Sie starb nach drei Wochen langem Leiden. Ganz von selbst. Für die Organe einer 93-Jährigen hätte sich die Medizinindustrie sowieso nicht interessiert.

Dr. Schmidt will nicht nachdenken. Also schreibt er. Er hat eine Aufgabe. Er hat einen Beruf und eine Karriere. Vor sich. Mag sein. Vor ihm läuft eine Explantation ab. Eine Operation, die nicht zum Wohl des Patienten ist. Die gar nicht auf Heilung abzielt. Zumindest nicht auf die Heilung desjenigen, der da liegt. Und blutet. Da laufen literweise Blutkonserven in den Biker. Dr. Schmidt ist nicht religiös, aber er fragt sich: Wo ist der Junge jetzt? Stimmt es, was manche erzählen, die Nahtoderlebnisse hatten, dass er auf sich, auf seinen Körper herabschauen kann? Was wird er da sehen – ein Ersatzteillager, das ausgeweidet wird?

»Blutung im Leberbett.« Jemand sagt die drei Worte, hat sie vielleicht schon vor Minuten gesagt, Dr. Schmidt bekommt sie erst jetzt mit. Der Schweiß rinnt ihm in die Augen. Das Blut schwappt aus der OP-Wunde heraus. Ein Wasserfall aus Blut. Es läuft vom Tisch runter. Die Operateure stehen in Gummistiefeln da. Das Bild der Eltern blitzt vor Dr. Schmidt auf.

Streit. Geschrei am OP-Tisch. Ein Chirurg geht auf den anderen los. Dr. Schmidt starrt auf seine Kollegen, er ist unfähig, sich zu bewegen. Nur seine rechte Hand, auf die ist Verlass. Sie hält den Stift und zittert nicht mal.

Die weiß Maskierten brüllen einander an. Einer hebt den Arm, in dem er das Skalpell hält.

»Warten Sie!« Ein anderer nähert sich dem Tisch. Dr. Schmidt hat ihn gar nicht gesehen. Hier sind an die 20 Leute, da verliert jeder den Überblick.

Und dann schreibt Dr. Schmidt das auf, was für die versammelten Mediziner ein Desaster bedeutet: Das Herz des Patienten hört vor der Explantation auf zu schlagen. Er wird reanimationspflichtig. Damit können sie das Herz wegschmeißen, und die Leber gleich mit. Der Tumult beruhigt sich erst, als der Arzt, der neu in den Operationssaal gekommen ist, laut wird. Ziemlich laut. Er brüllt: »Vergessen Sie die Sensation!« Und: »Das ist pietätlos. Wollen Sie, dass so etwas mit Ihrem Körper passiert?«

Dann ist der Patient tot.

Während ihm der Schweiß in die Augen rinnt, schreibt Dr. Schmidt mit. Explantiert werden eine Niere und der Dünndarm. Die Augenhornhaut.

Cornea, schreibt Dr. Schmidt. Seine Hände in den Handschuhen scheint er zuvor nie gesehen zu haben. Er starrt auf seine Finger, auf den Stift, auf das Papier. In dem Augenblick beginnen die Kopfschmerzen.

Es ist nicht zu einer Schlägerei gekommen im OP. Zur medizingeschichtlichen Sensation auch nicht. Der

Patient, der Leber und Herz braucht, wird weiter auf der Warteliste festhängen. Vielleicht sterben. So wie der Biker. Die Anästhesisten sind längst abgetreten.

Vier Tage später sitzt Dr. Schmidt im Zimmer, einen Blister mit Analgetika in der Hand. Seine Brille ist verschmiert, er nimmt sie ab. Steht auf, geht zum Schrank, sucht eine Schachtel mit Antidepressiva raus.

Der Pharmacocktail wird ihm helfen, die nächsten 24 Stunden durchzuhalten.

KAPITEL 25

Wir fuhren mit dem Elevador da Gloria ins Bairro alto hinauf. Alexa war hingerissen von dem alten Tramwagen, der uns quietschend die kurze, mächtig steile Strecke hinaufbugsierte. Außer ekstatisch auf die Auslöser ihrer Digitalkameras klickenden Touristen waren auch ein paar Lissaboner im Elevador. Mit stoischem Gleichmut ertrugen sie die Enge und das vielstimmige Echo begeisterter Ausrufe.

»Wow, das war toll!« Alexa sprang aus dem Wagen. »Und jetzt?«

»Adela wartet um die Ecke auf uns.« Wir bogen nach rechts ab und sahen nach wenigen Schritten die beiden abgesetzt voneinander liegenden Aussichtsplattformen genau gegenüber dem Burgberg. Auf der oberen Terrasse stand ein kleiner Pavillon, wo Kaffee verkauft wurde. Bänke. Grünzeug. Bäume. Die unvermeidlichen Tauben, die in Schwärmen nach den Überresten von Pausenbroten suchten.

»Wie erkennen wir sie?«

»Keine Ahnung. Ich schätze, sie erkennt uns. Eine schlanke Junge und eine dicke Alte«, antwortete ich.

»Du bist nicht dick, Kea.«

»Du sollst nicht lügen.« Okay. Ich war nicht dick. Ich war vollschlank. Rund. Weiblich.

Alexa boxte mich in die Seite. »Lass uns einen Espresso trinken.«

»Heißt in Portugal Bica. Nur so zum Mitschreiben.«

»Also, zwei Bicas, Senhora.« Alexa ging zu dem Pavillon und bestellte. Kaum zu glauben, dass sie vor Kurzem noch sterbenskrank gewesen war. Es war, als hätte ihr Körper ein Upgrade bekommen: Sie bewegte sich mit einer Leichtigkeit und Entschiedenheit durch die Menschenmenge, von der ich nur träumen konnte. So eine Energie würde ich mein Leben lang nicht mehr aufbringen. Der Lebensabschnitt unendlicher Frische war vorbei. Ich dachte an Rui, seinen tragischen Tod und wie wir gelacht hatten mit seinen Eltern. Ich hatte eine Menge Arbeit vor mir, wünschte mich in den Schatten auf meiner Dachterrasse, um aufzuschreiben und zu ordnen, was wir bei Ana und Cesário gehört hatten. Vorhin hatte ich mit Nero telefoniert und meine Gedanken durchgesprochen. Ich sagte ihm nichts von Markus' Andeutungen wegen des Mordverdachts. Allein seine Stimme zu hören, beruhigte mich. Es gab einen Ort auf der Welt, wo all die Aufregung, mit der Lissabon uns umspülte, nicht hingelangte.

Die Bica schmeckte traumhaft: kräftige Röstung, wenig Wasser. Mein Energielevel stieg spürbar. Immerhin etwas.

Wir stellten uns an das Geländer und blickten über die Stadt. Die Sonne brannte, die Tauben flatterten. Lissabons Dächer schickten Lichtreflexe in den Himmel. Ein Flugzeug flog in geringer Höhe über uns hinweg. Es roch nach Kaffee, nach Gebratenem und nach frischgebackenem Brot.

»Hello.«

Wir drehten uns um.

»I am Adela.«

Ruis Verlobte. Sie schien kaum älter als 20, war klein, zierlich, mit schwarzen Locken, die knapp ihre Ohren bedeckten. Sie trug eine riesige Sonnenbrille, eines von den Wahnsinnsgestellen, hinter denen man kein Gesicht mehr vermutete. Ihre Bluse changierte in einem dunklen Violett. Dazu trug sie einen schwarzen Rock. Schwarze Ballerinas.

Wir stellten uns vor.

»Ich habe vorhin mit Ana und Cesário telefoniert. Sie machen eine harte Zeit durch. Dass Sie auf der Bildfläche erschienen sind, hat sie aus ihrem tristen Alltag gerissen.«

Wir nickten unisono.

»Setzen wir uns?« Adela steuerte auf eine freie Bank zu. Alexa brachte unsere Tassen zum Pavillon zurück.

Adela sah ihr nach. Schüttelte den Kopf. »Merkwürdig. Zu denken, dass Ruis Herz in ihr schlägt.«

»Ja. Kaum zu begreifen.« Das Herz, das in Liebe zu dieser Frau geschlagen hatte. Konnte das Herz lieben? Es war doch nur ein Muskel.

»Die Ärzte in München haben mich ziemlich unter Druck gesetzt. Sie wollten Ruis Organe. Ich hatte 20 Minuten, um zu überlegen. Ich habe bei seinen Eltern angerufen. Ana sagte, sie wollte alles, nur nicht noch mehr Tod. Wenn jemand ein besseres Leben bekäme durch Ruis Tod, käme sie damit besser klar. Hat sie sich jedenfalls eingeredet. Ich weiß nicht, ob sie mit dem Tod ihres einzigen Sohnes zurechtkommen kann. Sie ist eine starke Persönlichkeit, aber die Wunde, die Ruis Unfall geschlagen hat, wird wahrscheinlich nie heilen.«

Alexa kam zurück. »Traumhafter Blick.«

Adela nickte. »Was kann ich für Sie tun?«

Alexa berichtete von ihrem Projekt. Ruis Leben aufzuschreiben und ihres natürlich, um beide Leben zusammenzuführen. In einem Buch.

Ich ließ sie reden. Die Sonne brannte mir auf die Haut. Mein Kopf brummte. Trotz der Bica. Unter mir briet Lissabon in der Hitze.

»Ich arbeite als Zahnarzthelferin in einer Praxis hier im Bairro alto«, erzählte Adela. »Rui und ich kennen – kannten – uns seit drei Jahren. Er war Patient bei meiner Chefin. Wir haben uns einmal während unserer Mittagspause hier am Miradouro São Pedro de Alcântara getroffen. Uns verliebt.«

»Ein schöner Ort, um sich zu verlieben.«

»Er wollte ins Ausland. Er hatte seinen Job bei einer IT-Firma verloren. Die Krise. Alle reden von der Krise. Eine Zahnärztin hat Glück. Wenn jemand Zahnschmerzen hat, kann er sich nicht mit der Krise rausreden; er lässt sich behandeln. Deshalb ist meine Arbeit vergleichsweise krisensicher. Für die IT-Leute dagegen sieht es in Portugal schlecht aus. Sie haben sich ein Tätigkeitsfeld ausgesucht, das anderswo besser bestellt wird. Ana und Cesário haben bloß eine kleine Rente. Sie gehören zu einer Generation, die sich viel anpassen musste. An die Diktatur, dann an die Zeit danach, schließlich an die EU. Sie haben das geschafft. Viel Geld konnten sie trotz allem nie zurücklegen. Ein Teil von Cesários Einkommen ging an seinen Bruder mit Familie in Brasilien. Denen geht es dort jetzt besser als uns in Europa.«

»Waren Sie traurig, als Rui sagte, er würde nach Deutschland gehen?«, fragte Alexa. Sie legte ihre Hand auf ihre Brust. Als wollte sie Ruis Herz spüren. Dachte ich. Mit der Ersatzteillogik kam ich irgendwie nicht klar. Ein Organ war kein Ersatzteil. Es war etwas Menschliches. Aber nicht menschlich. Ich kam nicht weiter.

»Zuerst habe ich gedacht, das ist ein Albtraum. Gleich werde ich aufwachen und feststellen, dass die Wirklichkeit noch dieselbe ist wie vor ein paar Minuten. Ich mochte nicht wahrhaben, dass er weggehen wollte. Für mich war hier alles perfekt. Ich liebe meine Stadt. Ich liebte Rui. Wir hatten eine Clique. In der Clique wurde geheiratet. Also dachte ich mir, dass es letztlich eine Frage der Zeit sei, bis Rui und ich nicht als Gäste auf eine Hochzeit gingen, sondern als die Hauptpersonen. Die miese wirtschaftliche Lage schob ich einfach weg. Ich redete mir ein, Rui würde bestimmt früher oder später eine Anstellung finden. Hier, in Portugal. Wenn nicht in Lissabon, dann in Porto oder Faro. Aber nicht so weit weg, nicht im Ausland!« Sie nahm die Sonnenbrille ab. Ich sah ihre rot geweinten Augen. Müde rieb sie sich die Nasenwurzel. »Verstehen Sie, wir Portugiesen haben mit Europa nicht so viel am Hut. Es ist weit weg. Deutschland, Holland, die Schweiz … fremde Welten. Das Meer ist uns näher. Immer gewesen. Portugal, die Tejomündung, das war das Letzte, was die Seefahrer von Europa sahen, als sie in See stachen. Europa liegt in unserem Rücken. Vor uns liegt das Meer. Und deshalb warten wir zeitlebens darauf, dass die Entdecker zurückkehren und uns berichten von den herrlichen Schätzen jenseits des Horizonts. Und sie am besten gleich mitbringen.«

»Halten Sie Menschen wie Rui, die anderswo Arbeit suchen, auch für eine Art Entdecker?«, fragte Alexa.

Adela lächelte. »Interessanter Aspekt. Könnte man so sehen, ja.«

»Waren Sie überrascht, als er doch wegging?«, wagte ich mich vor.

»Überrascht ist nicht das richtige Wort. Ich war schockiert. Meinen Selbstbetrug, dass er schon bleiben würde, konnte ich nicht mehr aufrecht halten. Ich musste einsehen, dass ich mir die ganze Zeit etwas vorgemacht hatte. Einer Wunschvorstellung verhaftet war. Dabei konnte Rui gar kein Deutsch. Als er die Zusage aus München bekam, traf er sich gleich mit mir. Er war total begeistert. Es war Januar. Seit Tagen Dauerregen. Wir gingen in ein Café. Nicht weit von hier, hinter der Igreja de São Roque. Er redete nicht um den heißen Brei herum. Er sagte: Adela, ich habe einen Job in München. Bayern! Dabei strahlte er. Für ihn fühlte sich das an wie ein Lottogewinn. Ich glaubte ihm zuerst nicht. Du kannst ja kein Deutsch, sagte ich. Als wäre das der Zauberspruch, der ihn dazu bewegen würde, zu sagen: He, war alles nur ein Gag.« Sie setzte die Sonnenbrille wieder auf und blickte über die Stadt. »Ich mag den Winter hier. Oft ist es trist und grau, aber der Frühling lässt nie lang auf sich warten. Es ist leicht, die schlechten Tage durchzuhalten. Doch seit unserem Gespräch in diesem Café hat sich mein Leben verändert. Ich musste auf die Schnelle lernen, dass nicht alles automatisch so weiterläuft, wie es zuvor der Fall war. Sondern dass man sich anpassen muss. Sich anstrengen muss. Ich hatte bis dahin immer alles mit Leichtigkeit bewältigt. Schule. Prüfungen. Jobsuche. Den Alltag in der Praxis. Klar, es gibt immer mal Schwierigkeiten, Ärger, Unangenehmes. Für mich war das nie ein Problem. Schlaflose Nächte, weil ich mir Sorgen machte, kannte ich nicht. Seit jenem Tag im Januar schlafe ich gar nicht mehr. Glaube ich.« Sie lachte ein hilfloses kleines Lachen.

»Rui ist gleich am selben Tag zum Goethe-Institut, um sich für einen Deutschkurs anzumelden. Er musste eine bestimmte Prüfung schaffen. Sie sagten ihm, dass er dazu eigentlich keine Zeit hätte, denn er sollte schon am 1. März in München anfangen. Rui ließ sich nicht beirren. Er setzte alles daran, so schnell wie möglich voranzukommen.«

»Haben Sie ihn in München besucht?«

»Ja. Im Juni. Als er … diese Welt verließ.« Adela brauchte ein paar Minuten, um sich zu fassen. Ich sah Alexa an. Sie erwiderte meinen Blick, sah weg, stand auf, ging zum Geländer. Sie umklammerte es so fest mit den Händen, dass die Knöchel weiß wurden. Blickte über das alte Lissabon.

Ich war einem Irrtum aufgesessen. Ich hatte gedacht, Alexa könne einschätzen, was unsere Recherche hier für sie bedeutete. Sie konnte es nicht. Indem sie auf die Suche nach dem Spender ihres Herzens ging, geriet sie immer tiefer in sein Leben hinein und begann dadurch zu ermessen, welche Lücke er in seiner Welt hinterlassen hatte. Die Schuldgefühle, die sich laut Cornelia bei vielen Transplantierten einstellten, mussten sie überwältigen. Erst die verzweifelte Einsamkeit der Eltern mit all den verlorenen Träumen, jetzt der offenkundige Schmerz seiner Verlobten.

Adela hing ihren eigenen Gedanken nach.

»Wann fuhr er nach Deutschland?«, fragte ich. Alexa schlenderte zurück zu unserer Bank. Sie gab sich lässig, aber ich konnte ihr ansehen, wie aufgewühlt sie war. Möglicherweise steckte noch Ruis Aufregung in seinem Herzen. Das jetzt ihres war. Und die spürte sie nun. Unsinn, das konnte nicht sein. Anders gefragt: wenn es ein Zellgedächtnis gab, vielleicht doch?

»Alles ging plötzlich unheimlich schnell. Er organisierte sich eine winzige Wohnung in München. Packte seine Sachen. Am 22. Februar brachten wir ihn zum Flughafen. Seine Eltern und ich. Zuerst konnte ich mir noch einreden, dass es nicht für immer war, vermutlich nicht einmal für länger. Ich versteifte mich darauf, dass Rui weiter in Portugal nach Arbeit suchen würde. Mit Auslandserfahrung hätte er sicher bessere Karten. In einem halben Jahr oder so, dachte ich, wäre er bestimmt zurück. Das waren alles Wunschvorstellungen. Ich glaube, sein Vater teilte sie. Seine Mutter indes schien etwas geahnt zu haben. Am Flughafen, als er zu den Abfluggates durchging und wir nicht mehr mitkommen durften, da sagte sie zu ihm: ›Vergiss nie, dass ich dich liebe, mein Sohn‹.«

»Das muss nichts bedeuten«, warf ich ein.

»Nein. Muss es nicht.«

»Haben Sie von Rui gehört, als er in München war?«

»Natürlich. Er rief kurz an, um zu sagen, dass er gut angekommen war. Kurz darauf hatte er bereits eine deutsche SIM-Karte in seinem Handy. Wir telefonierten viel über Skype. In den ersten Wochen. Er berichtete über alles, schilderte sein Leben in München so lustig. Er machte Fotos mit seinem Telefon und mailte sie mir. Er probierte alle möglichen Kneipen aus. Fuhr ein Wochenende in die Alpen. Er verdiente richtig gut Geld und hatte eine Menge Spaß. Heute denke ich, klar, er war mit Mitte 20 zum ersten Mal endlich von zu Hause weg. Lebte ohne seine Eltern. Ohne diesen vorgegebenen Rahmen. Ohne die Schwere der Jahre, in denen seine Eltern für eine bessere Zukunft der Familie gekämpft hatten. Er hatte einen Job, der ihm Spaß machte und ihn herausforderte.« Sie betrachtete ihre Hände. Kein Ring. »Mit den Wochen wurden seine Telefonate weniger. Er tauchte gar nicht mehr auf Skype auf. Ich wartete nächtelang, dass er online ging. Machte er nicht. Er antwortete immer seltener, wenn ich auf seinem Handy anrief. Ich hinterließ Nachrichten auf dem Anrufbeantworter, und er rief mich meistens am darauffolgenden Morgen zurück. Irgendwann stellte er sein Handy so ein, dass der Anruf nicht mehr auf die Mailbox umgeleitet wurde.«

»Das klingt nach …«, begann Alexa eifrig. Biss sich auf die Lippen.

»Natürlich. Nach Untreue.« Adela schüttelte den Kopf, während sie den Blick über die Altstadt zum Castelo schweifen ließ. »Ich bin nicht mehr wütend. Nur traurig.«

»Er hatte eine Affäre?«, fragte ich schließlich. Adela wollte reden. Die Ghostwriterin in mir spürte das. Und sie wollte gefragt werden. Allmählich ging ihr die Kraft aus, um von allein weiterzusprechen. Das passierte oft in den Gesprächen, die ich führte. Die Menschen hatten all ihre Energie in ihre Berichte gepumpt, und wenn es zu dem einen entscheidenden Schmerz kam, sackten sie in ein Loch.

»Ja.« Adela presste die Lippen zusammen. »Ich habe es geahnt, obwohl ich ihn nie darauf angesprochen hätte. Am 24. Januar hatten wir uns verlobt, zwei

Wochen, nachdem er mit mir über seine Pläne, nach Deutschland zu gehen, gesprochen hatte.«

»Eine Verlobung ist ein Versprechen.«

»Ja. Sicher. Aber knapp 3000 Kilometer Distanz ändern alles.«

»Manchmal reichen sogar drei Meter. Ich spreche aus Erfahrung«, erwiderte ich.

Adela rang sich ein Lachen ab. Alexas Blick wanderte zwischen mir und Adela hin und her.

»Rui hatte am Goethe-Institut einen anderen Software-Entwickler kennengelernt, der ebenfalls nach Deutschland wollte. Jorge. Der konnte schon ganz gut Deutsch, und er half Rui im Unterricht manchmal auf die Sprünge. Jorge ging dann auch nach Bayern, aber er bekam keine Stelle, jobbte hier und da als Freelancer, suchte aber eifrig weiter nach einer festen Arbeit. Ihm schrieb ich eine Mail. Ich hatte länger nichts von Rui gehört. Seine Eltern ebenso wenig. Wir machten uns Sorgen.«

Ich ahnte etwas.

»Er hat ihn mit einer Frau gesehen. Mit einer Frau aus dem Unternehmen, wo er arbeitete. Muss eine tolle Firma sein. Jorge wollte dort auch unbedingt unterkommen. Aber es gab keine freien Stellen. Rui hatte ihm die letzte vor der Nase weggeschnappt.«

»Bestimmt war dieser Jorge auf Rui nicht gut zu sprechen«, sagte ich. »Vielleicht war er sogar auf der Suche nach einer Leiche in Ruis Keller.«

»Es war mehr als ein vager Verdacht. Rui hat wirklich etwas mit einer anderen Frau angefangen. Kaum war ich in München, habe ich ihn darauf angesprochen. Da hat er sofort alles zugegeben. Er wollte die Verlobung mit mir lösen. Einen Tag vor seinem Tod. Ich gab nicht nach. Ich wollte nicht. Wenigstens bestand ich darauf zu erfahren, warum er mich plötzlich abschrieb. Dazu wusste er nichts zu sagen, nur dass eben alles anders wäre, jetzt, da er in München Arbeit hätte. Wir trennten uns im Streit. Er ging seine Geliebte treffen, und ich blieb in seiner Wohnung sitzen und heulte. Es war, als wäre ich in eine ganz andere, fremde Welt geworfen worden. Als ich mich ein wenig gefangen hatte, überlegte ich, wie ich es seinen Eltern beibringen sollte. Jorge rief an und holte mich ab. Wir gingen was essen und danach im Park von Schloss Nymphenburg spazieren. Das war wunderschön. Ich war traurig und durcheinander, aber ich konnte mich diesem Zauber nicht entziehen. Ich verstand plötzlich, dass es Rui in Deutschland wirklich gefiel und dass er gar keinen Grund sah, zurück ins schmuddelige Portugal zu kommen.«

»Naja, schmuddelig …«, murrte Alexa.

»Lassen Sie sich nicht blenden. Für Touristen ist alles toll. Immer scheint die Sonne. Die Altstadt ist romantisch und hat Flair, keine Frage. Trotzdem: Portugal ist wirtschaftlich abgeschrieben. Unsere Politiker sind unfähig. Die Gewerkschaften machen Stimmung, zetteln Streiks an, die uns noch mehr schaden. Wir sind Gott sei Dank keine Hitzköpfe, deswegen hatten wir hier bisher keine Straßenschlachten. Die Lage ist dennoch für sehr viele Menschen hoffnungslos.« Sie schlang die Hände ineinander. »Jorge spielte den Kavalier an jenem Abend. Natürlich schlug ich alle Angebote in den Wind. Er brachte mich zurück in Ruis Wohnung. Ein mikroskopisches Einzimmerapartment in einem Wohnblock. Dort wartete ich auf Rui. Jorge ließ nicht locker. Er schickte mir eine SMS, ich könnte ihn jederzeit anrufen. Ich war in einem fremden Land, ich konnte die Sprache nicht und ich kannte keinen außer Rui und Jorge. Mit Rui war es aus. Also rief ich Jorge schließlich zurück. Er erzählte mir alles über die andere Frau. Dass sie einen hohen Posten in Ruis Firma hat. Und dass sie älter war. Viel älter.« Adela legte den Kopf in den Nacken. »Er verriet mir sogar ihren Namen. Dagmar Umbach.«

KAPITEL 26

Ich konnte nicht behaupten, dass der Rest des Tages besonders reibungslos verlief. Adela musste zurück zur Arbeit, sie hatte ihre Mittagspause längst überzogen. Alexa hatte Hunger. Mir war der Appetit ziemlich vergangen, aber nicht, weil ich Adelas Geschichte so dramatisch fand, sondern weil ich Zeugin wurde, wie Alexa sich in die Sache hineinsteigerte.

Wir marschierten im Stechschritt durch die rechtwinkligen Gassen des Bairro alto, auf der Suche nach einem Lokal. Doch das Viertel wirkte auf uns total verschlafen, und abgesehen vom Miradouro São Pedro de Alcântara mit seinem sensationellen Ausblick schienen sich selbst die Touristen an diesem Tag auf andere Teile Lissabons zu konzentrieren.

»Ich kapiere nicht, wie Rui ihr das antun konnte!«, regte Alexa sich auf, als wir endlich vor einem kleinen Restaurant Platz genommen und uns zwei Caesar's Salads bestellt hatten. Die Empörung stand ihr ins Gesicht geschrieben. Ihre Wangen und ihre Stirn glänzten rot. Vielleicht hatte sie auch einen Sonnenbrand.

»Es ist traurig für Adela, aber solche Geschichten passieren rund um den Erdball. Tausendfach pro Minute.«

»Du bist ganz schön abgeklärt.«

Damit hatte sie vermutlich recht. Schließlich war ich fast doppelt so alt wie Alexa. Ich hatte meine Erfahrungen. Längst träumte ich nicht mehr von der einen, perfekten, überwältigenden Liebe.

»Sieh es mal von seiner Seite: Rui wurde seine portugiesische Welt zu eng. Er lebte mit seinen Eltern dort oben in Benfica, in einem deprimierenden Wohnblock. Er hatte eine gute Ausbildung, aber nichts zu tun, suchte bis zum Abwinken nach einem Job, wobei er sich sicher sein konnte, nichts zu finden oder höchstens eine lausig bezahlte Arbeit.«

»Du verteidigst ihn.«

»Ich tue das, was ich immer mache, wenn ich mit den Knicken in den Lebensgeschichten der Leute konfrontiert bin. Die gibt es in jeder Biografie, machen wir uns nichts vor! Rui wollte ausbrechen. Raus aus allem, neu anfangen. Etwas wagen, was bisher in seinem Leben nicht möglich gewesen war.«

»Trotzdem. Warum hat er seiner Freundin Hoffnungen gemacht, wenn er auf die große Freiheit aus war?«

»Ich nehme an, sie selbst hat sich die Hoffnungen zurechtgelegt und alles, was Rui sagte oder tat, entsprechend interpretiert.«

»Du meinst, er wollte Adela loswerden?«

Unser Essen kam. Alexa machte sich über den Salat her, als hätte sie seit Tagen nichts zwischen die Kiemen bekommen. Wenigstens schlägt ihr das alles nicht auf den Magen, dachte ich.

»Ich glaube nicht, dass er sie explizit loswerden wollte. Er wollte ein anderes Leben. Wenigstens probeweise. So sehe ich das.« Manche Dinge ergaben sich eben. Nicht wirklich von selbst, sie stellten sich nach und nach ein, weil Menschen an kleinen Stellschrauben drehten und damit letztendlich die Richtung bestimmten.

Alexa brachte eine ganze Reihe Gegenargumente vor. Ihre Jugend, ihre Lebensenergie und all die Moralvorstellungen, denen sie bislang ausgesetzt gewesen war, ließen keinen Platz für Neuorientierung. Alles musste in einem festen Gefüge einrasten. Gut war gut und schlecht war schlecht. So dachte man als junger Mensch. Als einer, der noch nicht erfahren hatte, dass Leben zu großen Teilen Schicksal war. Dass man nicht immer seines eigenen Glückes Schmied sein konnte.

»Stell dir diese Unverfrorenheit vor: Die Umbach hatte was mit Rui und redet dabei ganz cool mit mir.

Jetzt kapiere ich, dass sie entnervt war, nachdem ich mich in unserem Gespräch auf einen portugiesischen Freund bezog und hinzufügte, dass ich Rui kannte.«

»Das war ihr unangenehm.«

»Darauf kannst du wetten! Dumme Nuss. Na warte, der steige ich aufs Dach, sobald wir zurück in München sind.«

Mir brach der Schweiß aus. Rui war ermordet worden. Wenn der Verdacht der Münchner Polizei stimmte. Da gab es eine Geliebte und eine Verlobte. Wussten die Bullen von der Geliebten? Ich musste Markus anrufen. Mit Mühe und Not konzentrierte ich mich wieder auf Alexa.

»Du bist frei zu tun, was du willst. Allerdings sollten wir meine Rolle in diesem Unternehmen festlegen, Alexa. Ich werde heute Nachmittag weiterschreiben, möchte mit dem Text vorankommen. Ich denke, dass ein weiteres Treffen mit den Eltern und Adela ausreicht, um genügend Material zusammenzubekommen. Sobald das erledigt ist, habe ich hier in Lissabon nichts mehr verloren.«

Alexa legte entgeistert ihre Gabel weg. »Das soll es gewesen sein?«

»Du bezahlst mich für eine Geschichte. Nicht fürs Sightseeing.«

»Wir haben noch nichts angeschaut. Ich will das Seefahrerdenkmal sehen und den Torre de Belém und …«

»Erst die Arbeit, dann das Vergnügen.«

Sie streckte mir die Zunge raus.

Mein Handy klingelte. Nero.

»Hi!«, rief ich aufgeräumt.

»Wie geht's, Kea?«

»Läuft halbwegs rund.«

»Kannst du gerade nicht sprechen?«

»Genau so ist es.«

»Hör mal, deine Mutter sitzt in der Küche.«

»Was? In meinem Haus?«

»Exakt. Sie hat angeblich tausendmal versucht, dich auf dem Handy zu erreichen. Nachdem du nicht reagiert hast, fuhr sie hier raus.«

Ich stöhnte auf. »Also ist ihr das Courtyard Marriott zu teuer geworden.«

»Woher weißt du, in welchem Hotel sie war?«

»Sie wohnt immer im Courtyard, wenn sie in München ist.«

»Was soll ich jetzt machen?«

»Scheibenkleister! Quartiere sie im Gästezimmer ein.«

»Ab morgen habe ich einen Kurs in München. Täglich von 9 bis 16 Uhr. Sie wird sich langweilen.«

»Dass ich nicht lache. Sie wird im Haus auf Schnüffeltour gehen.« Mir wurde schlecht bei dem Gedanken. »Eventuell erreiche ich Juliane. Sie könnte Frau Laverde Gesellschaft leisten.«

»Ich habe versucht, sie anzurufen. Sie ist unauffindbar.«

»Was?«

Alexa winkte dem Kellner und zahlte.

»Nero, da stimmt was nicht. Juliane geht immer ans Telefon.«

»Sie ist vermutlich wieder auf Tour. War sie doch vor ein paar Wochen auch.«

»Das klingt mistig.«

Er verstand mich falsch. »Deine Mutter muss so lange eben alleine auf dem Sofa sitzen.«

»Mir bricht der Schweiß aus.«

Er lachte. »Wann kommst du?«

»In ein paar Tagen.«

»Na dann.« Er sagte noch ein paar romantische Sachen.

Ich legte auf. Dass Juliane nicht ans Telefon ging, gefiel mir ganz und gar nicht.

Es musste nichts heißen. Ich hatte erst heute Nacht mit ihr telefoniert.

KAPITEL 27

Wenigstens einmal war Stefan von Nutzen.

»Du brauchst *was*?«, hatte er sie vor ein paar Tagen entgeistert gefragt.

Sie hatten sich im Biergarten am Chinesischen Turm getroffen. In dem allgemeinen Getümmel würde ihr niemand hinterherspionieren. Hoffte sie zumindest.

»Einen Revolver. Irgendwas Kleines, Handliches. Für die Handtasche. Himmel, Stefan, das kann doch nicht so schwer sein!«

»Kostet aber.«

Sie gab ihm Geld.

Vor Überraschung vergaß er, sie mit seinen Problemen zu behelligen.

Nun rief er an. »Gehen wir ein Bier trinken?«

»Lass uns irgendwohin fahren«, schlug sie vor. »Ammersee vielleicht?«

Sie holte ihn ab. Sie fuhren raus aus München. Richtung Fünfseenland. Stefan kannte diverse Forstwege. Dort hielten sie. Mitten im Wald. Es war feucht und heiß. Kein Blättchen bewegte sich. Er brachte den Revolver zum Vorschein.

»Smith & Wesson Chiefs Special. Kaliber 38. Leicht wie eine Feder, wiegt weniger als ein halbes Kilo. Fünf Schuss.«

Dagmar nahm den Revolver in die Hand.

»Patronen habe ich schon gekauft. Willst du jetzt sehen, wie man lädt?«

Sie nickte. Das kühle Metall in ihrer Hand – ein Kick. Wie eine Linie. Nicht ganz so stark, gut, aber die Berührung mit der Waffe löste etwas aus. Hoffnung. Dass sie wirklich etwas tun konnte gegen die schwarze Kappe der Bedrohung, die Jorges Auftauchen ihr jedes Mal überstülpte.

Stefan erklärte ihr die Handhabung der Waffe. Es war das erste Mal, dass ihr Bruder ihr etwas beibrachte. Dass er überhaupt etwas für sie tat.

Stefan brachte eine improvisierte Schießscheibe an einer Pappel an.

»Ich nehme an, du musst nie wirklich schießen, oder?«

»Ich hoffe nicht.«

»Ist klar, du willst das Teil zur Abschreckung. Also sieh her. Nimm den Revolver in die rechte Hand und stütze sie mit der linken … sehr gut. Stell dich breitbeinig hin. Kein Hohlkreuz machen!«

Dagmar schwitzte. Um sie her zwitscherten Vögel, als müsste der ganze Wald erfahren, dass zwei Leute illegal mit einer Handfeuerwaffe übten. Mücken umschwirrten sie, ließen sich auf ihren nackten Armen und Waden nieder.

Nach einer guten Stunde war Stefan zufrieden. Er überließ ihr die nicht verschossene Munition. Dagmar verstaute den Revolver in ihrer Handtasche.

»Sei vorsichtig damit. Ich meine, wenn du was aus der Tasche holst oder sie irgendwo stehen lässt. Dass niemand sieht, was du dabei hast.«

»So schlau bin ich selbst.« Sie lachte. Sie fühlte sich richtig in Hochstimmung. Offenbar, weil sie zur Abwechslung ein paar angenehme Stunden mit ihrem Bruder verbracht hatte.

»Wozu brauchst du den Smith & Wesson?«

»Habe Ärger.«

»*Du*?« Er kratzte sich ratlos am Kopf. »Auf Ärger bin *ich* abonniert, oder?«

»Was ist mit Frieder?«

»Darüber wollte ich mit dir sprechen.«

Dagmar ließ den Motor an.

Stefan redete. Über seinen Kumpel, der dringend einen Job wollte. Sehr dringend. Dagmar hörte zu. Die

Geschichte hatte sich nicht geändert, und ihre Antwort auf das Lamento genauso wenig. Sie hatte eine Waffe bestellt und bezahlt. Sie war nicht für alles zuständig. Der Revolver in ihrer Handtasche änderte die Ausgangspositionen. Sie war jetzt stark. Ihr fiel ein, dass sie Peter unter Druck setzen konnte. Ich besorge dir Koks, und dafür stellst du Frieder ein. Nein, das wollte sie nicht. Sie hatte keine Lust, sich in Stefans Chaos zu verstricken. Außerdem würde sie so ein Arrangement von Tichomir abhängig machen. Wer weiß, wohin das führen würde. Sie war nicht auf neue Stricke aus, die sie an irgendwen banden. Da war ja weiterhin die Frage, womit Rui sich in seiner Freizeit beschäftigt hatte. Bis das geklärt war, hielt sie sich besser im Hintergrund.

Sie fuhren nach Dießen am Ammersee. Dagmar kannte dort eine Wirtschaft direkt am See. Sie war voller Sommerfrischler, aber der Wirt stellte Dagmar und Stefan einen kleinen Klapptisch ans Ufer. »Wollt ihr Forelle gegrillt? Ganz frisch?«

»Gern.« Dagmar nickte.

»Wow, Sonderbehandlung«, stellte Stefan fest.

»Kannst du Frieder nicht abwimmeln?«, nahm Dagmar den Faden von vorhin auf.

»Frieder ist zu allem fähig. In letzter Zeit hat er sich zurückgehalten. Irgendwann geht er mir bestimmt wieder damit auf den Senkel, dass er einen Job bei Peter will.«

»Kommst du zurecht?«

»Mit Peter?« Stefan grinste. »Klar.«

»Und so insgesamt?«

Er zuckte die Achseln. »Ich habe immer gedacht, im Vergleich zu dir bin ich ein Kakerlak. Jetzt habe ich plötzlich das Gefühl, dass ich da was falsch verstanden habe.«

Sie blickten auf den See. Im Abendlicht färbte er sich pastellblau. Die Segel der Boote, die noch über das Wasser glitten, leuchteten rosarot.

»Es läuft nicht immer alles so, wie man denkt, dass es laufen müsste«, sagte Dagmar.

»Klug erkannt.«

»Ist dir eigentlich klar, dass ich bei unseren Eltern immer für alles geradestehen muss?«

Stefan seufzte. »Weiß nicht. Wahrscheinlich musst du das, ja.«

Ein, zwei Minuten Schweigen.

»Naja, vielleicht hast du dich zu einem gewissen Grad in die Position der braven Tochter reindrängen lassen. Jedenfalls war sie schon besetzt. Für einen braven Sohn war kein Platz mehr.«

Die Forelle kam.

»Guten Appetit«, sagte Stefan.

»Dir auch.«

Dagmar hatte sich selten so locker und entspannt gefühlt.

24.7.2013

KAPITEL 28

Am nächsten Morgen weckte mich der Wecker um kurz nach sechs. Kurz nach sieben in Deutschland. Ich musste bei Nero nachfragen, wie es stand.

Er antwortete nach dem ersten Klingeln.

»Kea?«

»Hi. Was geht ab?«

»Ich habe deiner Mutter ein Omelett serviert.«

»Schande über Schande. Wie macht sie sich?«

»Ich bin ab heute den ganzen Tag unterwegs.«

»Halb so wild. Lass dir von deinen Auftraggebern ein Hotel finanzieren. Dann bist du Frau Laverde los.«

Er lachte. »Ich glaub's nicht. Deine Kaltschnäuzigkeit ist legendär. Wie läuft es in Lissabon?«

»Frag nicht. Ich weiß es nicht. Wird schon werden.«

»Ich muss mich fertigmachen. Liebe dich, Kea.«

»Ich dich auch.«

Ein Nachtfalter flatterte durch meinen Magen. Schmetterlinge im Bauch waren nicht so das Übliche in unserer Beziehung. Wir vergewisserten uns auch nicht allzu häufig gegenseitig unserer Liebe.

Ich atmete ein paar Mal tief durch und rief Cornelia an.

»Ach, hallo Kea.« Gehetzter Tonfall.

»Hast du Zeit?«

»Um acht kommt mein erster Patient.«

»Ich muss was Wichtiges mit dir besprechen.« Ich räusperte mich. Spulte die ganze Geschichte ab, die mir Markus Freiflug gesteckt hatte. »Rui ist nicht einfach gestorben. Er ist ermordet worden. Wie ich die Sache sehe, wird Alexa davon erfahren. Denn sie ist in Kontakt zu einer Mitarbeiterin von Ruis Firma getreten, und bei der ist die Polizei garantiert längst aufgeschlagen. Bist du noch dran?«

»Klar.«

»Was, wenn Alexa erfährt, dass Rui ermordet wurde? Wie wird sie reagieren? Sie hat sein Herz.«

»Uff. Schwer zu sagen.«

»Kriegt sie einen Schock? Sie nimmt sich alles so zu Herzen!« Ich lachte auf, als mir die bildliche Bedeutung dieses Ausdrucks klar wurde. »Sie regt sich schon drüber auf, dass Rui seine Verlobte ausgebootet hat und mit dieser Mitarbeiterin aus seiner Firma ein Verhältnis angefangen hat.«

»Alexas Situation ist reichlich aufgeladen. Allein die Transplantation, eine enorme körperliche Belastung. Zudem die Tatsache, dass sie weiß, wer der Spender ist. Dass ihr auf Ruis Spuren in Lissabon seid. Die Konfrontation mit Ruis Geschichte.«

»Eben! Und jetzt hört sie, dass Rui ermordet wurde. Wie wird sie reagieren, Cornelia?« Ich ließ mich aufs Bett fallen und stopfte mir ein Kissen in den Nacken.

»So was lässt sich nicht vorhersagen.«

»Ich habe Angst, dass sie eine Abstoßungsreaktion bekommt oder so.«

»Die könnte sie genauso bekommen, wenn sie keinen negativen Stress kriegt. Die Psyche ist ein Wunderding, Kea. Dazu kommt noch ihre Zusammenarbeit mit dem, was wir Körper nennen. Manche Menschen rödeln im Hamsterrad, werden jedoch nicht krank. Andere scheinen nach außen hin das perfekte Leben zu haben, sacken aber in die Depression. Es kann 1000 Gründe geben, warum jemand krank wird. Genauso kann es 1000 Gründe geben, ein Transplantat abzustoßen.«

Ich schnaubte. »Was ich wissen muss: Soll ich ihr sagen, dass Rui ermordet wurde? Oder riskiere ich eine Katastrophe?«

»Ich kenne das Mädchen überhaupt nicht. Von daher kann ich dir keinen Tipp geben.«

Ich verstand sie. Ein Ratschlag in die eine oder andere Richtung hätte sie festgelegt, mit in die Geschichte reingezogen. Die daraus entstehende Verantwortung wollte sie sich nicht antun.

»Es tut mir leid, Kea. Ist Alexa eher ein Mensch, der reinen Wein eingeschenkt haben will, egal wie sauer er ist, oder jemand, der mit Samthandschuhen angefasst werden und die Wahrheit Tröpfchen für Tröpfchen verabreicht bekommen muss?«

»Ersteres.«

»Dann rede mit ihr. Du hast ein Vertrauensverhältnis zu ihr aufgebaut. Sie wird es dir kaum verzeihen, wenn sie nachher von anderen erfährt, dass Rui ermordet wurde, und zudem hört, dass du es die ganze Zeit wusstest.«

»Okay.«

Wir quatschten ein bisschen über dies und das, bevor ich auflegte.

Cornelia hatte recht. Reiner Wein war besser, als eine verlogene Fassade aufrecht zu halten.

Ich ging hinunter in den Frühstücksraum. Dulce hatte unseren Tisch für uns frei gehalten. Alexa war noch nicht da. Darüber war ich einigermaßen erleichtert. Nachdenken konnte ich eben besser allein. Ich pumpte Kaffee aus der Maschine, als mein Handy klingelte.

»Hallo?«

»Guten Morgen, mein Name ist Dagmar Umbach. Ich habe Ihre Nummer von Frau Senger bekommen.«

»Frau Senger?«

»Alexas Mutter.«

Jetzt knallte ich gleich völlig durch. »Helfen Sie mir auf die Sprünge: Wer sind Sie?«

»Dagmar Umbach.«

Ruis Geliebte.

»Wer hat Ihnen meine Nummer gegeben?«

»Alexa Sengers Mutter. Alexa hat sich bei uns auf einen Praktikumsplatz beworben. Sie … nun, ich habe erfahren, dass sie Urlaub macht, aber sie geht nicht an ihr Handy, und daher habe ich bei ihrer Mutter nachgefragt, die hat mir freundlicherweise gesagt, dass Alexa mit Ihnen unterwegs ist. Deshalb habe ich mich ins Internet gehängt und Ihre Nummer gefunden …«

Ausgerechnet jetzt spazierte Alexa herein. Sie winkte mir zu, öffnete den Mund.

Warnend legte ich meinen Zeigefinger auf die Lippen. »Meine Handy-Nummer steht nicht im Netz.«

»Stimmt, also … es war eine Festnetznummer angegeben, auf der eine Dame antwortete und mir Ihre Handy-Nummer gab.«

Frau Laverde hatte mal wieder Unglück gesät. Hockte in meinem Haus, beantwortete meine Telefonanrufe, gab meine Nummer weiter. Mir drehte sich alles.

»Was ist der Grund Ihres Anrufs?«

»Ich möchte mit Alexa sprechen.« Ihre Stimme hatte so etwas. So einen Nachhall. Es mochte an der Entfernung liegen. Einmal Erde an Satellit und zurück. Doch ich kannte solche Stimmen. So ein überdrehtes Schwingen. Es gehörte zu Menschen, die etwas genommen hatten. Um positiv zu bleiben. Um nicht zusammenzubrechen. Obwohl sie längst am Rand des Abgrunds standen.

»Ich fürchte, das ist leider nicht möglich. Ich befinde mich gerade in Norwegen auf Recherchereise.«

»Frau Senger …«

»Zudem gebe ich nie Daten meiner Auftraggeber preis. Mein Geschäft speist sich aus Diskretion. Sollte ich die jemals aufgeben, kann ich einpacken.«

»Wenn …«

»Guten Tag.« Ich legte auf. »Erklär mir das«, sagte ich zu Alexa. »Die ruft dich ja wohl nicht wegen einer Praktikumsbewerbung an.«

»Wer war es denn?«

Ich antwortete so knapp wie möglich.

»Shit.« Alexa schüttelte den Kopf. »Meine Mutter ist manchmal ein bisschen zu kommunikativ.«

»Meine auch.«

Wir sahen einander an und lachten.

»Komm, lass uns frühstücken.« Alexa nahm sich ein Croissant vom Büffet und schaufelte Obstsalat in eine Schüssel. Als sie zurück zum Tisch kam, holte ich tief Luft:

»Alexa, ich muss dir was sagen. Ich habe noch einen weiteren Anruf bekommen: von der Münchner Polizei.«

»Und?« Alexa löffelte ihr Obst.

»Die Münchner Polizei hat Grund anzunehmen, dass Ruis Wagen manipuliert worden ist. Dass er deswegen den Unfall hatte.«

Klirr. Der Löffel fiel aus Alexas Hand.

»Was? Du willst mir sagen, dass jemand ihn ermorden wollte?«

Ich lenkte mich ab. Guckte die anderen Gäste an, die nach und nach den Frühstücksraum betraten. Alles wandelnde Fassaden. Davon musste man ausgehen.

»Etwas anderes kann es letztendlich nicht bedeuten«, sagte ich endlich.

Alexa bückte sich und kramte einen Notizblock aus ihrem Rucksack.

»Also: Wie viele Leute kommen infrage?«

»Alexa, mach langsam. Bildest du dir ein, wir können eine Liste mit möglichen Mördern anlegen?«

»Genau das können wir.« Sie begann zu schreiben. »Adela, seine Verlobte. Dagmar, seine Geliebte. Jorge, sein Kumpel, der auch eine Stelle in Deutschland haben wollte.«

»So geht das nicht, Alexa. Was wissen wir schon über Rui? Wir haben angefangen, sein Leben in Portugal auszuleuchten …«

Alexa warf den Stift auf den Block. »Fuck! Ich will wissen, warum!«

»Beruhige dich. Wir haben doch gar keinen Schimmer, mit wem er in München zu tun hatte. Wir kennen zwei Namen: Dagmar und Jorge. Und? Er wird wahrhaftig mehr Leute in München gekannt haben. Ist vielleicht in etwas reingeraten. Etwas, wovon Adela keine Ahnung hatte. Sie war sowieso nicht auf dem aktuellen Stand der Dinge. Mit einer Geliebten jedenfalls hat sie nicht gerechnet.«

»Ich kapier's nicht.«

»Pass auf: Ich habe Connections zur Polizei. Sobald sich da was tut, werde ich davon hören.« Ich war mir nicht sicher, ob Markus Freiflug mich wirklich in alles einweihen würde. Doch Alexa gegenüber wollte ich die Fassade der gut vernetzten Allwissenden aufrecht halten. Also noch eine wandelnde Fassade. Mit dem Namen Kea Laverde.

»Ich fasse es nicht. Ich fasse es einfach nicht!«, stöhnte Alexa.

Mein Handy klingelte wieder. Es war Adela.

»Können Sie sprechen?«, fragte sie.

»Moment«, sagte ich und schob meinen Stuhl

zurück. »Meine Mutter«, formte ich mit den Lippen. Alexa grinste. Ich lief aus dem Frühstücksraum, durch die Hotellobby und hinaus auf die Straße. »Okay. Entschuldigen Sie. Ich konnte gerade nicht …«

»Es gibt etwas, das ich Ihnen gestern nicht gesagt habe. Weil ich denke, dass Alexa das nicht hören soll.«

»Was?«

»Ruis Eltern haben sich über die Sache mit der Transplantation fast überworfen. Ich hatte sie nur telefonisch verständigen können, als ich an seinem Bett stand. Wo er lag. Angeblich tot, obwohl er nicht so aussah. Und ich rief bei Ana und Cesário an. Ana war für die Transplantation. Sie hatte keine Ahnung, wie so was abläuft. So eine Organentnahme.«

Ich hörte Adelas schnellen Atem durch die Leitung.

»Ja, ich verstehe.«

»Nein. Niemand kann das verstehen. Was es bedeutet, so eine Entscheidung zu treffen. Ich stand total unter Spannung. Irgendwie hatte ich gehofft, seine Eltern würden mir die Entscheidung abnehmen, doch *ich* war vor Ort. *Ich* musste ›ja‹ oder ›nein‹ sagen. Jedenfalls – Ana sagte mir, es wäre für sie in Ordnung. Der Gedanke, dass etwas von Rui dadurch weiterlebt. Cesário wollte es trotzdem nicht. Er misstraut Ärzten und dem Medizinbetrieb generell. Die Vorstellung, dass seinem Sohn die Organe entnommen werden, war für ihn unerträglich. Er deutete Bedenken an, aber über die Entfernung zwischen München und Lissabon konnten wir nichts wirklich besprechen. Vor allem nicht unter dem enormen Zeitdruck. Also entschied ich für die Organspende. Damit war Ruis Schicksal besiegelt.«

»Und jetzt?«

»Cesário hat im Internet gesurft. Er hat alle Informationen über Transplantation abgegrast. Nun weiß er, wie es vor sich geht, wenn Organe entnommen werden. Dass der Patient noch gar nicht tot ist, wenn er ausgenommen wird, sondern am Leben gehalten wird. Damit die Organe frisch sind. Er ist ein Ersatzteillager. Mit Sterben in Würde hat das nichts zu tun. Er wird auf dem OP-Tisch ermordet.«

»Das ist eine sehr harte Anschuldigung!«

»Informieren Sie sich und Sie werden begreifen, was ich meine.« Adela seufzte tief. »Das Vertrauen zwischen seinen Eltern und mir ist gestört. Früher haben wir uns gut verstanden. Sie waren wie Eltern für mich, verstehen Sie? Außerdem hat die Beziehung zwischen den beiden einen Riss bekommen. Obwohl sie immer sehr innig war. Cesário wirft seiner Frau vor, vorschnell entschieden zu haben. Dabei konnte sie gar nichts tun. Wenn jemand schuld ist, dann ich.«

Ich suchte Schatten in einem Hauseingang. Ein Touristenpärchen mit schweren Rucksäcken auf dem Rücken tappte Hand in Hand über das Kopfsteinpflaster. »Danke, dass Sie mich angerufen haben.«

»Ja.«

»Good-bye.« Ich legte auf. Ging langsam zum Hotel zurück.

Ich wusste nicht, was ich denken sollte. Ich sah Alexas neues Leben, ihre Energie, ihre Freude an dieser ersten selbstständigen Reise ihres Lebens. War es das wert? Dass Rui, wenn es stimmte, was Adela sagte, nicht in Frieden sterben konnte? War es in dem Fall überhaupt legitim, dass ein anderer Mensch, nämlich seine Verlobte, für ihn entschied? Und damit über ihn? Über sein Ende? Machte es, wenn das Gehirn sowieso schon ausgeschaltet war, einen Unterschied, wie man starb? Bekam man etwas davon mit?

Nach dem Anschlag damals in Ägypten und während der vielen Wochen im Krankenhaus hatte ich ausreichend Zeit gehabt, den Tod von allen Seiten zu betrachten. Er war mir sehr nahe gekommen. Insofern war es legitim, dass ich ihn mir genauer ansah. Ich war dem Sensenmann näher gewesen als dem Leben, und doch hatte ich sehr viel von dem mitbekommen, was um mich und mit mir geschah. Ich hatte Leute reden hören. Sehen können. Obwohl diese Leute später sagten, sie wären sicher gewesen, ich wäre bewusstlos. Natürlich war ich nicht hirntot gewesen. Aber wer wusste schon etwas über die Art und Weise, wie Körper und Seele sich trennten!

Neben mir wurden die Läden eines kleinen Cafés aufgestoßen. Das Leben in Lissabon begann. Ein heißer Tag lag vor uns. Ich steckte mein Handy weg und ging zurück ins Hotel.

KAPITEL 29

Wir gingen zu Fuß den Burgberg hinunter, vorbei an blau und grün gekachelten Häusern, die das Sonnenlicht zurückwarfen, schlenderten durch die rechtwinklig angelegten Straßen der Baixa zur Praça do Comércio und fuhren mit der Straßenbahn nach Belém.

Die Tram war gesteckt voll. Alles Touristen. Ein Typ, der mit gegenübersaß, filmte bei jedem Halt die Leute, die ein- und ausstiegen. Durchgeknallter.

Die Straßenbahn rollte unter der großen Hängebrücke durch. Ponte 25 de Abril. Während der Diktatur erbaut und seinerzeit Ponte de Salazar genannt. Die Konstruktion aus rotem Stahl erinnerte mich an San Francisco und an die Reportage, die ich dort geschrieben hatte. Das war eine Stadt nach meinem Geschmack gewesen. Lissabon gefiel mir mindestens genauso gut. Obwohl ich, nach dem Gespräch mit Adela, überall Spuren des Dahinsiechens entdeckte. Lissabon lebte vom Tourismus. Etwas anderes, das sich zu Geld machen ließe, gab es nicht. Zumindest sah man nichts davon. Womöglich standen die Unternehmen Portugals, die Umsatz machten und Arbeitsplätze bereitstellten, anderswo im Land. Aber nicht hier.

Wir rollten an schmuddeligen, verkommenen Fabrikanlagen vorbei. Mit den Wandschmierereien hätte man ein Lexikon füllen können. Die häufigste: *Greve geral!*: »Generalstreik!« Meterweise Ausrufezeichen dahinter.

Irgendwo in all dem Verhau hatte sich ein Kunstmuseum breitgemacht. Bunte Schilder wiesen darauf hin. Dann wurde die Straße, durch die die Tram fuhr, sehr schmal. Bis sie sich plötzlich öffnete, breit wurde, blendend hell, weil die Sonne hineinflutete. Wir hielten an einer Station, die »Seefahrerdenkmal« hieß. Padrão dos Descobrimentos. Alexa stieß mich an. »Aussteigen!«

Das Handy in meiner Tasche vibrierte. Eine SMS von Nero.

»Leider weiterhin kein Kontakt zu Juliane. Probiere selbst ab und zu. Nero.«

Für ein paar Sekunden blieb mir die Luft weg. Eine fiese Vorahnung verdunkelte meine Wahrnehmung. Beinahe hätte mich ein riesiger Bus überrollt, als ich hinter Alexa her über die Straße wankte.

»Vorsicht, Kea!«, rief sie und zog mich weiter.

Ich stolperte. Vor uns lag ein lang gestrecktes Gebäude aus Kalkstein, blendend weiß in der Sonne, mir Verzierungen aus Ornamenten und Figuren, die aussahen wie aus nassem Sand geformt. Solche, die wir alle als Kind im Sandkasten gebaut haben. Sehr viel klatschnasser Sand, den die eine Hand durch die andere presst, um Sandtröpfchen aufeinanderzuschichten, die sofort in der Sonne trocknen. Das Mosteiro dos Jerónimos, Hieronymuskloster. Wo, so hieß es, Vasco da Gama gebetet hatte, bevor er zu seiner großen Entdeckungsreise aufbrach.

An seiner Stelle hätte ich auch gebetet. Immerhin zog er los ins große Unbekannte.

Aber das taten wir alle. Obwohl es keine weißen Flecken auf der Landkarte mehr gab. Obwohl wir Handys besaßen, die unseren Aufenthaltsort auf den Meter genau an die Geheimdienste weiterleiteten.

Alexa lotste mich durch einen Park Richtung Tejo. Wir unterquerten die Uferstraße und tauchten direkt am Fluss zurück ans Tageslicht, im Schatten des Seefahrerdenkmals. Eine Hommage aus Stahlbeton an die Heroen der portugiesischen Seefahrernation.

Schon wieder mein Handy. Während Alexa staunend um das Monument herumschlenderte, stand ich im gleißenden Sonnenlicht und lauschte Markus Freiflugs Stimme.

»Das wird delikat, Kea. Die Kollegen schicken wahrscheinlich einen Beamten nach Lissabon, um mit der Verlobten zu sprechen.«

»Oh Mann.«

»Hast du …«

»Ja, wir haben mit ihr geredet. Keine Bange, ich habe keinen Mucks gesagt von wegen Mord.«

»Gibt es irgendwas, was ich wissen sollte?«

Widerstrebend sagte ich ihm, was wir von Adela wussten. Dass Rui die Verlobung lösen wollte. Am Tag vor seinem Tod. Wegen seiner Geliebten, Dagmar Umbach, die in derselben Firma arbeitete wie er. »Markus, die Verlobte kann definitiv keine Bremsen manipulieren. Sie ist Zahnarzthelferin.«

»Nicht mein Problem. Das machen die Kollegen.«

»Sie hat sich unter Druck gesetzt gefühlt. Von den Ärzten. Die wollten an Ruis Organe ran. Wäre gleichfalls mal ein Thema.«

Er seufzte. Während ich seinen Ausführungen über das zuhörte, was nun einmal legal war, selbst wenn es einem nicht gefiel, wanderte ich langsam um das Seefahrerdenkmal herum. Es sah aus wie ein Schwert, fand ich, obwohl es gebaut war wie der Bug einer Karavelle. Wahrscheinlich war die Doppeldeutigkeit Absicht. Ein Segelboot glitt über den Tejo. Almada auf der anderen Flussseite schien im hellen Sonnenlicht vor meinen Augen zu verschwimmen.

»Ihr werdet zu einer Größe in diesen Ermittlungen«, sagte Markus.

»Heißt soviel wie?«

»Fahrt besser nach Hause. Oder macht Urlaub am Atlantik. Legt euch in den Sand und genießt das Leben.«

»Keine dumme Idee.« Ich versprach hoch und heilig, den Ermittlungen nicht in die Quere zu kommen, und legte auf. Natürlich war mir klar, dass Markus Freiflug einiges zu erklären haben würde, wenn die Beamten, die an dem Fall dran waren, rauskriegten, dass ich mit Alexa zusammen in Ruis Leben geschnüffelt hatte. Müde schloss ich die Augen, sperrte für Sekunden das grelle Licht aus. Ein Strand mit kühlem Seewind und abends ein Sundowner, das würde jetzt besser passen. Keine Frage.

Alexa wartete im Schatten auf mich.

»Sollen wir zum Torre de Belém laufen?«, schlug sie vor.

»Klar.« Ein 500 Jahre alter Verteidigungsturm war immer eine Besichtigung wert. Obwohl wir durch wirklich unbarmherzige Hitze marschieren mussten.

Wir machten uns auf die Socken, Richtung Tejo-Mündung, während die Sonne auf unsere Köpfe brannte.

So ein Licht wie in Portugal kennt man in Deutschland nicht. Es ist blendender, heller, allumfassend. Es durchdringt den ganzen Körper, scheint einen von innen auszuleuchten. Es brennt sich in alles ein: ins Haar, die Haut, sogar durch Sonnenhut und Kleider. Es ermüdet. Und lädt einen mit Energie auf. Beides zugleich. Es macht den Kopf hell wie einen Bergkristall.

Wir gingen langsam, wiesen uns ab und zu auf etwas Besonderes hin. Guck mal, das Boot. Und da drüben, am anderen Ufer, ein Restaurant direkt an der Kaimauer. Siehst du die Poesie auf dem Radweg? Tatsächlich, ein Gedicht, weiße Buchstaben auf grauem Asphalt. Tolle Idee, sollte man in München in der Ludwigstraße machen.

Der Torre de Belém, Lissabons beliebtestes Fotomotiv, wollte und wollte nicht näher rücken. Mir klebte die Zunge am Gaumen. Alexa ging es nicht anders. Wir hatten nicht daran gedacht, uns etwas zu trinken mitzunehmen, und kehrten kurz entschlossen in ein Café ein. Setzten uns auf eine schattige Terrasse an einem rechteckigen Becken voller sprudelnder Fontänen.

»Ein Seven-up«, bestellte Alexa erschöpft. Sie hatte rote Flecken auf den Wangen.

»Ich auch, bitte«, sagte ich zum Kellner. »Bist du okay, Alexa?«

»Bin ich. Ist nur ziemlich heiß. Wer war da eigentlich am Telefon? Wieder deine Mutter?«

Bevor ich antworten konnte, klingelte Alexas Handy.

Sie sprach englisch und ich musste nicht fragen, mit wem.

»Ruis Eltern«, sagte sie, als sie aufgelegt hatte, und griff durstig nach ihrer Limonade. »Sie fragen, ob wir nachher bei ihnen vorbeischauen. Seine Mutter kocht etwas.«

Ich zerbrach mir den Kopf, aber wie so oft war es gänzlich unnötig. Denn binnen Millisekunden hatte ich andere Probleme, als zu entscheiden, ob wir Ruis Eltern von dem Mordverdacht erzählen sollten. Alexa brach einfach so neben mir zusammen.

Ich brüllte nach dem Kellner. Er kam angaloppiert, aufmunternd lächelnd. »Don't worry, it's just a sunstroke«, sagte er zu mir. Vermutlich kippten etliche Touristen auf seiner Terrasse aus den Latschen.

»Sie hat ein Herz transplantiert bekommen«, wandte ich ein. »Es könnte was Komplizierteres sein.«

Perplex guckte er mich an, bevor er rasch ein feuchtes Tuch brachte, das wir Alexa auf die Stirn legten. Vorsichtig hob der Kellner ihre Füße an, damit das Blut zurück in ihren Kopf floss.

KAPITEL 30

Dr. Schmidt sucht den Journalisten im Dunkel der Nacht auf. Es ist jemand von einer überregionalen deutschen Zeitung. Ein Blatt, dem er vertraut. Am Telefon hat er darauf bestanden, seine Identität nicht preiszugeben. Soweit würde es noch kommen. Er würde seinen Job wegschmeißen können. Um sich als Quelle glaubwürdig zu halten, plant er, ausreichend Insiderinformationen auszuspucken.

Der Journalist trägt Leinenhosen, Espadrilles und ein weit geschnittenes, kariertes Hemd. Sein Haar ist halblang. Dr. Schmidt fragt sich, ob er schwul ist, mit denen kommt er nicht so zurecht, sie irritieren ihn. Aber der Journalist spricht mit einer tiefen Bassstimme, die passt nicht zu Dr. Schmidts Vorstellungen von einem Schwulen.

Er berichtet. Der Journalist gießt ihm Mineralwasser in ein Glas. Dr. Schmidt trinkt und redet.

Dr. Schmidt: »Sie zwingen uns, die Angehörigen zu überreden. Zuzustimmen, dass die Organe des Hirntoten gespendet werden.«

Journalist: »Wer zwingt Sie?«

Dr. Schmidt: »Chefärzte. Die Transplantationslobby. Sie ist gut organisiert.«

Journalist: »Wie überzeugen Sie die Angehörigen?«

Dr. Schmidt: »Ich musste einen Kurs besuchen. Gesprächsführung und NLP. Neurolinguistisches Programmieren. Wir lernten herauszufinden, mit welchen Argumenten das Gegenüber am leichtesten zu beeinflussen ist.«

Journalist: »Wenden Sie dieses Wissen an?«

Dr. Schmidt: »Zuerst habe ich das gemacht. Aber das ist so eine besondere Situation. Schwer, sich auf etliche Extra-Regeln zu konzentrieren. Ich muss es irgendwie schaffen, so ein Gespräch am Laufen zu halten.«

Journalist: »Schildern Sie die Situation.«

Dr. Schmidt: »Es sind oft entsprechende Leute bei den Gesprächen dabei. Manchmal führen wir das Gespräch am Bett des Hirntoten. Der liegt rosig da und atmet. Mit einer Maschine, aber er atmet. Der Brustkorb hebt und senkt sich. Das können die Angehörigen nicht verstehen. Sie glauben nicht, dass der geliebte Mensch tot ist. Für sie sieht er aus, als würde er schlafen. Sie haben den Eindruck, er könnte jeden Moment die Augen aufschlagen.«

Journalist: »Gibt es Familienangehörige, die ihr Einverständnis verweigern?«

Dr. Schmidt. »Gibt es. Selten. Es gehört viel Kraft dazu, nein zu sagen. Mit der Moral sind wir alle erpressbar. Wir sollen die Angehörigen mit dem Gedanken konfrontieren, dass die Wartelisten voller Patienten sind, deren Leben keinen Pfifferling mehr wert ist. Wenn sie nicht ein neues Organ bekommen. Wissen Sie, Menschen wollen in moralischer Hinsicht nicht versagen. Wollen sich keine Blöße geben. Die Scham glauben viele, nicht ertragen zu können.«

Journalist: »Trifft es zu, dass das Leben der Patienten auf der Warteliste am seidenen Faden hängt?«

Dr. Schmidt: »Das trifft zu. (Pause). Es trifft zu, doch es gibt eine andere Seite. Es ist widerlich, wie die Organe explantiert werden und wie geil die Ärzteschaft auf die Organe ist.«

Journalist: »Was meinen Sie damit? Gierig?«

Dr. Schmidt: »Es gibt kein anderes Wort dafür: *Sie sind geil.*«

Seine Hände zittern, als er das Wasserglas nimmt und in großen Schlucken trinkt. Der Journalist wartet, bis er fragt:

»Sie sagten, jemand wäre bei den Gesprächen dabei. Wer ist das?«

Dr. Schmidt: »Ich möchte das lieber später offenlegen.«

Journalist: »Gut. Beteiligen diese anderen Leute sich an dem Gespräch?«

Dr. Schmidt: »Manchmal ja. Ich bitte mir allerdings meist aus, dass ich mit den Angehörigen allein bin. Wenn ich sie kenne und sie zu mir Vertrauen gefasst haben. Dann will ich niemand anderen dabei haben. Der vielleicht nervös wird und zur Eile drängt. Es ist alles im legalen Rahmen. Niemand verstößt gegen ein Gesetz. Jedenfalls ist mir das bisher nicht untergekommen. Wir halten uns an die Gesetze. Aber es ist widerlich. Die Angehörigen stehen unter Schock. Sie fühlen sich verloren, überfordert von der Situation. Das nutzen wir aus.«

Journalist: »Was geschieht, wenn Angehörige ›nein‹ sagen?«

Dr. Schmidt: »Wir versuchen, sie umzustimmen.«

Journalist: »Wie machen Sie das?«

Dr. Schmidt: »Zuweilen sind die Lobbyleute sehr vorlaut. Wenn man sie nicht vorher rausgeschmissen hat, sagen sie Sachen wie: ›Dass Ihnen das nicht noch mal leid tut.‹ Abgelehnt zu haben, meinen sie.«

Journalist: »Wie lauten die sachlichen Argumente?«

Dr. Schmidt: »Vor allem die Frauen sind leicht rumzukriegen. Sie sind empathischer und lassen sich eher von dem Gedankengang packen, dass ein anderer, dem es jetzt schlecht geht, endlich Perspektiven bekommt. Auf ein besseres Leben. Durch das Organ, das dem toten Angehörigen ja nichts mehr nützt. (Pause). Manchmal stellt sich eine gereizte Atmosphäre ein. Wenn ein Angehöriger der Transplantation gegenüber eher kritisch eingestellt ist, ein zweiter jedoch dafür ist. Oder wenn einer den Wunsch hat, sein Familienmitglied im Sterben zu begleiten. Das ist nicht vorgesehen. Sterben in Würde *und* Organspende: Das kann man nicht miteinander vereinbaren.«

Journalist: »Die Absicht ist also, die Spenderate zu erhöhen?«

Dr. Schmidt: »Ja. Bei dem Gespräch mit den Angehörigen geht es nicht darum, Menschen zu helfen, eine Entscheidung zu treffen, mit der sie weiterleben können. Wobei ich ohnehin finde, dass niemand gezwungen sein sollte, eine solche Entscheidung stellvertretend zu treffen. Nur jeder Mensch kann für sich selbst bestimmen, dass er seine Organe zur Verfügung stellt.«

Journalist: »Wie viele solcher Gespräche haben Sie bereits geführt?«

Dr. Schmidt: »Dutzende. Bei fast allen sagen die Leute nachher: ›Ja. Nehmen Sie die Organe.‹ Manchmal gibt es Streit. Ich hatte mal die Eltern eines Jungen, der hatte einen Reitunfall und war hirntot. Die Eltern waren geschieden, der Vater lebte in einer anderen Stadt. Er kam viel später zu uns in die Klinik, da hatte die Mutter ihre Zustimmung zur Explantation bereits gegeben. Der Vater lief beinahe Amok. Er schaltete einen Anwalt ein. Es ging ein bisschen hin und her. Die Organe wurden dann nichtsdestotrotz entnommen. Wenn ich daran denke, dass mir das mit meinem Sohn passieren würde …«

Journalist: »Wie lange dauert es, bis eine Entscheidung getroffen ist?«

Dr. Schmidt: »Der Patient muss intensivmedizinisch weiterversorgt werden. Er bekommt Medikamente, Blutkonserven, falls nötig. Man nennt das Spenderkonditionierung. Das alles ist ein Kostenfaktor, wissen Sie. Und eine Frage der Biologie. Man kann einen Hirntoten nicht ewig am Leben erhalten. Das klingt paradox, nicht wahr? Einen Toten am Leben erhalten. (Pause). Es ist nicht viel Druck vonnöten, um ein Einverständnis zu bekommen. Vor allem, wenn nur ein Angehöriger da ist und alleine entscheidet. Wenn es mehrere Leute sind, haben sie mehr Kraft, sich gegen unseren ausdrücklichen Wunsch zu stemmen.«

Journalist: »Wie lange zieht sich die Entscheidungsfindung hin?«

Dr. Schmidt: »Im Schnitt brauchten die Angehörigen, mit denen ich zu tun hatte, 60 Minuten.«

Journalist: »Von dem Augenblick, wo sie erfahren, dass der Patient hirntot ist, bis zur Entscheidung?«

Dr. Schmidt: »Von dem Moment an, in dem ihnen klar wird, dass wirklich nichts mehr zu machen ist. Später wollen sich die meisten verabschieden. Manche begleiten den Patienten bis zur OP-Schleuse, warten dort, bis wir mit der Explantation fertig sind. Das kann Stunden dauern. Die meisten wollen danach noch einmal einen Blick auf ihren Sohn oder Ehemann werfen. Wir raten davon ab. Viele gehen trotzdem in den Raum in den Keller hinunter. Das ist unwürdig. Am schlimmsten ist der Anblick des Toten. Die Augen mit Mull abgedeckt. Das Gesicht dadurch entstellt, aber auch, weil durch den immensen Blutverlust während der OP die Gesichtsfarbe oft schrecklich grau ist. Fahl. Das Gesicht ist eingefallen. Manchmal verändert sich die Physiognomie stark. Dann erschrecken die Leute. Es passiert, dass sie zu schreien anfangen. Sie stehen unter Schock. Haben plötzlich keine Hemmungen mehr, den Ärzten alles Mögliche an den Kopf zu werfen. Eine Frau hat geschrien: ›Mörder! Ihr habt meinen Sohn umgebracht!‹ Ich würde nicht wollen, dass meinem Körper so etwas angetan wird. Ich würde nicht wollen, dass man mich auch nur anfasst.«

Hat er das jetzt wirklich gesagt? Damit hat er sein Todesurteil unterzeichnet. Er denkt an seine Scheidung. Die Kosten. Den Anwalt. Wenn rauskommt, dass er solche Sachen sagt, kann er seine Karriere an den Nagel hängen. Dann gibt es keine Karriere und keinen Dr. Schmidt mehr. Dann kann er Hufschmied werden. Das war der Beruf seines Großvaters. Der lebte in einer anderen Zeit. In einer einfacheren Zeit. Die Leute starben, wenn ihre Zeit gekommen war. Wenn sie zum Atmen zu schwach waren; wenn sie nicht mehr essen konnten. Wenn sie Flüssigkeit verweigerten. Keine Apparaturen, keine Lebensverlängerung, keine Sterbehilfe, keine Transplantation.

Dr. Schmidt hört zwar, dass der Journalist eine Frage stellt, aber er versteht sie nicht. Er ist aufgewühlt. In der kleinen Wohnung fühlt er sich beengt. Ihm ist heiß. Draußen grollt Donner. Er muss sich konzentrieren. Dieser Pressekontakt ist seine Chance. Der Journalist schenkt ihm Mineralwasser nach. Dr. Schmidt trinkt gierig.

Journalist: »Der Patient, der Spender, ist tot. Die Organe können ihm nicht mehr nützen.«

Dr. Schmidt: »Er ist nicht tot. Er ist hirntot.«

Journalist: »Erklären Sie mir den Unterschied.«

Dr. Schmidt: »›Hirntot‹ ist eine definitorische Angelegenheit. Eine Todesdefinition, die den Bedürfnissen der Transplantationsmedizin entgegenkommt. Der Hirntod kommt ausschließlich im Krankenhaus vor. Die Organe arbeiten noch; das Hauptorgan nicht mehr.«

Journalist: »Sie meinen: Wer tot ist, entscheidet die Medizin?«

Dr. Schmidt: »Der Medizinbetrieb will nicht gestört werden. Wenn in der Öffentlichkeit bekannt wird, was bei einer Explantation wirklich abgeht, wenn bekannt wird, wie umstritten der Begriff ›Hirntod‹ ist, dass er eben nicht *der Tod* ist, sondern eine Station auf dem Weg zum Tod, ein Abschnitt des Sterbens, dann verliert sie das Vertrauen in die Medizin. Das werden deren Vertreter nicht zulassen.«

Journalist: »Was meinen Sie damit: Der Hirntod ist eine Station auf dem Weg zum Tod?«

Dr. Schmidt: »Die Fachwelt benötigt einen Begriff, um rechtlich in Sachen Explantation auf der sicheren Seite zu stehen. Gleichzeitig muss der Laie auf Abstand gehalten werden, ihm wird also erklärt, der Hirntod sei der Tod. Auf den OP-Papieren notieren wir das Kreuz für ›gestorben‹ jedoch erst nach der Explantation. Wenn alles zu Ende geführt ist. Die Organe in den Boxen auf dem Weg zum Empfänger sind.«

Journalist: »Kann der Medizinbetrieb unter solchen Bedingungen fortgeführt werden? Konkret: Würde sich irgendjemand dafür entscheiden, die Organe eines geliebten Menschen zur Transplantation freizugeben, wenn er wüsste, wie alles abläuft?«

Dr. Schmidt: »Ich glaube nicht. Wobei es nicht nur um die Einzelentscheidungen geht. Es geht um den Vertrauensbruch. Die Öffentlichkeit könnte der Medizin kein Vertrauen mehr entgegenbringen.«

Journalist: »Damit würden die Wartelisten immer länger.«

Dr. Schmidt: »Sie haben doch ein paar von den Artikeln geschrieben. Über die Transplantationsskandale hier in München und in Göttingen.«

Journalist: »Sie sagten, die Medizinindustrie will nicht gestört werden.«

Dr. Schmidt: »Der Tod eines Spenders ist angepasst an die Bedürfnisse der Transplantationsmedizin. Das ist für mich der eigentliche Skandal. Nicht, dass Leute anhand irgendwelcher Variablen auf den Wartelisten hoch- oder runtergestuft werden. Sondern diese Verantwortungslosigkeit, die Öffentlichkeit mit Werbebotschaften abzuspeisen. Sie wird nicht aufgeklärt über die Zweifel am Hirntod und das Sterben auf dem OP-Tisch. Verstehen Sie?«

Journalist: »Halten Sie persönlich Organentnahme für inhuman?«

Dr. Schmidt. »Ja.«

Journalist: »Was ist mit der Güterabwägung?«

Dr. Schmidt: »Wie meinen Sie das?«

Journalist: »Es gibt einen Sterbenden. Einen Hirntoten. Auf der anderen Seite gibt es einen kranken Menschen auf einer Warteliste, dem ein Organ helfen könnte, ein besseres Leben zu führen. Wer ist wichtiger?«

Dr. Schmidt: »Niemand darf gezwungen werden, eine solche Güterabwägung vorzunehmen.«

Journalist: »Warum nicht?«

Dr. Schmidt: »Man kann doch nicht fragen: Welches Leben ist mehr wert?«

Journalist: »Derjenige, der hirntot ist, wird wohl nicht mehr zurückkehren ins Leben, oder?«

Dr. Schmidt: »Solche Fälle gab es ab und zu. (Pause). Nein, Sie haben recht. Es gibt diese Fälle, aber sie sind sehr, sehr selten. In der Regel ist der Hirntod unumkehrbar. Wenn Sie mich fragen, eine solche Abwägung zwischen den Bedürfnissen eines Sterbenden und denen eines Lebenden ist unmenschlich. Jedenfalls für die Angehörigen, die am Bett ihres Liebsten sitzen, seine Hand halten und entscheiden sollen. Zumal sie nicht wissen, was die Organspende mit dem Körper des am Leben Gehaltenen tut. Die Informationen liegen nicht offen auf dem Tisch.«

Journalist: »Sie beklagen, dass es keine Aufklärung darüber gibt, wie Organe entnommen werden?«

Dr. Schmidt: »Es gibt Initiativen von Betroffenen, die aufklären. Dort engagieren sich keine Fachleute. In der Regel jedenfalls. Und diese Initiativen werden von Teilen der Ärzteschaft diffamiert.«

Journalist: »Ist es nicht selbstsüchtig, wenn die Familie einfordert, ein Sterben zu begleiten, das unumkehrbar ist? Wenn zugleich ein anderer dringend auf ein Spenderorgan angewiesen ist?«

Dr. Schmidt: »Ist es nicht selbstsüchtig, darauf zu bestehen, dass einem Sterbenden die Organe entnommen werden? (Pause). Darf überhaupt die Frage gestellt werden, welches Leben mehr wert ist? Wenngleich eines kurz vor dem Ende steht? (Pause). Nein, ich finde, wir dürfen nicht fragen, welches Leben mehr wert ist. Das hatten wir schon einmal in Deutschland. Vor ein paar Jahrzehnten. Jetzt werden Sie sagen, das ist nicht vergleichbar. Ich gebe Ihnen recht. Aber Sie wissen, worauf ich hinaus will.«

Der Journalist schweigt. Wieder grollt Donner.

Dr. Schmidt: »Die Angehörigen haben einen Sterbenden vor sich. Einen Sohn, eine Tochter, einen Ehemann … jemanden, der ein Teil von ihnen ist. Und der ist in diesem Moment der wichtigste Mensch in ihrem Leben. Ihre Priorität ist, etwas für diesen Menschen zu tun. Seine Bedürfnisse zu achten. Auch sein Bedürfnis auf ein begleitetes Sterben.«

Journalist: »Letztlich behaupten Sie, dass die Öffentlichkeit manipuliert wird, wenn es um das Thema Transplantation geht. Sie unterstellen, die Fachleute wollten nicht, dass die Laien über die Bedingungen einer Organspende umfassend informiert werden. Sie sagen, es dominiert die Propaganda. Ist das so?«

Dr. Schmidt: »Ja. So ist es.«

Journalist: »Sie sagen, dass berechtigte Zweifel am Konzept Hirntod bestehen, dass darüber aber nicht gesprochen wird?«

Dr. Schmidt: »Es gibt Studien, die meine Auffassung bestätigen. Sie werden nicht veröffentlicht. Stattdessen gibt es juristische und medizinische Fachartikel darüber, wie man die Sache mit den Zweifeln am Hirntod so hindrehen kann, dass die Widersprüchlichkeiten und ethischen Fragen der Medizinindustrie nicht das Geschäft verderben. Es gibt strenge Kriterien, wie ein Hirntod festzustellen ist. Ich behaupte, dass sie nicht immer stringent angewendet werden.«

Journalist: »Sie lehnen sich weit aus dem Fenster.«

Dr. Schmidt: »Es ist bei allen bioethischen Fragen so. Was medizinisch machbar ist, will man nun einmal machen. Es ist jetzt möglich, Organe zu transplantieren. Kranke Menschen warten auf Rettung, die fremde Organe ihnen ermöglichen. Also muss man dafür sorgen, dass Organe gewonnen werden. Solange man sie aus Stammzellen noch nicht herstellen kann.«

Der Schweiß läuft Dr. Schmidt übers Gesicht. Obwohl er fast einen Liter Wasser getrunken hat, ist seine Kehle ausgetrocknet.

»Ich kann nicht mehr«, sagt er und steht auf. Er legt das Dossier mit den Daten, die er zusammengestellt hat, auf den Couchtisch. »Lesen Sie. Ich melde mich in den nächsten Tagen bei Ihnen.«

Der Journalist begleitet ihn zur Tür.

Dr. Schmidt fährt nach Hause. Gegenüber dem Hauptbahnhof ist eine große, beleuchtete Werbetafel installiert. Ein bekannter Schauspieler hält einen Organspendeausweis hoch. »Weil es Zeit ist, Farbe zu bekennen«, steht in blauen Lettern auf dem Plakat.

Dr. Schmidt starrt auf die Werbetafel. Ein Porsche schneidet ihn, drängt ihn von der rechten Spur. Er kracht mit seinem Wagen gegen die Bordsteinkante, krallt sich am Lenkrad fest, findet wieder in die Spur.

Er ist zu erschöpft, um dem Porschefahrer eine wütende Zeile hinterherzuschreien.

25.7.2013

KAPITEL 31

Einen Tag später war ich in Deutschland. Ich hätte nie gedacht, wie schnell man Dinge organisieren konnte, wenn einem nichts anderes übrig blieb.

Der Notarzt hatte Alexa einen Hitzschlag attestiert, wollte aber die Verantwortung nicht übernehmen, als er von der Transplantation erfuhr. Man brachte sie in eine Klinik. Ich rief Adela an. Sie kam sofort und übernahm das Dolmetschen. Alexa wurde durchgecheckt. Man fand nichts Ungewöhnliches.

Doch sie hatte Angst. Sie wollte heim.

Ich brachte sie ins Hotel, buchte die Flüge um, und am nächsten Morgen um sechs Uhr flogen wir nach München. Um zehn Uhr Ortszeit landeten wir auf dem Franz-Josef-Strauß-Flughafen. Es war heiß, aber das Licht war blasser als in Portugal. Alexas Mutter wartete in der Ankunftshalle und bestand darauf, ihre Tochter in die Klinik zu bringen. Ich hatte nichts dagegen. Nach der so gut wie schlaflosen Nacht war ich ohnehin viel zu müde, um mich in das Leben anderer Leute einzumischen.

Ich verabschiedete mich. Das Einzige, was ich spürte, war Erleichterung. Vor drei Tagen waren wir losgeflogen. Es kam mir vor, als wäre ich mehrere Wochen unterwegs gewesen. Ich warf mir vor, dass es Schwachsinn gewesen war, diesem Himmelfahrtskommando überhaupt zuzustimmen. Okay, ich war keine Psychologin oder Ärztin. Der Auftrag verstieß auch nicht gegen mein ethisches Empfinden. Es hatte mich neugierig gemacht, zu erleben, wie Alexa auf Lissabon reagieren würde. Vielleicht hatte ihr Zusammenbruch dies nur allzu deutlich gezeigt. Sie kam nicht zurecht. Alles war ihr zu eng. In der Nacht hatten wir nebeneinander auf ihrem Bett gelegen und geredet. Sie wollte nicht mehr zu Ruis Eltern. Sie wollte auch Adela nicht noch einmal treffen. Plötzlich war ihr alles zu viel. Ruis Herz hatte ihr ein neues Leben geöffnet, aber nun sah sie sich unerwartet in die Vergangenheit eines fremden Menschen gezogen und fand keine Möglichkeit mehr, sich aus dem Sog eines Lebens, das nicht ihres war, zu befreien.

Während ich mit der S-Bahn zum Parkhaus fuhr, ging mir auf, dass die Regelung, als Transplantierter nichts über den Spender zu erfahren, mehr als sinnvoll war. Sie bewahrte den Empfänger des Organs davor, durchzudrehen. Selbst ich hatte das Gefühl, viel zu viel über Rui erfahren zu haben. Ich stieg aus der S-Bahn, zerrte meinen Trolley die stillstehende Rolltreppe hinauf und wanderte über die überdachte Brücke zum Parkhaus. Dabei wählte ich Julianes Nummer. Keine Antwort.

Mir wurde heiß. In der Ferne sah ich die Alpen im Dunst. Was für ein Wechsel. Dort der glitzernde Tejo und der Atlantik, hier die Berge. Ich holte tief Luft. Es roch nach Sommer, und im Westen bauten sich Wolkentürme auf. Gewitterzeit.

Ich rief Nero an und berichtete, dass ich wieder im Lande war. Gestern in all der Aufregung um Alexa hatte ich keine Möglichkeit dazu gefunden. Er war kurz angebunden, steckte mitten in einem Gespräch. Ich warf mein Gepäck in den Alfa und fuhr los.

Die Autobahn rund um München war verstopft, und als ich endlich Ohlkirchen erreichte, hielt ich in zweiter Reihe vor dem Haus an, in dem Juliane wohnte.

Ich klingelte Sturm. Keine Antwort. Ich versuchte es bei der Nachbarin.

»Frau Lompart hat sich meinen Roller geliehen«, sagte die. »Sie wollte zum Schwimmen.«

»Mit Ihrem Roller?«

»Das macht sie öfter, klar.«

»Wann war das?«

»Sie hat mich gestern gefragt. Wissen Sie, ich benutze den Roller normalerweise gar nicht, deswegen ist es in Ordnung, wenn sie ihn mir erst ein paar Tage später wieder überlässt.«

Vor Aufregung verbiss ich mir eine Bemerkung. Manche Leute waren mehr als stumpfsinnig: Sie vegetierten im Zustand eines Höhlenmenschen.

Ich hatte Julianes Zweitschlüssel im Auto, ließ mich selbst in die Wohnung. Es roch seltsam. Nach Biomüll und etwas anderem.

»Juliane?«

Rauch.

Ich ging durch die lichtdurchfluteten Räume. Rauch?

Niemand war hier. Alles perfekt aufgeräumt. Konnte sie schon gestern zum Schwimmen gefahren sein? Wo war sie abgeblieben? Warum ging sie nicht an ihr Handy?

In der Küche sah ich ein paar abgebrannte Räucherstäbchen in einem Blumentopf stecken. Die leere Packung lag daneben. *Göttliches Karma*. Auf dem Tisch stapelten sich ungeöffnete Briefe. Obenauf eine Postwurfsendung des Bayerischen Gesundheitsministeriums: »Organspende ist eine Herzensangelegenheit«. Ich schnaubte. Klingelte erneut bei der Nachbarin.

»Wo geht Frau Lompart gewöhnlich schwimmen?«, fragte ich so ruhig ich konnte. Am liebsten hätte ich der Frau ein Klappmesser an den Hals gehalten.

»Ach, da ist so ein kleiner See, nicht weit von Iffeldorf, der Ostersee, den mag sie gern.«

Sie beschrieb mir den Weg. Während ich mit dem Spider über die von den Autos der Feriengäste überfüllten Landstraßen kroch, stellte ich mir vor, wie Juliane hier mit dem Roller ihrer Nachbarin entlanggegondelt war.

Bis Iffeldorf brauchte ich über eine Stunde. Jegliches Fleckchen Erde, das sich als Parkplatz eignete, war zugestellt mit Wagen aus ganz Deutschland. Ich fuhr zur Tankstelle, tankte und fragte nach dem Ostersee.

»Wir haben mehr als den Ostersee«, erklärte mir der Bajuware an der Kasse mit gerunzelter Stirn. »Fohnsee, Staltacher See, der Ostersee ist der größte. Hier bei uns ums Eck, meine ich.«

Ich kaufte eine Wanderkarte. Peinlich genug. Wie konnte ich jahrelang in der Gegend wohnen, ohne jemals von diesen Winzlingsseen gehört zu haben? Verzweifelt studierte ich den Plan. Wie fand man eine 80-Jährige mit Motorroller in diesem Gewirr aus Wald, Ansiedlungen, Cafés und Wasser?

»Sie haben nicht zufällig eine alte Dame mit Roller gesehen? Superkurze Haare, Kreolohrringe?«, fragte ich den Bajuwaren.

Ich kam mir super blöd dabei vor. Er sah Tausende von Menschen pro Tag.

»Sie ist ziemlich auffällig«, fügte ich hinzu.

Er musterte mich, als erwäge er, die freundlichen Jungs in den Polohemden zu rufen.

»Nicht, dass ich wüsste.«

Ich stellte den Wagen hinter der Tanke ab und machte mich zu Fuß auf Erkundungstour durch Iffeldorf. Entdeckte einen Fahrradverleih. Lieh ein Rad. Kaufte einen Döner und eine eiskalte Cola beim Türken. Setzte mich in den Schatten. Heute Morgen vor fünf war ich aus einem weichen Lissaboner Hotelbett gekrabbelt. Mittlerweile war es fast vier Uhr nachmittags.

Ich radelte los. In der Ferne grollte Donner. Ich würde sehen, wie weit ich kam. Zwischendurch rief ich Julianes Nachbarin an. Juliane war nicht nach Hause gekommen.

Ich versuchte, auf alles vorbereitet zu sein.

Ich fragte Leute. Juliane war eine Erscheinung, selbst ohne Motorroller, und mit einem solchen Gefährt musste sie irgendwann irgendwem auffallen.

Und endlich, endlich bekam ich eine hilfreiche Antwort. Ein Typ, der es sich am Ufer des Ostersees bequem gemacht hatte, stellte gerade eine Dose Bier auf seinem Schmerbauch ab, als ich ihn anquatschte.

»Klar, die Lady habe ich gesehen. Gestern. Am Staltacher See. Im Wald. Mit Roller und Zelt.«

Er erklärte mir lang und breit, wo das gewesen war.

Mit einem Zelt?

Es war zum Mäusemelken. Ich bedankte mich unterwürfig, obwohl mir sein gönnerhaftes Grinsen mehr als gegen den Strich ging. Durstig und verschwitzt trat ich in die Pedale und kämpfte mich den Waldpfad entlang.

Um 17.46 Uhr fand ich sie.

Ich sah ein Zelt, ein paar Meter vom Seeufer entfernt, im Wald. Daneben einen Roller. Ich hätte heulen können vor Erleichterung.

»Juliane? Hallo? Juliane? Bist du da drin?«

Sie lag im Zelt. Gesicht auf dem Boden, vergraben in einem Haufen Handtücher, die Füße deuteten zum Zelteingang.

»Juliane?«

Sie rührte sich nicht. Sie trug Shorts, aus denen ihre knochigen Beine herausragten wie Wurzelstöcke.

»Juliane!« Ich packte sie an der Wade und schüttelte.

Sie fuhr hoch. »Verdammt, kann man hier nicht mal …«

Endlich sah sie mich.

»Kea?«

Ich sackte auf den Waldboden. Er war schön weich. Und kühl. Matt wischte ich mir den Schweiß ab.

»Kannst du mir sagen, was das hier ist?«, fragte ich.

Sie rappelte sich auf.

»Du bist aus Portugal zurück.«

»Ich habe gedacht, du bist tot.«

Sie grinste, rieb sich die Augen. »Kea, glaub mir, es gibt Menschen, denen das Alter nichts anhaben kann. Zu dem Club gehöre ich. So ist es nun mal.«

»Warum gehst du nicht an dein Handy?«

»Weil der Akku lahmt. Ich hab's abgestellt. Habe ja nicht mit dir gerechnet. Ich dachte, Kea bleibt bestimmt eine gute Weile in Lissabon.«

Ich wollte lachen und heulen. Alles gleichzeitig. Peinlich berührt von so viel Emotion presste ich meine Stirn auf meine angewinkelten Knie.

Julianes Hand berührte meine Schulter. »Kea?«

Ich grummelte irgendwas. Tausend Gedanken zerschmetterten sich gegenseitig zwischen meinen Schädelknochen. Vor meinem inneren Auge sah ich den Tejo in der Sonne glitzern; die Lichter der abends einfliegenden Flugzeuge vor dem dunklen Himmel tanzen. Ich lenkte mich ab, bis der Anflug von Rührseligkeit vorüber war.

»Kommt dir eigentlich manchmal der Gedanke, dass man sich Sorgen um dich macht?«, murmelte ich.

»Kommt dir vielleicht mal der Gedanke, dass du einem Trauma davonläufst?«

»Was soll das denn jetzt heißen?!«

»Deine Verlustängste haben dich total unter Kontrolle.«

Ich schüttelte den Kopf. »Ich habe tausend Mal bei dir angerufen. Wir sind heute um zehn in München gelandet. Alexa ist zusammengebrochen.« Dann blubberte die ganze Geschichte aus mir heraus.

Ich rollte mich neben Juliane in den Schatten des Zelts. Von fern hörten wir, wie Kinder Ball spielten und sich gegenseitig im See nass spritzten. Der Geruch von Bratwürsten auf einem Grill wehte herüber. Ich redete und redete. Juliane reichte mir eine Dose Sprite. Sie war leidlich kühl. Ich trank. Die Süße belebte mich.

»Ich habe den Port für dich vergessen. Hat sich nicht mehr ergeben.«

»Never mind. Wollen wir schwimmen?«, fragte Juliane.

»Ich hab kein Badezeug dabei.«

»Ich auch nicht.« Sie grinste.

Wir zogen uns aus und rannten nackt zum See. Ein Stück weiter das Ufer rauf waren ein paar Familien mit sich selbst beschäftigt. Ansonsten waren wir allein.

»Ziemlich ruhig. Am Ostersee war die Hölle los«, sagte ich. Wir schwammen nebeneinander her. Gewitterwolken überzogen den Himmel, doch es würde noch eine Weile dauern, bis sie sich irgendwas Hinterhältiges einfallen ließen.

»Deswegen komme ich so gern hierher. In der Nacht ist es einsam … du kannst auf dem Rücken liegen, toter Mann machen, in den Wellen schaukeln und in den Sternenhimmel sehen.«

Ich genoss das kühle Wasser, spürte, wie mein Kopf klarer wurde, die Lissaboner Hitze aus meinem Körper wich. Und mit ihr das Bedrängende. Ruis Tod. Die Verzweiflung seiner Eltern. Die Panik in Alexas Augen.

»Könnte sein, dass ich mein Haus nicht verkaufe«, sagte ich.

»Du wolltest es sowieso nur verkaufen, um Nero zu zwingen, mit dir in den Süden zu gehen.« Sie tauchte unter.

Ich grinste. »Vielleicht hast du recht«, sagte ich laut. Sie konnte mich ja nicht hören. Zehn Meter weiter tauchte ihr Kopf aus dem grünen Wasser auf.

»Gehen wir essen?«, fragte sie.

KAPITEL 32

Dagmar ging im Büro auf und ab. Die drei Stockwerke von XComMunich lagen finster und still da. Frau Gary war längst weg. Dagmar mixte sich den dritten Wodka Lemon.

Sie hatte recherchiert. So leicht ließ sie sich nicht abwimmeln. Diese Ghostwriterin konnte sie mal. Allerdings fiel es ihr nicht schwer, zuzugeben, dass ihr Anruf sinnlos und zudem dumm gewesen war. Natürlich würde ihr niemand abkaufen, dass sie mit Alexa wegen des Praktikumsplatzes sprechen wollte.

Es waren ein paar Mails hin- und hergegangen. Intern hatte man nichts gefunden, was Rui belasten konnte. Er hatte diese fast fertiggestellte Software auf seinem Rechner, aber es gab nirgendwo den leisesten Hinweis auf einen Kunden. Damit hatte Rui strenggenommen nicht gegen die Vertragsbestimmungen von XComMunich verstoßen. Darin hieß es, dass er Aufträge für Dritte nicht annehmen durfte. Bloß: Welchen Sinn sollte es haben, eine Software auf seinem privaten Rechner zu entwickeln, wenn er sie nachher nicht verkaufte? Zu Übungszwecken? Dagmar lachte laut. Das Hahaha hallte unschön in dem stillen Büro. Gänsehaut lief ihr über den Rücken. Es wurde zu einer schrillen Gewohnheit, nachts im Büro zu sitzen, über München zu schauen und den Verkehr zu beobachten, die vielen tanzenden Lichter, und nachzudenken, wer dort unten am Boden was gerade tat.

Jorge hatte heute Morgen kurz bei ihr reingeschaut. Sie hatte Frau Gary gebeten, ihn abzuwimmeln; auf ihre Sekretärin war Verlass. Außerdem hatte sie mehrere Anrufe von Peter auf ihrem Handy weggedrückt. Peter wollte sowieso nur eins: Stoff! Wie sie das alles satt hatte! Wenigstens besaß sie jetzt diesen Revolver. Abends, bevor sie zu Bett ging, nahm sie die Waffe in die Hand, betrachtete sie, lud, nahm die Patronen wieder heraus. Übte Zielen. Verinnerlichte Stefans Tipps. Verkniff sich die Frage, woher ihr Bruder sich mit Handfeuerwaffen auskannte.

Widerwillig riss sie sich jetzt vom Blick auf die nächtliche Stadt los und setzte sich an den Schreibtisch. Sie hatte die Adresse von Jorge und die der Ghostwriterin rausgesucht. War einfach gewesen. Sie hatte beide Anschriften notiert und auf ihrem Handy über die Stadtplanfunktion festgestellt, wie sie hinkam. Anschließend hatte sie den Verlauf gelöscht.

Sie glaubte kein Wort! Diese Kea Laverde war nie im Leben in Norwegen! Wie auch immer. Dagmar war schon mit anderen Dingen fertig geworden. Wahrscheinlich steckte Alexa Senger mit Jorge unter einer Decke. Wie sonst kam sie auf einen portugiesischen Freund! Warum erwähnte sie, dass sie Rui gekannt hatte! Sie bewarb sich gewiss nicht durch Zufall bei der Firma um einen Praktikumsplatz, wo Rui kurz zuvor noch gearbeitet hatte. Wenn es stimmte und sie ihn kannte. Dagmar schwirrte der Kopf. Sie hatte keine Ahnung, wie all diese Mosaiksteinchen zusammengehörten, aber das würde sie locker herausfinden.

Zuerst Jorge.

Sie knipste die Lichter aus und trat auf den Gang. Der Teppichboden schluckte das Klackklack ihrer Pumps. Sie drückte auf den Liftknopf. Während sie wartete, ließ sie den Blick schweifen. Die Glastür zur Programmiererabteilung war geschlossen. Der Korridor dahinter schwamm in diffusem Dämmerlicht. Sanft öffneten sich die Lifttüren. Dagmar tippte auf »Tiefgarage« und atmete erleichtert auf, als sich die Lifttüren schlossen und ein leises Summen signalisierte, dass sie nach unten fuhr.

Sie hastete zu ihrem Wagen, ließ den Motor an und fuhr aus der Garage. Schon trieb sie im nächtlichen Verkehr auf dem Mittleren Ring mit dem Strom. Sie wollte Jorges Adresse nicht in ihr Navigationsgerät eingeben. Allmählich bekam sie Muffensausen. Zu viele Dinge wurden beobachtet, alle Bewegungen gespeichert. Sie hatte keinen besonders guten Orientierungssinn. Zur Not lag im Handschuhfach ein Stadtplan.

Jorge wohnte in Pasing in einem würfelförmigen Haus. Es befand sich in Gesellschaft weiterer identischer Würfelhäuser, die von der Straße zurückgesetzt in ihren Gärten schlummerten. Die Nacht war warm. Weiter weg saßen Leute in einem Garten zusammen, ihr Lachen klang verhalten durch die Dunkelheit. Jorges Haus stand einsam und dunkel da. Dagmar stellte den Wagen ab. Eine seltsame Ruhe durchflutete sie. Seit Stefan ihr den Revolver gebracht hatte, war sie entspannter als zuvor. Es war anscheinend alles letztlich eine Frage der Macht! Und eine Waffe versprach Macht. Über Leben und Tod. Sie konnte sich Dinge leisten, die andere, die keinen Smith & Wesson in der Handtasche mit sich herumtrugen, niemals wagen würden. Okay, sie hatte sich vorhin im Büro schnell eine Linie gezogen. Ganz ohne lief es eben nicht. So war das moderne Leben. Man hielt dem Druck nur noch mit Hilfsmitteln stand. Für sie war das Koks, was der Zaubertrank für die widerständigen Gallier war. Eine Überlebensversicherung.

Dagmar stieg aus, drückte vorsichtig die Fahrertür zu. Sie tastete nach der Waffe, bevor sie das Gartentor öffnete und zum Haus ging.

Er wohnte zur Untermiete. Hatte gleichzeitig die Aufgabe, auf das Haus aufzupassen. Das hatte Jorge neulich in der Kantine Jeremy Aiman erzählt. Unvorsichtig, vor allem in der Kantine hörte jeder mit, sofern er Ohren hatte. Dagmar lachte in sich hinein. Sie würde jetzt herausfinden, ob Jorge Rui umgebracht hatte. Ob er die Bremsen gelockert hatte.

Sie klingelte. Einmal. Zweimal.

Es dauerte eine Weile.

Im Haus ging Licht an. Ein Fenster im ersten Stock wurde geöffnet. Dagmar drückte sich an die Wand.

»Hallo?«, rief Jorge.

»Machen Sie auf!«

»Was ist los?«

»Machen Sie auf.« Sie ließ sich nicht aus der Ruhe bringen. Nicht von so einem portugiesischen Gastarbeiter, sie nicht. Dagmar klemmte die Handtasche unter den Arm. Sie glaubte, sie würde das harte Metall des Revolvers durch das Leder spüren.

Nach einer Minute wurde ein Schlüssel gedreht, die Tür ging auf.

»Frau Umbach!« Er fuhr erschrocken zurück.

»Hallo, Jorge. Es wird Zeit, dass wir miteinander reden.«

Er hatte geschlafen, tief und fest. Das ansonsten so akkurat gescheitelte Haar stand ihm vom Kopf ab. Er trug ein Shirt und Boxershorts. Beides in Weiß. Er leuchtete in dem dunklen Flur.

»Können wir reingehen?«

»Okay.« Er wich zurück und schloss die Tür hinter ihnen.

Jetzt angreifen. Ihm keine Zeit zum Nachdenken lassen.

»Jorge, ich nehme an, die Polizei war bei Ihnen?«

Er rieb sich die Augen.

»Die haben alle in der Abteilung befragt.«

»Was haben Sie ihnen gesagt?«

»Gesagt?«

Dagmar wies mit dem Finger auf seine Brust. »Haben Sie Rui umgebracht?«

»Ich?« Er wurde blass. In der Düsternis im Flur sah er richtig fahl aus.

Dagmar drückte auf einen Lichtschalter. Licht flammte auf. Jorge blinzelte. »Also? Sie haben seine Bremsen manipuliert, oder?«

Der Portugiese starrte sie völlig entgeistert an; sie musste lachen. Es war wirklich zum Piepen.

»Sie verstehen mich doch? Sie sprechen gut Deutsch, wissen Sie? Ziehen Sie sich nicht in ein Mauseloch zurück, behaupten Sie nicht, Ihre Sprachkenntnisse wären zu schlecht.«

Er öffnete den Mund wie ein Goldfisch, der nach einer Krume schnappt.

»Schätzungsweise wollten Sie ihn ja nicht gleich umbringen. Sie hatten vielmehr die Absicht, ihn auszuschalten, für ein paar Wochen. Nach einem Unfall würde er nicht arbeiten können, wir hätten händeringend einen Ersatz gesucht, also wären Sie für Rui in die Bresche gesprungen. Rui hätte im Krankenhaus gelegen, vielleicht mit Rippenbrüchen, gebrochenen Beinen, Milzriss. Ihre Stunde wäre gekommen. Aber das ist sie sowieso.«

»Nein, das stimmt nicht.«

»Nicht? Sie sind der Einzige in der Firma, der ein

Interesse daran hatte, dass Rui verschwand. Sie suchten dringend einen Job.«

»Rui war ein Freund. Wieso hätte ich ihm etwas antun sollen?«

»Na, Freundschaft ist eine ambivalente Geschichte. Wer heute dein Freund ist, kann sich morgen nicht mehr an dich erinnern.«

»Wie bitte?«

Dagmar lehnte sich an die Wand. Ihr war ein wenig schwindelig. Ihre Lippen waren ganz trocken. Sie leckte darüber.

»Immerhin sind Sie sich sogar für Erpressung nicht zu schade.« Sie genoss den verstörten Ausdruck auf Jorges Gesicht. »Insofern haben Sie mit der kriminellen Karriere bereits begonnen.«

»Ich habe doch nicht …«

»Was hat Sie eigentlich bewogen, sich Ruis Daten so genau anzusehen, hm?«

»Seine Verlobte hat mir seinen privaten Laptop gegeben. Sie konnte nichts damit anfangen.«

»Pah!« Dagmar schüttelte den Kopf. Plötzlich wollten ihre Knie nachgeben. So weit würde sie es nicht kommen lassen.

»Sie wollen mich erpressen, indem Sie unterstellen, ich hätte von Ruis Extrajob gewusst. Ihr Pech ist nur: Es gibt keinen Extrajob. Unsere interne Untersuchung hat nichts ergeben. Er hatte keine Kontakte zu anderen Firmen. Da waren keine Spuren, keine Handygespräche, keine Mails, nichts. Das werden wir so an die Polizei weitergeben. Und ich werde zusätzlich noch ein Detail hinzufügen. Sie werden sich wundern.«

Sie stieß sich von der Wand ab und torkelte aus dem Haus. Ihr war wirklich schlecht. Endlich frische Luft. Hinter sich hörte sie, wie Jorge ihr etwas nachrief. Sie verstand ihn nicht. Sie stieß das Gartentor auf, klickte auf die Fernbedienung ihres Wagens. Ließ sich erleichtert auf den Sitz fallen. Warf die Tasche auf den Beifahrersitz und drehte den Zündschlüssel.

KAPITEL 33

Ohlkirchens größter Biergarten war immer noch gesteckt voll, obwohl die Dunkelheit schon herabsank und es allmählich kühl wurde. Fröstelnd zog ich die Schultern zusammen. Ich war todmüde. Mein Kopf fühlte sich an wie ein Granitbrocken.

»Ich habe Adela angerufen und ihr von dem Mordverdacht erzählt. Ihr erklärt, warum Alexa und ich so schnell weg mussten.«

»Ich hoffe, sie bringt es Ruis Eltern schonend bei.«Juliane schwenkte ihr Weißbierglas locker aus dem Handgelenk, um den Hefesatz mit dem restlichen Bier zu mischen.

»Vor allem muss sie selbst damit fertig werden. Alles ist voller Rätsel. Ich kapier's nicht. Rui ist ermordet worden, und niemand hat einen Anhaltspunkt.« Ich zeigte auf mein Handy. »Vorhin habe ich Markus Freiflug angerufen. Er wusste nichts Neues.«

»Weil er mit dem Fall ja gar nicht befasst ist. Du weißt doch: Es sind immer die winzigen Informationshäppchen, die das Bild vom großen Ganzen verändern.«

»Wenn wirklich jemand Ruis Bremsen manipuliert hat … Juliane, es kann hundert Motive dafür geben. Rache aus Eifersucht wegen einer Frau oder Konkurrenzdenken am Arbeitsplatz. Letztlich muss derjenige, der das gemacht hat, nicht mal eine Tötungsabsicht verfolgt haben. Wollte Rui vielleicht nur einen Schreck einjagen.«

»Diese Dagmar Umbach fühlt sich aus irgendeinem Grund unter Druck gesetzt.«

»Von Alexa?«

»Von wem sonst? Warum telefoniert sie ihr hinterher? Und leiert deiner Mutter deine Handynummer aus dem Kreuz? Am Ende macht sie noch Dummheiten.«

»Was soll sie schon tun?« Ich gähnte. »Ich muss Alexa anrufen.«

Juliane betrachtete mich skeptisch, während ich zuerst die Handynummer wählte, es dann aber mangels Erfolg auf dem Festnetz probierte. Alexas Mutter hob ab.

»Wie geht es Alexa?«

»Besser. Die Klinik will sie über Nacht dabehalten, nur zur Beobachtung.«

»Also keine Abstoßungsreaktion?«

»Nein.« Frau Senger verkniff es sich, mir Vorhaltungen zu machen, aber ihr Tonfall ließ mich ihre Ablehnung überdeutlich spüren. »Vermutlich wirklich nur ein Hitzschlag.«

»Gut. Da bin ich erleichtert. Sagen Sie, Frau Senger, hat sich diese Dame von XComMunich noch mal bei Ihnen oder Alexa gemeldet?«

»Nicht dass ich wüsste. Ich war aber auch den ganzen Tag in der Klinik. Meine Handynummer hat die Frau nicht, und ich habe darauf bestanden, dass Alexa ihr Handy ausschaltet.«

»Danke. Viele Grüße an Ihre Tochter!« Ich beendete das Gespräch, um nicht doch noch in Versuchung zu geraten, Frau Senger von der Richtigkeit unserer Reise nach Lissabon zu überzeugen. Alexa wäre in jedem Fall gefahren, selbst ohne mich.

»Alexa ist okay«, teilte ich Juliane mit. »Uff! Alles noch mal gut gegangen.«

Juliane nickte beifällig. »Musst du nicht allmählich mal nach Hause?«

»Warum?«

»Könnte sein, dass Nero auf dich wartet.«

»Und Frau Laverde.« Ich hatte keine Nerven auf weitere Diskussionen. Es tat mir gut, mit Juliane über alles zu reden, aber sämtliche Dinge noch ein zweites Mal aufzukochen, so spät am Abend, nach einer Nacht ohne Schlaf, schien mir völlig unmöglich. Allerdings erwartete mich ein Fußmarsch nach Hause, denn den Spider würde ich nach unserer Weißbierorgie stehen lassen müssen.

26.7.2013

KAPITEL 34

Die Sonnenstrahlen fielen durch die Lamellen der Jalousien. Sie bahnten sich unbarmherzig den Weg durch Dagmars Lider. Unwillig wälzte sie sich im Bett herum. Doch vor der Helligkeit gab es kein Entrinnen. Sie hatte die Gedankenflut in Dagmars Kopf bereits wieder entfacht.

Mürrisch setzte sie beide Füße auf den Boden, stemmte sich hoch. Alt und aufgeschwemmt kam sie sich vor. Das Koks. Der Alkohol. Sie war nicht besser als ihr Bruder. Die gleichen zerstörerischen Verhaltensmuster. Nur auf anderer Ebene. Sie sah den Verhau in ihrem eigenen Leben manchmal klar und deutlich. Zu klar und deutlich.

Matt tappte sie in die Küche und setzte die Kaffeemaschine in Betrieb. Im Bad wusch sie sich das Gesicht mit eiskaltem Wasser. Ihr Blick fiel auf die Uhr. Zehn nach zehn!

Wie konnte das passieren?

Panisch griff sie nach ihrem Handy. Es war aus. Ließ sich nicht anschalten. Sie brauchte wertvolle Minuten, bis ihr klar wurde, dass der Akku leer sein musste. Wieviel hatte sie gestern getrunken? Allein drei Wodka

Lemon im Büro und dann hier, zu Hause … Sie sah nicht hin. Nicht auf den Korb mit dem Altglas. Stattdessen suchte sie das Ladekabel, stöpselte es ein und schaltete das Handy an.

Sieben verpasste Anrufe. Einer von Debenheim, sonst alle von Frau Gary.

Dagmar wählte die Nummer ihrer Sekretärin.

»Frau Umbach, ist etwas passiert?« drang die wohlvertraute Stimme aus dem Hörer.

»Ich muss mir einen Virus eingefangen haben. Ich habe hohes Fieber und muss mich permanent übergeben. Bitte sagen Sie alle meine Termine für heute ab.«

»Selbstverständlich. Es geht gerade eine Sommergrippe um, habe ich gehört.«

Dagmar hatte so eine Ahnung, dass Frau Gary sie durchschaute und den wahren Grund für den Knockout kannte, doch sie war dankbar, dass ihre Sekretärin mitspielte. Mehr als das: ihr einen Ausweg aufzeichnete. Wenigstens einen verbalen.

»Ich melde mich wieder. Vielleicht geht es mir am Nachmittag schon besser.«

»Mit diesen Viren muss man vorsichtig sein, Frau Umbach. Schonen Sie sich ein paar Tage.«

»Danke. Bis bald.«

»Warten Sie! Debenheim hat nach Ihnen gefragt. Es scheint dringend zu sein.«

»Sagen Sie ihm, er … Ein Würgereiz überfiel sie aus heiterem Himmel. Schwindelig vor Anstrengung drängte sie ihn weg. »… er kann mich mal.«

»Werde ich ausrichten.« Frau Gary lachte leise.

»Schadet ihm nicht, wenn man sein Ego mal ausbremst. Gute Besserung.«

Dagmar legte das Handy weg und stürzte ins Bad. Sie erbrach sich. Es kam nichts als Flüssigkeit. Den bitteren Geschmack spülte sie mit Kaffee weg. Ihr Magen zog sich zusammen.

Sie stieß die Tür zur Terrasse auf und trat hinaus.

Die Luft war dunstig und schwül. Barfuß ging sie bis zum Geländer. 50 Meter ging es hier in die Tiefe. Den Sturz würde sie nicht überleben. Sollte einmal Stefan etwas ausbaden, was sie ihm einbrockte! Da würde er sich ganz schön anstellen, wenn er ihre Beerdigung zu organisieren hätte. Hatte er neulich nicht gesagt, für einen braven Sohn sei kein Platz mehr gewesen in der Familie? Dann würde sie ihm eine Gelegenheit verschaffen, in diese Rolle zu schlüpfen. Leise lachend blickte sie in die Tiefe. Probierte aus, wo der Mittelpunkt ihres Körpers lag. Ab wann sie nichts mehr würde tun müssen, um zu stürzen, sondern wie von selbst durch die Luft segeln würde. Frei. Für ein paar Sekunden frei.

KAPITEL 35

Nero brachte mir den Kaffee ans Bett.

Ich richtete mich auf. »Danke.«

»Nichts zu danken.«

»Bist du verschnupft?«

»Warum sollte ich?«

Ich zuckte die Achseln.

»Du willst sagen, ich hätte einen Grund, verschnupft zu sein?«, fragte Nero grinsend.

Ich nahm ihm die Tasse ab. »Ich habe einfach ein schlechtes Gewissen. Habe den Eindruck, ich hätte dich viel öfter und ausführlicher in Kenntnis setzen sollen über alles.«

Am Abend zuvor hatten wir geredet. Die Geschichte war aus mir herausgeflossen, ein Strom an Informationen, Hintergrundthesen, Betrachtungsweisen und vorläufigen Statements. Nero hatte zugehört, bis ich, kaum dass ich alles losgeworden war, einfach ins Bett fiel. Die Aufregungen der vergangenen 36 Stunden setzten meinen Körper und meinen Geist endgültig schachmatt. Zum Glück war Frau Laverde am gestrigen Nachmittag schon abgereist. Spontan, um eine Beziehung zu kitten. Damit war sie ja häufig beschäftigt.

Nero setzte sich zu mir auf die Bettkante. »Ich habe auch nachgedacht.«

»Ach du Schande.«

»Über uns.«

Mir wurde kalt. »Über uns?«

»Ich sehe die Dinge eben ein bisschen anders als du, verstehst du?«

Ich schluckte. »Könntest du Klartext …«

»Ich habe andere Bedürfnisse als du. Ich habe wohl meine Bedürfnisse als normal etikettiert, deine als unnormal.«

»Langsam. Mein Hirn läuft noch im Nachtmodus.«

»Mehr Kaffee?«

»Was soll das, Nero?«

»Ich liebe dich, Kea. So wie du bist. Den freien Vogel.«

Ich lehnte mich in die Kissen zurück. Offenbar sah das Drehbuch nicht vor, Nero aus diesem Zimmer und auch gleich auf immer aus meinem Leben herauszuführen. Zumindest nicht heute.

»Heißt soviel wie?«

»Dass … nun … ich habe in unserer Beziehung wohl zu sehr *meine* Normen regieren lassen.«

»Das glaube ich nicht«, widersprach ich. Ich war daran gewöhnt, mich selbst für meine Überzeugungen zu schelten.

»Ich will dich nicht zwingen, ein Leben zu führen, das sich falsch für dich anfühlt.«

Mein Handy klingelte. Shit. Ich wollte mit Nero reden. Den Anruf wegdrücken. Aber es war Markus Freiflug. »Nero, es ist Markus!«

»Geh dran!«

Ich nahm ab. »Ja, Markus?«

»Morgen. Hör mal, Kea, in den Fall mit dem Portugiesen ist Bewegung geraten.«

»Umso besser.«

»Du bist wieder in Deutschland?«

»Bin ich.« Ich erzählte ihm die Kurzversion. »Alexa ist zusammengebrochen.«

»Heute Morgen schlug ein Portugiese bei meinem Kollegen in der Ettstraße auf. Er sagte, Ruis Geliebte sei drogenabhängig und psychotisch. Sie muss gestern am späten Abend bei ihm reingeschneit sein und ihn bedroht haben. Schleppt angeblich sogar eine Waffe mit sich herum.« Er schwieg einen Moment. »Kea, weißt du etwas darüber?«

»Sie hat Alexa und mir hinterhertelefoniert. Alexa hat sich an sie rangemacht. Vorgeblich wegen eines Praktikumsplatzes. Aber in Wirklichkeit …«

»Um etwas über den Spender ihres Herzens zu erfahren. Ist mir klar. Immerhin hat er dort gearbeitet. XComMunich. Auch eine von diesen IT-Blasen!«

»Ich dachte, die sind ziemlich erfolgreich? Typen wie Rui verdienen garantiert um Klassen mehr als du, Markus.«

»Man kann wachsen und gesund bleiben oder wachsen und dabei eingehen. Ich melde mich wieder.«

KAPITEL 36

Dagmar Umbach sah den Polizeiwagen unten parken und die beiden Polizisten von neulich aussteigen.

Sie wich vom Geländer zurück und huschte in die Wohnung. Schloss die Terrassentür, ließ die Jalousien herunter. Kroch ins Bett.

Die Polizisten klingelten. Sie standen direkt vor der Wohnungstür, klopften und klingelten wieder. Sie riefen Dagmars Namen.

Ich könnte euch eine schöne Geschichte erzählen, dachte Dagmar, während sie ihr Gesicht ins Kissen drückte. Dass ich von meinem Ex wegen Koks erpresst werde. Dass ein portugiesischer Programmierer mich an die Wand spielt. Dass ein anderer Programmierer vielleicht Industriespionage bei meiner Firma betrieb, und dass ich ausgerechnet mit diesem verdammt gut aussehenden Mann im Bett war, was mich, wenn's blöd läuft, meinen Job kosten kann. Dass ich eine verdammte Angst habe, meinen Job zu verlieren. Dagegen hilft mir nicht mal Stefans Revolver. Ich weiß sowieso nicht mehr, was ich damit wollte.

Die Polizisten gaben auf.

Wieso sollte ich von der Spionage wissen, nur weil ich seine Geliebte war?, dachte Dagmar. Debenheim kann mich mal. Er sucht doch nur einen Schuldigen, um die Sache abzuschließen und vor den Vorständen behaupten zu können, dass alles geklärt ist. Er wird mich mit Jorges Hilfe zum Bauernopfer machen.

Ihr kam in den Sinn, dass die Polizisten bestimmt in der Firma nach ihr gefragt hatten, bevor sie zu ihr nach Hause gekommen waren. Wenn Frau Gary ihnen gesagt hatte, dass sie, Dagmar, krank war, steckte sie ziemlich in der Tinte. Wer krank war, hatte zu Hause zu bleiben und der Polizei die Tür zu öffnen.

Dagmars Handy klingelte. Peters Nummer.

Er nervte sie, aber es täte vielleicht gut, mit irgendjemandem zu reden. Nur damit die eigenen Gedanken mal kurz schwiegen.

»Hallo?«

»Dagmar? Wo steckst du denn!«

»Ich habe eine Virusgrippe.«

»Die Bullen haben mich nach dir gefragt.«

»Dich?«

»Die checken dein Umfeld ab!«

»Mein Umfeld?« Dagmar musste lachen. »Was ist an meinem Umfeld so interessant?«

»Ich habe keine Ahnung. Du vielleicht schon.« Peter ließ die Worte wirken.

Ihr ging ein Licht auf. »Der Scheißkerl ist zur Polizei gegangen!« Was genau hatte sie bloß gestern bei Jorge gemacht? Worüber hatten sie gesprochen? Sie konnte sich kaum erinnern.

»Wer?«

»Ach, niemand. Was willst du?«

»Was läuft da, Dagmar?«

»Nichts, was dich interessieren würde.«

»Spinnst du? Hier schlagen zwei superharte Polizisten auf, ein Typ, eine Typin, fragen mich aus, weil irgendwer denen gesagt hat, dass wir beide mal zusammen waren.«

Von wem haben sie das?, dachte Dagmar. Von Jorge? Der kennt Peter doch gar nicht. Sie müssen auch Stefan gelöchert haben. Sähe ihm ähnlich, einzuknicken. Von der Waffe zu erzählen. Fuck!

»Sie haben mich gefragt, ob du mit Drogen zu tun hast. Ich habe alles geleugnet. Habe gesagt, du trinkst mal gern ein Bier, das wäre es aber auch.«

Dagmar verdrehte unwillig die Augen. »Danke.«

»Ist deine Quelle sauber?«

»Neulich hat Jorge wahrscheinlich mitgekriegt, wie ich Stoff besorgt habe.« Warum hatte Tichomir sich auch so dermaßen verdächtig benommen!

»Wer ist Jorge?«

»Ein Idiot.«

Peter schwieg eine Weile, bevor er anhob: »Okay, reden wir über Idioten. Dein Bruderherz tritt mir weiterhin in die Hacken. Ich soll seinen Kumpan einstellen.«

»Ich habe ihm längst klargemacht, dass ich dich nicht beknien werde. Habe ich auch nicht. Gib es zu.«

»Stefan mutiert allmählich zur Landplage. Es vergeht kein Tag, wo er mir nicht hinterherdackelt wie ein Welpe und ein gutes Wort für seinen lieben Frieder einlegt.«

»Dann schmeiß Stefan raus.« Sie hatte wirklich keine Lust mehr auf die Eskapaden ihres Bruders.

»Denkst du, ich krieg so schnell wieder einen Mechaniker, der zuverlässig für dermaßen wenig Geld arbeitet?«

»Daher weht der Wind.«

»Was dachtest du denn!« Peter lachte.

Dagmar fühlte den Würgereiz hochkochen. »Ich muss Schluss machen, Peter!«

Sie legte auf und rannte ins Bad.

KAPITEL 37

Frau Senger schien alles andere als erfreut, als ich am Nachmittag bei ihr und Alexa in Denning aufkreuzte. Ihr praktischer Haarschnitt war schlecht frisiert, als hätten sich in der Nacht alle Haare in die falsche Richtung orientiert. Alexa hingegen fiel mir um den Hals, als habe sie schon alle Hoffnung aufgegeben, mich jemals lebend wiederzusehen.

»Wie geht's dir?«

Sie zuckte die Achseln. »Ich bin gottfroh, wieder aus der Klinik raus zu sein. War ein Hitzschlag. Wusste ich ja. Kann gar nichts passieren. Ruis Herz ist erste Sahne.«

Ich grinste. So hatte sich das am letzten Tag in Lissabon nicht angehört. »Umso besser. Ich wollte einfach sehen, wir es dir geht.«

Sie lotste mich in ihr Zimmer. »Meine Mutter gibt den Zerberus. Ihrer Aufsicht ist kaum zu entkommen.«

»Es sah nicht gut für dich aus. Ich hatte Angst um dich.«

»Hattest du?«

»Das sollte wirklich kein Witz sein.«

Alexas Handy klingelte. »Hallo? – Oh, Frau Umbach. – Jetzt gleich? – Wo? – In Ordnung.«

»Was ist?«, fragte ich, als Alexa aufgelegt hatte.

»Sie will mich sprechen.«

»Diese IT-Tante?«

»Genau. In einer Stunde. Am Velodrom im Olympiapark.«

»Warum dort? Nicht in ihrem Büro?«

Alexa zuckte die Schultern. »Spielt das eine Rolle?«

Spätestens jetzt war hundertprozentig klar, dass es nicht um einen Praktikumsplatz ging. Das musste selbst dem unbedarftesten Menschen auffallen.

»Ich komme mit.«

Sie lachte. »Habe ich nicht anders erwartet.«

Wir sagten Frau Senger, dass wir ein Eis essen wollten, und fuhren mit meinem Spider los. Lange vor der Zeit waren wir am Treffpunkt.

Dagmar Umbach erwies sich als hochgewachsene, hagere Frau mit einem grauen, eingefallenen Gesicht. Sie war früh vom Dope ausgehöhlt worden. Das konnte auch ihre megagroße Sonnenbrille nicht verbergen. Sie kam auf uns zu.

»Sie sind Alexa?«, fragte sie.

»Genau. Und das ist Kea Laverde.«

»Schon aus Norwegen zurück?« Süffisant hielt mir Dagmar Umbach eine schlaffe Hand hin. »Ich brauche Ihren Rat. Gehen wir ein Stück?«

Niemand von uns hatte es eilig, ein Gespräch anzufangen. Die Sonne brannte auf den Weg. Kaum jemand war in der Hitze unterwegs. An diesem Tag konnte München im Hinblick auf die Temperaturen locker mit Lissabon konkurrieren.

»Geht es um das Praktikum?«, fragte Alexa schließlich. Sie hatte sich einen riesigen Strohhut aufgesetzt.

Wahrscheinlich hätte sie ihre Mutter sonst nicht mehr aus dem Haus gelassen.

»Woher kannten Sie Rui?«

»Och … wir haben uns kennengelernt, als er in München eine Wohnung suchte. Mein Onkel vermietet.«

Das war natürlich pure Fantasie. Wir hatten abgesprochen, zunächst Dagmar Umbach aus der Reserve kommen zu lassen. Sie brauchte die wahren Zusammenhänge erst einmal nicht zu kennen.

»Verstehe.«

»Und dann haben wir uns öfter mal verabredet und ich habe ihm schöne Ecken in München gezeigt. Es war aber nur eine kurze Beziehung. Ich war ja sehr krank.«

Durchtriebenes Luder. Ich biss mir auf die Lippen. Sah förmlich, wie Dagmar Umbach kurz davor war, aus der Haut zu fahren.

»Wie sieht es aus: Bieten Sie mir die Möglichkeit, in Ihrem Unternehmen ein Praktikum zu absolvieren? Es wäre wirklich eine grandiose Chance. Nach allem, was ich durchgemacht habe.«

Trag nicht zu dick auf, Alexa, dachte ich mir.

Dagmar Umbach warf einen Blick zurück zum Velodrom. Sie beschleunigte ihre Schritte. »Ich werde zur Polizei gehen.«

»Polizei?«, fragten Alexa und ich gleichzeitig.

Ein hitzeresistenter Jogger mit hummerrotem Gesicht sauste an uns vorbei.

»Ich weiß nicht, was Sie wirklich bewogen hat, mit mir Kontakt aufzunehmen«, fuhr Dagmar Umbach fort. »Ich nehme nicht an, Sie haben etwas mit Ruis

Tod zu tun. Ich glaube auch nicht an Ihre Story von einer Beziehung. Rui hatte eine Verlobte, die hat er mir vorenthalten. Okay, da wäre es nur normal, wenn er mir auch von Ihnen kein Wort gesagt hätte. Aber ich denke, es gibt einen anderen Zusammenhang.«

»Aber …«

»Warten Sie. Vielleicht habe ich nicht mehr viel Zeit, meine Version der Geschichte zu erzählen. Der Glatzkopf da hinten hängt mir an den Fersen. Drehen Sie sich nicht um.«

Ich zwang mich, weiterzugehen. Alexa zog ihren Hut tiefer in die Stirn.

»Ich fürchte, ich habe letzte Nacht einen schrecklichen Fehler begangen. Ich habe einen Mann aufgescheucht. Habe einfach nicht damit gerechnet, dass er zur Polizei gehen könnte.«

»Ist er derjenige, der Sie stalkt?«

»Nein. Der da hinten ist kein Stalker. Er ist einer, der richtig was riskiert hat. Ohne Erfolg. Und jetzt ist er stinksauer.«

Sie begann zu erzählen. Eine Story, die irrwitziger nicht hätte sein können. Von ihrem Bruder, der ihr seit Wochen damit in den Ohren lag, seinem Kumpel einen Job in der Werkstatt ihres Exfreundes zu verschaffen. Was Dagmar verweigerte. Außerdem wollte ein Portugiese sie erpressen und ihr obendrein eine ausgewachsene Industriespionage anhängen, die sie mit Rui zusammen begangen haben sollte. Aus Angst vor den Konsequenzen hatte sie sich eine Waffe zugelegt.

Sie hat einen an der Klatsche, dachte ich. Sie spinnt.

»Die beiden Jungs haben das wirklich getan«, seufzte Dagmar Umbach. »Ich stehe jetzt da und versuche herauszufinden, was ich mit diesem Wissen tun soll.«

»Wer hat was getan?«, ging ich dazwischen.

»Stefan. Mein Bruder. Und Frieder. Sein Kumpel. Sie haben Rui … Gut. Er hat mich betrogen. Aber … Stefan sagt, sie hätten rumgealbert. Hätten sich ausgemalt, was sie tun könnten, um mich und Peter wieder zusammenzubringen. Vor Rui war ich mit Peter zusammen. Tja. Ich habe Stefan vorhin angerufen. Vielleicht stehe ich manchmal neben mir, aber klar denken kann ich schon noch. Ich habe ihn mit meinem Verdacht konfrontiert. Er versuchte, sich rauszuwinden. Das ist so typisch für ihn.« Die letzten Worte zischte sie voller Abscheu.

»Warum wollten Ihr Bruder und sein Kumpel Sie und ihren Ex wieder zusammenbringen?«, fragte Alexa.

Mir ging ein Licht auf. Ein ziemlich großes. Ich hätte damit die Landebahn eines Flughafens beleuchten können. Ein paar Glühlämpchen fehlten noch – aber die würden schon noch zünden. Fasziniert hörte ich Dagmar Umbach weiter zu.

»Mein Ex ist der Chef meines Bruders. Stefan ist Mechaniker. Und er rennt seinem Chef hinterher wie ein verirrtes Schaf. Um seinem Freund einen Job zu verschaffen.«

»Wenn er das so dringend wollte, muss dieser Frieder ihn unter Druck gesetzt haben.«

Dagmar Umbach begann zu weinen. Die Tränen

rannen einfach so über ihre Wangen. Spülten ein wenig Maskara mit. »Ich kann das nicht glauben. Stefan ist ein Loser, das weiß ich, aber dass er sich zu so etwas bereit erklärt. Dass er nicht versucht hat, Frieder aufzuhalten! Er hat rumgeheult, vorhin am Telefon. Ich sollte nicht zur Polizei gehen.«

»Stattdessen haben Sie Alexa angerufen. Warum?« Ich wusste, wie alles enden würde. Mechaniker! Na klar! Die beiden konnten mit Autos umgehen!

»Weil ich mit jemandem reden wollte, dem Rui etwas bedeutet. Ich kann es einfach nicht ertragen, dass sein Tod so nutzlos war.«

Alexa und ich tauschten Blicke. Ich weiß nicht, ob man es strenggenommen so ausdrücken konnte, aber Ruis Herz wenigstens bedeutete etwas für Alexa. Ob Dagmar Umbach darauf gekommen war? Dass Ruis Herz in Alexa schlug? Immerhin wusste sie von der Transplantation.

Ich drehte mich um. Der Glatzentyp hatte aufgeholt, schien aber keine Eile zu haben, vollständig aufzuschließen. Er war lang und dünn und wirkte nicht, als könnte er drei Frauen gleichzeitig ausknocken.

»Ich verstehe nicht ganz«, begann Alexa.

»Frieder hat mich beobachtet. Er wusste, wann Rui bei mir war. Dann stand Ruis Wagen immer unten an der Straße.«

»Und so hat Frieder die Chance genutzt und sich an den Bremsen zu schaffen gemacht«, sagte ich.

»Genau. Mitten an der Straße. Da basteln ja ständig irgendwelche Typen an ihren Rostlauben! Dreh ein

Ding vor aller Augen, und niemand merkt etwas. Sie haben gehofft, wenn Rui tot wäre, dann würde ich zu Peter zurückkehren und Einfluss auf ihn haben und Frieder würde quasi zur Familie gehören und den Job kriegen. Sie sind beide so dermaßen dämlich. Wobei Stefan jetzt behauptet, er hätte den Plan nicht ernst genommen. Sie hätten alles im Suff geplant. Er hätte nie gedacht, dass Frieder ernst machen würde.«

Wir hatten uns weit vom Velodrom entfernt. Die Hitze flimmerte zwischen den Hügeln. Links von uns spiegelte der Olympiasee das gleißende Licht. Jenseits glänzte das olympische Spinnennetzdach in der Sonne. Niemand außer uns war unterwegs, nur zwei Sonnenanbeterinnen dösten auf der Wiese etwa 100 Meter von uns entfernt. In meinem Kopf rauschte es. Diese Dagmar Umbach war drogensüchtig und hatte wahrscheinlich eine Menge psychischer Probleme. Aber die Geschichte, die sie erzählte, war so banal, dass ich sie sofort glaubte. So geschahen die meisten Schurkereien in der Welt: Jemand hielt sich für unglaublich schlau und war gleichzeitig extrem selbstsüchtig.

Ich nahm mein Handy aus der Tasche. Wählte Markus Freiflugs Nummer.

Diese simple Handlung brachte den Glatzkopf auf den Plan. Er beschleunigte.

»Lauft!«, schrie ich. Fragte mich, ob es ratsam für Alexa war, in dieser Hitze einen Dauerlauf hinzulegen.

Der Glatzkopf war extrem flott. Wie eine Sprungfeder schnellte er auf uns zu.

»Markus«, keuchte ich. »Wir sind im Olympiapark.

Beim Velodrom rechts weg. Kommt schnell.« Der Rest meiner Worte ging in meinem Keuchen unter.

Dagmar Umbach rannte nicht weg. Sie blieb stehen und sah Frieder entgegen, eine Hand kramte in ihrer Tasche. Er packte sie bei den Schultern. Schüttelte sie und schlug ihr mit der Faust ins Gesicht. Ihr Kopf flog zur Seite. Sie gab keinen Tod von sich.

Alexa mobilisierte die beiden Sonnenanbeterinnen. Sie richteten sich matt auf und guckten verschlafen in die Runde, sprangen dann aber schnell hoch und liefen auf Dagmar und Frieder zu.

Ich wagte kaum zu atmen. Blut rann Dagmar aus der Nase. In ihrer Hand hielt sie einen Revolver. Direkt auf Frieder gerichtet.

1.8.2013

EPILOG

Ruis Mörder wurde festgenommen. Die Juristen würden sich streiten, ob er strenggenommen der Mörder war. Aber Frieder, der talentierte, jedoch glück- und arbeitslose Mechaniker, hatte ganze Arbeit geleistet. Die Bremsen hatten nicht sofort ihren Dienst eingestellt, sondern erst, nachdem Rui bereits eine Weile gefahren war. Und sich auf dem Mittleren Ring mit 70 Stundenkilometern einem Brückenpfeiler näherte, einem anderen Wagen ausweichen wollte und so den Tod in der Fremde fand.

Angeblich hatten Frieder und Stefan tatsächlich alles im Suff geplant. Stefan behauptete steif und fest, die Geschichte für einen Jux gehalten zu haben, während Frieder seinen Kumpel schwer belastete. Eine Menge Leute würden sich mit den Aussagen und Verstrickungen der beiden Spießgesellen beschäftigen. Frieder schien Dagmar schon eine ganze Weile nachgestellt zu haben. Er hoffte wahrscheinlich auf eine günstige Gelegenheit, sie wegen eines Jobs bei Peter zu bequatschen.

Dagmar Umbach klappte zusammen. Entweder hatte das Koks sie zur Psychotikerin gemacht, oder sie war aus Gründen, die wir nicht kannten, ein nervliches Wrack. Sie bekam eine Anzeige wegen unerlaubten Waffenbesitzes. Das wirkte auf mich vergleichsweise harmlos.

Ein paar Tage später kam Alexa zu mir raus. So lernte sie Nero kennen. Und Nero sie. Sein Workshop war beendet. Kaum dass Frau Laverde aus dem Haus war. Ich kannte das. Konstellationen dieser Art scheinen interstellar festgelegt zu sein.

»So schnell kriege ich das alles nicht auf die Reihe!«, sagte Alexa. »Frieder hat Rui auf dem Gewissen. Der Kerl hat einen Sockenschuss.«

»Die Wahrheit ist immer banal. Du machst dir 1000 Gedanken, wie die Dinge zusammenhängen könnten. Aber Menschen sind einfach gemein und selbstsüchtig«, dozierte ich. Schließlich musste ich ab und zu meinen Vorsprung an Lebenserfahrung anbringen.

»Aber dieser Frieder ist entsetzlich beknackt! Und einem Irren wie ihm verdanke ich mein neues Herz.«

Ich war mir nicht im Klaren, ob man das so sehen konnte. Auch wenn es strenggenommen eine Tatsache war.

Nero machte sich an der Kaffeemaschine zu schaffen. »In meinem Leben bei der Mordkommission habe ich mit unendlich vielen solchen Tätern zu tun gehabt. Manche Leute hauen einfach drauf und denken später nach. Oder gar nicht. Frieder hat sich wohl wirklich eingebildet, diesen Job zu kriegen, wenn Rui ausgeschaltet ist und Dagmar wieder bei ihrem Ex strandet. Als er mitkriegte, dass die Rechnung nicht aufging, steckte er bis zur Schädeldecke voller Frust und wollte ihr ans Leder.«

»Zwei Fehleinschätzungen auf einmal«, knurrte ich.

Alexa legte eine Zeitung auf den Tisch. »Schon gelesen? Ein Riesenartikel zum Thema Transplantation. Geschrieben aus der Sicht der Angehörigen eines Spenders.«

»Musst du dir solche Sachen antun?« Ich klang mal wieder ganz wie Frau Praktischer Haarschnitt.

»Es gehört dazu, verstehst du? Wenn man ein Organ bekommt. Dass man weiß, wie es vor sich geht. Das Explantieren.«

Nero und ich tauschten Blicke, während er uns Tassen hinstellte.

»Ich habe einen Fehler gemacht.« Alexa trank von ihrem Kaffee.

»Machen wir das nicht alle?«

»Ich muss mir die Einheit meines Körpers erst wieder erarbeiten. Das ist wichtiger als alles. Es darf nicht so sein, dass Ruis Tod umsonst war.«

»Ich glaube, man kann keine Gleichung aufstellen«, erwiderte ich. »Das eine Leben gegen das andere.«

Sie drehte die Tasse in ihren schmalen Händen. Mein Blick blieb an ihrem Schlangenring hängen.

»Ich dachte, ich will alles über Rui wissen. Um besser zurechtzukommen mit diesem seltsamen Gefühl. Nicht mehr richtig ich zu sein. Das war voreilig.«

»Ich frage mich manchmal auch, was das Ich ist.«

»Ich meine, früher wusste ich ganz genau, was mein Selbst ist und wie es sich von denen da draußen abgrenzt. Jetzt bin ich mir plötzlich nicht mehr so sicher.«

»Wir wollen uns abgrenzen, aber wir wollen auch Nähe«, dachte ich laut nach. Sah Nero lächeln. »Es ist normal, hier einen Widerspruch zu fühlen. Übrigens: Ich habe deinen Text zu Ende geschrieben.« Ich ging ins Arbeitszimmer und kam mit einem USB-Stick zurück. »Hier ist alles drauf. Sieh es dir in Ruhe an.«

Sie steckte den Stick in ihre Jeanstasche. »Ich habe Ruis Eltern angerufen. Alles erklärt. Dass ich zusammengeklappt bin. Sie waren total besorgt. Ich musste sie richtiggehend beruhigen. Aber ich konnte sie doch nicht verlassen, so ganz ohne Rückmeldung. Das wäre ja beinahe wie noch ein Tod, oder?«

Das Telefon klingelte. Nero ging dran. Sagte ein paar Worte. Hielt die Hand über den Apparat. »Kea? Der Makler. Ein Ehepaar will sich das Haus ansehen.«

»Sag ihm, ich hab's mir anders überlegt.«

»Bist du sicher?«

»Frag nicht lang.« Ich verkniff mir ein Lachen.

Alexa sah unsicher zwischen mir und Nero hin und her. »Makler?«

Ich zuckte die Achseln. »Hat sich erledigt.«

»Ach so. Weißt du: Ich habe sie nach München eingeladen. Ruis Eltern.«

»Das ist eine gute Idee«, sagte ich, während ich beobachtete, wie Nero dem Makler ein paar Zeilen ansagte und dann das Telefon weglegte.

»Wenn sie kommen, besuchen wir dich.«

»Unbedingt.«

Alexa ging dann bald. Sie war mit der S-Bahn bis Ohlkirchen gefahren, inklusive Fahrrad, und radelte nun zurück zum Bahnhof. Nero und ich sahen ihr nach.

»Seltsam«, sagte Nero. »Dass ein fremdes Herz in ihr schlägt. Dass sie so fit ist. So stark. Als wäre nie etwas Ungewöhnliches in ihrem Leben passiert.«

»Ja. Schwer zu verstehen. Muss man aber vielleicht nicht. Es reicht, wenn das Herz seine Arbeit tut.«

»Mag sein.«

»Gehen wir ein Bier trinken?«

»Wenn du mich so fragst …«

Ich grinste.

»Hintern hoch, Mr. Keller. Wir könnten ja zur Abwechslung mal in den Biergarten radeln. Nehmen wir uns ein Beispiel an Alexa!«

Leider durchkreuzte das Klingeln des Telefons unsere Pläne fürs Erste. Nero nahm den Hörer ab.

»Keller?« Er lauschte einen Augenblick. Dann hielt er mir das Telefon hin.

»Kea, ein Kunde für dich. Ein gewisser Dr. Schmidt. Er möchte dich als Ghostwriterin engagieren. Ein größeres Projekt, wie er sagt.«

Ich nahm Nero das Telefon ab.

»Kea Laverde hier«, sagte ich. »Was kann ich für Sie tun?«

ENDE

QUELLEN

Diese Geschichte orientiert sich an medizinischen Fakten und einer zwar virulenten, in der Öffentlichkeit jedoch nur bedingt ge- und beachteten Diskussion zum Thema »Transplantation«. Trotz der vielen Argumente und verschiedenen Meinungen zum Thema, die ich hier abbilde, bleibt die Geschichte, wie auch alle ihre Handlungsträger, eine reine Fiktion.

Beide Seiten, die Transplantationsbefürworter und -gegner, haben gute Gründe für ihre Auffassungen und Appelle. Ich habe sie in dieser Geschichte auf die eine oder andere Weise zu Wort kommen lassen. Um Argumente und Hintergründe zu untermauern, habe ich folgende Druck- und Onlinequellen für die Recherchen zu diesem Roman benutzt:

Decker, Oliver (2004): Der Prothesengott. Subjektivität und Transplantationsmedizin. Gießen.

Fuchs, Richard (2012): Organspende. Die verschwiegene Wahrheit. Lahnstein.

Honnefelder, Ludger (1998): Hirntod und Todesverständnis: Das Todeskriterium als anthropologisches und ethisches Problem. In: Jahrbuch für Wissenschaft und Ethik 3/1998. S. 5-78.

Jonas, Hans (1987): Technik, Medizin und Ethik. Frankfurt am Main.

Rehder, Stefan (2010): Grauzone Hirntod. Organspende verantworten. Augsburg.

Wiesing, Urban (Hrsg.) (2004): Ethik in der Medizin. Stuttgart.

http://www.faz.net/aktuell/politik/inland/organspende-das-war-ein-katastrophaler-ausbau-von-ersatzteilen-12536010.html
Bericht über eine Explantation

http://www.bgv-transplantation.de
Bundesverband für Gesundheitsinformation und Verbraucherschutz

http://www.eurotransplant.org
Europäischer Rahmenverband zur Vermittlung von Spenderorganen

http://www.faz.net/aktuell/wissen/faktencheck/faktencheck-zu-organspende-das-ergebnis-von-toten-und-sterbenden-12039977.html
Argumente für und wider die Organspende

http://www.faz.net/aktuell/gesellschaft/kriminalitaet/transplantationsskandal-wir-verlieren-patienten-12557026.html
Transplantationsskandal

http://www.initiative-kao.de/
Initiative, die kritisch über Organtransplantation aufklären will

http://www.initiative-kao.de/burns-fall-2009-post-standard-07-07-13.pdf
»Tote« Patientin wacht auf, als Ärzte mit Organentnahme beginnen wollen

http://transplantation-information.de/organspende_organspender/organspende_angehoerige/hirntod_organentnahme_angehoerige_robby_mueller_2011.pdf
Erfahrungsbericht eines Angehörigen

http://www.youtube.com/watch?v=etEMRxtwbhE
Erfahrungsbericht eines Angehörigen

http://transplantation-information.de/organspende_organspender/organspende_angehoerige/organspende_angehoerige_hauptseite.html
Erfahrungsberichte von Angehörigen

http://vimeo.com/52709133
Tabu Hirntod und Organspende

http://www.initiative-kao.de/kao-aktuell-10-12-10-bericht-die-verschwiegene-seite-organspende-hirntod.html
Hirntod und Organspende

http://www.dradio.de/download/205476/
Vom Hirntod bis zur Organentnahme; Die Reise des Lazarus

http://www.organspende-aufklaerung.de
InteressenGemeinschaft kritische Bioethik Deutschland zum Thema Organspende

http://www.organspende-info.de/
Seite des Bundesministeriums für Gesundheit und der Bundeszentrale für gesundheitliche Aufklärung.

http://www.bdo-ev.de/
Bundesverband der Organtransplantierten e.V.

http://transplantation-information.de/organspende_organspender/lebertransplantation/lebertransplantation_erfahrung_bericht_2002.html
Überflüssige Transplantation mit Todesfolge

http://www.evangelischefrauen-deutschland.de/images/stories/efid/Positionspapiere/organtransplantation_positionspapier%202013.pdf
Positionspapier der Evangelischen Frauen in Deutschland e.V. zum Thema Organspende

http://www.zenit.org/de/articles/der-hirntod-und-das-informierte-gewissen
Problem Hirntod; Hirntod als Teil des Sterbeprozesses

http://www.bundestag.de/dokumente/analysen/2012/Hirntod.pdf
Betrachtungen zum Konzept Hirntod